指名手配

ロバート・クレイス

ロスの私立探偵エルヴィス・コールは、最近妙に金回りがいい息子タイソンのことを調査してほしいという母親からの依頼を受ける。どうやら少年は仲間ふたりとつるんで裕福な家からの窃盗を繰り返しているらしい。警察に捕まる前に逃亡中のタイソンを確保し、なんとか自首させたいという母親。だが、タイソンを追うコールの先回りをするかのように、何者かが少年の仲間を殺し、証人の口を塞いでいた。少年らが盗んだものに何か重大な秘密が隠されている？　そしてタイソンの身にも危険が……。大評判となった『容疑者』『約束』に続く第３弾登場。

登場人物

エルヴィス・コール……ロサンゼルスの私立探偵
ジョー・パイク……コールのパートナー
デヴォン・コナー……コールの依頼人
タイソン・コナー……デヴォンのひとり息子
アンバー・リード……タイソンの友人
アレック・リッキー……タイソンの友人、俳優の卵
カール・リゲンズ……タイソンの友人、ゲーム・ハッカー
ジャスミン（ジャジー）……アンバーの姉
ダニ・カセット……ロサンゼルス市警、強盗課特捜班刑事
マイク・リヴェラ……ロサンゼルス市警、強盗課特捜班刑事
アイヴァー・フープ……〈フープ・セキュリティ・グループ〉社長
ケネス・ローン……同副社長
ハーヴェイ……悪党
ステムズ……悪党

指名手配

ロバート・クレイス
高橋恭美子訳

創元推理文庫

THE WANTED

by

Robert Crais

目次

指名手配

わが友人にして
頼りないこの世界で常に頼れる男
オットー・ペンズラーに捧ぐ

プロローグ　給仕人助手（バスボーイ）

ハーヴェイとステムズ

ハーヴェイとステムズの仕事は順調に進んでいたが、このクラブにいきなり踏みこんで写真をちらつかせるわけにはいかなかった。〝氏名不詳の男性容疑者その一〟の写真は要注意だ。この写真はハーヴェイとステムズを写真の人物と関連づけてしまう。役者にゲロを吐きかけた若い女と、このあとまもなく起こるであろうすべてのことにも。ステムズとハーヴェイは慎重に関連づけを避けていた。関連づけはふたりの致命傷になりかねない。

ダンスクラブの前の長蛇の列を見て、ハーヴェイは顔をしかめた。

「こいつは厄介だぞ、ステムズ。こんな何百人もの連中を相手に話を聞こうってのか？」

「相手はバスボーイだけだ、ハーヴェイ」

「今夜は店に来てないかもしれないぞ。おれの情報屋は知らなかった」

バスボーイは仮釈放中のジェシー・グスマンという二十二歳の男だ。若い女の話が本当かどうかたしかめる必要があったので、ハーヴェイは何本か電話をかけ、そしてグスマンにたどりついた。バスボーイには、軽犯罪数回と薬物乱用、それに悪運という前科があり、ハーヴェイとステムズに出会ったとき、その運はさらに悪化することになるだろう。

　ステムズは肩をすくめた。

「ここにいなければ自宅でつかまえる。どっちにしても、やつが覚えてることを祈ろう」

　ハーヴェイは目玉をくるりとまわした。

「なにを覚えてるってんだ、ゲロ女のことか？　こういう店じゃ、ゲロ吐く女のことなんかいちいち覚えてられないだろ。女のゲロを毎晩モップで掃除してんだから」

　ハーヴェイの悲観的なところがステムズは嫌いだった。

「女はトイレで吐いたわけじゃない、ハーヴェイ。テレビスターに向かって吐いたんだ」

　ハーヴェイはため息をつき、首を横に振った。

「覚えてることなんてなにもないさ、ステムズ。女の作り話だよ」

「作り話じゃない。あのばあさんがおれたちに言ったことは本当だ」

「ばあさんのことじゃない。例のゲロ女。その女はたしかにそう言ったかもしれないけど、犯罪者はしょっちゅう嘘をつくんだ、特に自分のことについては。空想生活の構築というやつだな。でっちあげとも言う」

「ハーヴェイ」

「なんだ」

「たしかにそうだ。女の作り話かもしれない、だとしてもおれたちはたしかめなきゃならない」

　ハーヴェイは降参してうなずいた。

　その日、ステムズとハーヴェイは盗難品の一眼レフカメラの出所をたどってサンタモニカのフリーマーケットへ行った。そこでひとりの常連出店者を見つけだし、その日焼けしたしみだらけの老女が、問題のカメラを売っていた若いカップルを覚えていたのだ。老女の話では、手首に傷痕のある緑の目をした華奢（きゃしゃ）な少女と、えくぼのある男前の少年だったという。少女のほうは酒好きだった。ピンクのプラスティックのカップからウォッカをすすり、突拍子（とっぴょうし）もない話を披露していた。行きつけの〈ジェイド・ホース〉だか〈ゲイ・ホース〉だかいうハリウッドのしゃれたクラブで役者崩れの男にゲロを吐きかけたとかなんとか。ステムズは興奮をつのらせた。老女に写真を見せると、予想に反して、ちがう、これはあの娘といっしょにいた男の子じゃないと言われた。写真を見せてしまったことを悔やんだが、進展はあったので見せた甲斐はあった。一眼レフカメラがゲロ女につながり、ゲロ女がハリウッドのクラブにつながった。ハーヴェイといるとやる気が失せてくるが、その娘さえ見つければ、〝氏名不詳の男性容疑者二名〟と、そのほかのものも見つかるだろう。それを見つけるために自分たちは雇われたのだ。

〈翡翠館（ジェイド・ハウス）〉は若いセレブ御用達（ごようたし）のクラブで、入口に張りつくパパラッチの一団と、体重百三十キロはありそうな警備員たちがいて、発情した女たちと、なかに入れてくれとドアマンにせがむ落ち着きのない男どもが列をなしていた。ステムズは盗難車のクライスラーを少し離れた場所にとめて、ドアマンに千ドルの現金を握らせ、行列に並ばずになかへ入れてもらった。

ステムズはこの店が大嫌いだった。気取り屋、酔っ払い、なりきり屋、金持ちの外国人のたまり場で、どいつもこいつもスウェーデン人ＤＪのかけるダンスミックスの音響ハンマーにがんがんたたかれている。ステムズとハーヴェイは二手に分かれ、ジョークや軽口でごまかしながらさりげなくバスボーイをさがした。ふたりが話を聞いた従業員たちは、自分が質問されていることに気づかなかった。ステムズとハーヴェイはうまかった。バスボーイのことを尋ねられているとは、だれひとり思いもしなかった。

捜索をはじめて一時間、ハーヴェイはチカチカする青い細身のドレスを着た女ふたりの横をすり抜けて、小声で言った。

「見つけた。あのばあさんの言ったとおりだったよ」

ステムズは驚愕した。

「まさか。ほんとに？」

「やつはいまから休憩にはいる。あとで合流しよう。隣のブロックの、路地で」

「だれかに見られないようにしろ」

「おれはだれにも見られないよ、ステムズ。絶対に」

ステムズは急いで車にもどり、隣のブロックの路地に向かった。二分後、ハーヴェイがキャラメル色の肌のほっそりしたハンサムな若者といっしょにやってきた。

ハーヴェイはバスボーイを助手席に乗せ、自分は後部座席に乗りこんだ。

「ジェシー、こっちはマンソン刑事。リッチ、ジェシー・グスマンだ」

グスマンが片手を差しだしたが、ステムズは無視した。

「こいつヤクをやってるな」

若者の目はせわしなく動き、照明にぶつかってはね返る二匹の六月の虫のようだった。怯えている。

「いや、ちがうって。ちがいますよ。いまリハビリ中なんです」

「検査したら、やってないことがはっきりするのか？」

後部座席の暗がりからハーヴェイの手がふわりと伸びて、グスマンの肩を軽くたたいた。

「いじめるのはよせよ、リッチ。女が役者にゲロを吐きかけた晩、彼は出勤してた。現場を見たんだよ」

グスマンがうんうんとうなずく。

「彼女はしょっちゅう来るよ。おまけにしょっちゅう具合が悪くなる」

「なるほど。その女の名前は？」

「そういう知り合いじゃない。ああいう人たちとしゃべったりはしないんだ。こっちはバスボーイだから」

ステムズは聞こえよがしに鼻をひくつかせた。においを嗅ぎつけた犬みたいに。

「嘘くさいな」

ハーヴェイがまた口をはさんだ。深夜二時のジャズマンなみの穏やかな優しい声で。

「落ち着けよ、ジェシー。彼女の見た目はどんな感じだい？　言ってみてくれ」

「かなりの美人。モデルみたいな。目は緑。手首に傷痕がある」

ステムズはハーヴェイに目配せした。グスマンの言葉はフリーマーケットで聞いた話と一致する。ステムズは座席にもたれて、バスボーイを観察した。

「いいだろう、ジェシー、おまえのことがだんだん好きになってきた。どうやらさがしてる女の子のようだ。ここへはしょっちゅう来るんだな？」

「はい」

「いま店にいるのか？」

「どうかな。いないと思うけど、でも店は広いから」

「ボーイフレンドは？」

グスマンは落ち着かなげににやりと笑った。

「もてるからね。いつも何人か男を連れてるよ」

ハーヴェイが暗がりから言った。

「見せてやれよ」

ステムズがためらったので、ハーヴェイはもう一度言った。

「あの写真を見せてやれよ」

ステムズは携帯電話を取りだした。そこに保存してあるのは、住宅用の高性能監視カメラが撮った画像だった。撮影されたのは夜で、映っているのは、とある住宅の脇をこそこそ歩いていく三つの人影。縦一列になった三人は、監視カメラの存在を知っている。全員が帽子と服のフードで顔を隠して下を向いている。ふたりめがドジを踏んだ。〝氏名不詳の男性容疑者その一〟と呼ばれるその男は、フレームから消えるとき一瞬カメラを見あげたのだ。解像度をあげて画質を鮮明にしなければならなかったが、どうにか使えるものになった。野球帽とフードで顔の三分の一が隠れているとはいえ、目鼻立ちはわかる。ハーヴェイとステムズがいま知りたいのは名前だ。

ステムズは携帯電話を差しだした。

「この男か？　彼女がいっしょにいるのは」

グスマンは写真をじっくり見た。

「たしかに見覚えのある顔だけど、別の男といっしょにいるときのほうが多いかな」

ステムズは電話をしまい、ばあさんから聞いた男の特徴を繰り返した。

「長身。男前。えくぼ」

グスマンの目に明かりがともる。

「ああ。アレックだ」

ステムズはハーヴェイをちらりと見て、頬がゆるみそうになるのを抑えた。ハーヴェイの手が伸びてきて、グスマンの肩をぎゅっとつかむ。励まし。

「そう、その男だ。アレックの苗字(みょうじ)は知ってるかい？」

たしか知ってるはず、と言わんばかりに目を細めたが、出てこなかった。

「スタッフの何人かは彼のこと知ってるよ。アレックはウェイターをやってる。ヴァレーのほうで」

　ステムズはまたハーヴェイをちらりと見た。

「アレックはウェイター。ヴァレーのほうで」

　バスボーイに視線をもどした。

「なんでそのことを知ってる？」

「店の連中がアレックにただで酒を飲ませてるから。みんなでよくしゃべってる。アレックのほうがあの女の子よりしょっちゅう店に来てるよ」

「そうか。で、クラブでアレックのことを知ってるのはだれだ？」

「クリスタル。クリスタルと、それにポールも。ポールはバーテンダー。クリスタルは給仕人。なんならふたりに訊いてみてもいいよ。アレックの苗字がわかると思う」

　ステムズはその申し出を無視した。

「この件について訊きにきたやつはほかにいるか？」

「警官てこと？」

「だれだろうと」

「ぼくは訊かれてない。ほかの人が訊かれたかどうかは知らない」

　ハーヴェイは言った。「女の子と、アレックと、その仲間のことだ。訊いてまわってるやつはだれもいないんだな？」

　グスマンはまた目をそらそうとしたが、ハーヴェイの手に阻止された。

「はい、いません。あいつら、なにをしたんです？」

ステムズは今度も少年を無視して、ハーヴェイを凝視した。

「どう思う？」

ハーヴェイの声は不吉だった。

「ジェシーのおかげで大いに助かったと思う。感謝するよ、ジェシー」

ステムズはバスボーイに笑みを向けた。

「そのとおりだ、ジェシー。恩に着る」

「もう行っていい？」

「いいよ」

ステムズは手を差しだした。

グスマンは驚いた。うれしそうに笑って、その手を握った。

ふたりが握手した瞬間、ハーヴェイがグスマンの喉にロープを巻きつけた。ステムズはしっかり手を握ったまま、少年のこめかみに強烈な左フックをたたきこんだ。バスボーイは身をのけぞらせて暴れ、ダッシュボードを蹴った。ステムズは渾身(こんしん)の力で左フックを何度もたたきこみ、ハーヴェイはロープを締めつけた。蹴りが弱くなり、やがてとまった。バスボーイが息絶えたのを確認して、ステムズは遺体をダッシュボードの下に押しこんだ。ハーヴェイは無言だった。ステムズはクライスラーのエンジンをかけ、車を発進させた。背後の暗がりから聞こえるハーヴェイの息づかいに耳をすました。

「こいつは写真を見たんだ」

「そうとも」とハーヴェイ。

ステムズとハーヴェイは車でハリウッドを流しながら、遺体を捨てる場所をさがした。〝氏名不詳の男性容疑者その一〟の映像が撮られたのは十六日前。ステムズとハーヴェイはその映像が撮られる前から捜索にあたってきた。警察や、保険会社の調査員や、民間警備会社に先んじて。いまのふたりははるかに先行している。ステムズとハーヴェイは業界一のやり手だ。

ステムズはバックミラーにちらりと目を向けた。

「なあ、ハーヴェイ」

ハーヴェイは暗がりに身を潜めている。無言で。

ステムズはもう一度目を向けた。

「おれたち、本物の悪党だな」

ステムズは笑った。夜のなかを流れるように走りながら、その笑い声は次第に大きくなったが、ハーヴェイがつられて笑うことはなかった。

第一部　裕福な人々

1

エルヴィス・コール

ひんやりとした秋のある朝、ジェイムズ・タイソン・コナーは、自宅を出て十二年もののボルボに乗りこみ、一時間遅れで学校に向かった。タイソンは十七歳、サン・フェルナンド・ヴァレーにある代替学校（オルタナティブ・スクール）（従来とは異なる独自の教育を行う学校）の三年生だ。痩せっぽちで神経質、柔和な顔立ちと優しい目のおかげで一年生のように見える。タイソンがロサンゼルスで鋭意指名手配中の重罪犯のひとりであることをうかがわせる気配などみじんもない。

タイソンとその母親は、学校からさほど遠くないところにある質素な平屋の家に住んでいる。そこから一ブロック離れた場所で、わたしはタイソンが出かけるのを待っていた。遅刻するだろうということは母親から事前に聞かされていた。タイソンは不安症という問題をかかえており、学校へ行きたがらなかった。前の二校は常習的欠席と落第を理由に放校処分となったため、母親は息子が落ちこぼれないようにオルタナティブ・スクールに入れた。この決断を彼女は悔やんでいる。

タイソンの車が走り去ると、母親が電話をかけてきた。

「コールさん？　そこにいるんですか？」

「二時間ほど前からいますよ、コナーさん。日の出がじつにきれいでした」

「あの子は出かけました。もうはいってきてだいじょうぶ」

タイソンの母親はエンシーノにある法律事務所で業務部長をしている。ドアを開けた彼女は身支度を整えていつでも出勤できる恰好だったが、身のこなしは、ダクトテープでぐるぐる巻きにされているのかと思うほどぎくしゃくしていた。

わたしは私道を歩いていって、片手を差しだした。

「エルヴィス・コールです」

「デヴォン・コナーです。来てくださってありがとうございます、コールさん。こんなにお待たせしてすみません」

わたしが居間に足を踏み入れると、デヴォンは玄関に鍵をかけた。家のなかはパンケーキと魚と、わたしにはわからないにおいがした。カウチの横で水槽が光を放ち、ぶくぶく泡をたてている。

「新しい学校のほうはだいじょうぶなんですか、こんなに遅刻しても」

「あれだけ払ってるんだから、リムジンが迎えにきてもいいくらい」

そこではっと口を閉じ、目をつむった。

「ごめんなさい。いやな言い方ね」

「自分の息子のことだから。心配なんでしょう」

「心配どころじゃない。苦労してあの学校に入れたのに、いまは息子を動物の餌食にしてしまったような気分です」

デヴォンはタイソンの部屋で現金と貴重品を見つけていた。息子が麻薬の売人やギャングとかかわっているにちがいないと考え、本当はなにをしているのか探ってほしいという。依頼を引き受けるかどうか、わたしは決めかねた。

わたしは努めて頼もしい口調で言った。

「たぶんあなたが思っているほどひどい事態ではありませんよ、コナーさん。この手の話はたいがいそうです」

この人ばかなの？　という目でわたしを凝視したあと、デヴォンは唐突に背を向けた。

「いっしょに来て。どれほどひどい事態かお見せします」

タイソンの寝室はこぢんまりとしていて、典型的な中流家庭のティーンエイジの少年の部屋だった。ウォークイン・クローゼット、その向かいにドレッサー、部屋の一画に乱れたままのベッド、ナイトスタンドにはソーダの缶やポテトチップスの袋、食べかすが散乱している。ベッドの上部の新兵募集ポスターから、緑の瞳を輝かせた特殊部隊の戦闘員たちがこっちを見ている。窓辺の机の上には、デスクトップ・コンピューターとノートパソコンが一台ずつ、モニターが三台、ゲームのコントローラーがあきれるほどごちゃごちゃと積んであった。

「かなり熱心なゲーマーのようですね」

「教室ではじっとすわっていられないのに、こういうものの前なら何時間でもすわっていられるんです」

デヴォンは机のところへ行って、脇の引き出しの中央の段を開け、奥からなにか取りだした。

「どんなにひどい事態か、これがその証拠です」

差しだされたのは腕時計で、純白の文字盤のなかにさらに三つの小さな文字盤があり、縁には三つのつまみがついていた。ロレックスの特徴的な王冠のマークがはっきり見える。

「ロレックス？」

「ロレックス・コスモグラフ・デイトナ、十八カラットのホワイトゴールド製。これくらいの時計は新品だと四万ドルします。中古品でも二万ドル以上の値がついてる。あの子はこれを腕にはめて帰ってきたんです。わたしは訊きました、これはロレックスよ、こんなものをどこで手に入れたのって」

縁に小さな傷がいくつかついているが、それ以外は完璧な状態に見えた。

「タイソンの返事は？」

デヴォンは目をくるりとまわし、うんざりした顔になった。

「フリーマーケットだって、とんでもないでしょ？　あの子は偽物だと言ってるけど、とてもそうは思えない。これが偽物に見えます？」

デヴォンが腕時計をわたしのほうへ近づけたので、手に取った。ずっしりとした重みが感じられた。二本の針は正確な時刻を指しており、秒針は音もなく正確に文字盤の上をまわっている。とはいえわたしは専門家ではなかった。

「じつは贈り物で、そのことをあなたに知られたくないという可能性は？」

「だれがこんな贈り物をくれるというの？」

「父親とか？　祖父母とか？」

デヴォンはまた顔をしかめ、例の〝ばかなの？〟の視線を送ってきた。

「父親はタイソンが生まれる前に出ていったし、祖父母は亡くなってます。息子がこの時計を持ってるなんておかしいわ。なんであれこんな高価なものを持ってるなんて絶対におかしい、あの子が殺されたり逮捕されたりしないうちに、わたしたちでやめさせないと」

わたしたち。

とにかく興奮状態をなんとか静めようとした。

「ちょっと先走りしているのかもしれませんよ。この時計が本物だとしたら、たしかに息子さんが持っているのはおかしい。でも、子供が友だちの家でこれを見て、つい持ってきてしまったとか、たぶんそんなところでしょう。タイソンの手癖が悪いということなら、なにも探偵は必要ありません」

真っ当な探偵が真っ当な説明をしているのに、デヴォンはがっかりしたようだった。

「時計のほかにもいろいろあるんです」

クローゼットのところへ行き、なかに手を伸ばした。

「最初はシャツでした。あの子はわざわざ隠そうともしなかった、時計とちがって」

「シャツ」

デヴォンはベルベットの襟のついたしゃれた黒いジャケットを持ってきた。

「新しいシャツ。次は新しい靴が登場して、また新しいシャツ、そしてこのジャケット、全部ビバリーヒルズの〈バーニーズ・ニューヨーク〉の。うちはあそこで買い物をするような余裕はありません」

デヴォンの携帯電話からメールの着信音がした。メッセージを確認して、デヴォンは電話をポケットにもどした。

「失礼。学校から。あの子が家を出たらわたしがメールで知らせて、学校に着いたら向こうがメールをくれる。そうやってお互いに行動を把握するんです」

オルタナティブ・スクール。

ジャケットに手を触れてみた。生地はやわらかくてなめらか、かなり上質のウールのようだ。高級品。

顔をあげると、デヴォンがこちらを見ていた。待っている。

「いま言った服も同じフリーマーケットで入手したものだと?」

「いいえ、今度は、友だちのお父さんがあるスタジオの衣裳部門を管理していると。そこはただで洋服がたくさん手にはいって、タイソンはどれでも好きなのをもらえるそうです」

わたしは黙っていた。うながすまでもなく、デヴォンは先を続けた。

「〈バーニーズ〉に電話しました。このジャケット。タイソンはこれを買っていたんです。販売員が覚えていたのは、あの子が現金で払ったから。三千ドルを、タイソンは現金で払ったんですよ」

ジャケットをクローゼットにもどして、ベッドのほうへ行った。

「〈バーニーズ〉のことがわかったあと、この部屋を調べました」

ベッドの下からプラスティックの収納ケースを引きだした。ケースのなかにはキーボードやゲームボーイ、Ｘｂｏｘ、アクション・フィギュアなどがぎっしり詰まっていた。デヴォンはキーボードを動かして箱を取りだし、ふたを開けた。中身は分厚い札束で、丸めて青い輪ゴムでとめてある。

「四千二百ドル。数えてみました。最初に見つけたときは二千三百ドル。七千ドル以上あったことも。見るたびに総額がちがうんです」

わたしは口をはさまず、ただ見返した。デヴォンはお金の出所について話していた。

「本人にそのお金のことを訊きましたか？」

「訊いても、どうせ嘘をつくでしょう、服や腕時計のことで嘘をついたように。直接問いただす前に、あの子がなにをしているのか、仲間はだれなのか、知りたいんです」

「わたしから訊いてみてもいい」

「直接訊いたら、わたしが探っているとわかって、あの子はやっぱり嘘をつくでしょう。探偵って人を尾行したりするんですよね？　あの子を尾行してくれたら、なにをしているのかわかるわ」

「尾行するとかなり経費がかかる。直接訊くほうが安あがりです」

　デヴォンは口をすぼめて目をそらした。悩んでいる。

「料金のことを相談させてください。わたしはちゃんと働いてますが、余裕があるわけじゃないので」

「いいでしょう。知りたいことは？」

「あの子を尾行するにはいくらかかりますか？」

「最低でも車二台、一台につき人員一名で、二十四時間態勢。日当三千ドルといったところです」

「そんなに」

　デヴォンは唇をなめ、焦点の合わない目になった。それだけの金をどうやって工面するか必死に考えているのだが、どの選択肢もろくなものではない。デヴォンのような親には数えきれないほど会ってきたし、彼らの目に浮かぶ怯えたような困惑の表情もいやというほど見てきた。泳ぎ方を知らず、わが子が溺(おぼ)れているのをただ見守るしかない、そんな人たちを。

　わたしは話題を変えた。

「いつからこんな状態に？」

「学校に行きはじめてから」

「なにをしているにしろ、息子さんは学校の仲間といっしょにやっているとあなたは思っている」

　目の焦点がいきなりぴしっと定まった。

「タイソンはいままで問題を起こしたことなんて一度もなかった。ほんとにいい子なんです！家に引きこもって一歩も外へ出ず、ありとあらゆるものに怯えていたあの子が、少しずつ変わりはじめました。ある女の子と出会って」

「ほう」

「わたしはうれしかった。タイソンは女の子とはつきあいません。女の子が怖いんです」

「その女の子に会ったことは？」

「わたしには名前を教えようとしないの。あの子はアレックという少年とも友だちになりました。ふたりでショッピングモールへ出かけます。あれこれ訊いても、あの子は言葉を濁してごまかしたり、また嘘をついたりする。いままでは決してそんな子じゃなかった。モールなんか行ったこともなかったのに、いまはほとんど家にいません」

タイソンはごく普通のティーンエイジの少年のように思えた。現金と腕時計の件を除けば。

「アレックとは学校で知り合ったんですか？」

「だと思いますが、名簿を確認します」

タイソンの机から赤い薄手の冊子を取りだした。表紙には飛翔する鳥と学校名が印刷されている。《カル・マトリックス代替教育――生徒たちが飛翔する場所》

「アレックもアレクザンダーも見あたりません」

手がかりが豊富にあるとは言えなかった。

わたしは腕時計を軽く揺すった。本物のロレックスは、バンドの裏の上部かガラスの下の内側の縁に製造番号と型番が刻印されている。よくできた偽物にも番号がついていることはままあるが、偽の番号はメーカーの記録を調べても出てこない。

「こうしましょう。腕時計に詳しい友人がいます。彼女に訊けば、これが本物かどうかわかる。うまくいけば時計の持ち主も調べてくれるかもしれない」

「現物を預けるのは無理です。タイソンに気づかれてしまう」

わたしは番号のことを説明した。

「バンドをはずして番号を書き写します。時計はここに置いておける」

「息子を尾行する必要はない？」

「まずは経費のかからない簡単なことからはじめて、ようすをみましょう。それでいかがです？」

デヴォンの表情が明るくなり、笑みが浮かんだ。

「ええ、ぜひ」

デヴォンが見つけた現金と腕時計のことを考えると、ほかにもなにか隠しているかもしれない。

「息子さんの部屋は調べたということですが、車はどうです？」

「二回だけ。車が家にあるときは、あの子もうちにいますから」

「スペアキーがあればありがたい。時計の件を問い合わせてから、車を調べてみます」

デヴォンはキーを取りにいきかけて、ふとためらった。

「おたくのウェブサイトを見ました、エルヴィス・コール探偵事務所の。業務上の秘密は厳守すると書かれています」

「いかにも」

「つまり、タイソンがなにをしているか突きとめたとしても、警察には通報しないということですね？」

「場合によりけりです」

「ウェブサイトには、場合によりけりとは書かれてません」

「息子さんの車から人間の頭部が出てきたら、通報しないわけにはいかないでしょう」

デヴォンはまた笑みを浮かべ、目をそらした。

「人間の頭部なんてありません、コールさん。いまのところ」

〝いまのところ〟という言い方がひっかかった。

デヴォンはキーをよこし、わたしが時計の番号を控えるのを見守った。バンドが元どおり時計につけられると、それを引き出しに入れ、ふたりでいっしょに家を出た。

デヴォン・コナーが先に車を出した。これから渋滞のなかを長時間運転しなければならず、すでに仕事に遅れている。オルタナティブ・スクールは金がかかるし、探偵を雇うのもまたしかり。

わたしもエンジンをかけたが、発進はしなかった。一年生のように見える優しい目をした痩せっぽちの少年を思い浮かべた。自室にこっそり現金を持ちこみ、ベッドの下に隠すところを。

現金の入手方法は無数に考えられるが、どれも褒められたものではない。

デヴォンの住む中流階級の気持ちのよい住宅街は平和だった。デヴォンも、タイソンも、わたしも、だれかに命を狙われているわけではないが、その状況はまもなく変わろうとしていた。

2

シェリ・トヨダとその家族は、サンタモニカで時計店を営んでいる。トヨダ一家が売っているのは、だれもが買えるような手ごろな価格の時計だが、この店はアンティークやヴィンテージの蒐集品の修復で名をはせていた。壁にはシェリの両親が政府の高官や政治家や映画スターと肩を並べている写真がびっしりと飾ってある。顧客のなかには、三人の合衆国大統領、十一人の上院議員、四人の最高裁判事なども含まれる。

腕時計の番号を確認して、わたしはシェリに電話をかけた。

「だーれだ」

「厄介な元カレ?」

シェリとは昔つきあっていた。

「ロレックスのことで力になってほしい」

「できることなら協力するけど、うちは正規の販売店じゃないの」

「買い物じゃない。あるコスモグラフ・デイトナの件で」

「あら素敵！　コスモが買える身分になったのなら、よりをもどそうかしら」

だれもがお笑い芸人気取り。

「それが本物かどうか知りたい」

「持ってきて。本物かどうか五秒でわかる」

「現物は持ってない。製造番号と型番が手元にある」

「その時計についてたクロノメーター認定書はある？」

「クロノメーター認定書がわたしの思っているものなら、答えはノー。あるのは番号だけ」

シェリはしばらく沈黙した。

「わかった、こうしましょ。その番号をロレックスに勤めてる友人に問い合わせてみる。それが彼のところの番号と一致したら、時計は本物ってこと」

「すばらしい」

「もし盗品だったら、すばらしいなんて言ってられない。わたしがその番号をどこで知ったのか、彼は知りたがるはず、わたしがどうして問い合わせてるのかも。盗品なの？」

「かもしれない。その彼はどうして盗品だってわかるんだ？」

「あのね。そういう時計を買ったら、手首に二、三万ドルをつけて歩きまわることになるの。するとどうなる？」

「盗まれる」

「もしくは失くす。だから会社は顧客のために紛失した時計のリストを作ってる。時計を失くした人は、製造番号を会社に知らせておく。もしもその時計が出てきたら、会社はその人が正当な持ち主だとわかってるから、連絡してくれるというわけ」

「つまり、時計の持ち主も調べられるということ?」

「そうともかぎらない。時計を売る人もいる。贈り物にする人も。会社にはそこまでわからない」

「そうか」

「持ち主を調べたいの?」

「できれば」

シェリはまた考えこんだ。

「だとしても、協力はできるかもしれない。そういう時計を買う人に対して店は保証書をつける。もともとの買い主が保証書のファイルに残ってるかも。確認しましょうか?」

「きみは最高だ、シェリ。恩に着る」

わたしは番号を読みあげ、電話をおろしたが、まだ車は出さなかった。デヴォンはタイソンの部屋を調べたというが、彼女は母親だから、見落としがあると見てまちがいないだろう。わたしは場数を踏んだプロで、見るべき場所を知っている。あるいは運に恵まれるかもしれない。

車のエンジンを切り、けさは二度めになるが、デヴォンの家の私道を歩いていった。家の横手のゲートをきしませて開け、タイソンの部屋の窓を通過して、勝手口から侵入した。

コナー家には寝室が三つとバスルームがふたつあった。母親の寝室やバスルームになにかを隠すことは考えにくいので、そのふたつは省略して、タイソンのバスルームから調べた。

歯磨き粉の緑の筋が洗面台を彩り、カウンターには、デオドラント、マウスウォッシュ、ニキビ用クリームなど、通常洗面所で使われるありとあらゆるものが林立していた。毛先の広がった歯ブラシと使い捨ての剃刀が〈X-Men〉のプラスティックのカップに立ててある。鏡の下には医薬品が並んでいる。タイソンの名前が書かれた処方箋があり、処方されているのは、一般的に鬱状態や不安や注意欠陥障害などの治療に使われる薬だった。戸棚のなかにも、タオルの裏にも、トイレのタンクのなかにも、不審なものはなにもなかった。

三つめの寝室は一見したところ書斎風だが、デヴォンはここを物置きとして使っていた。壁の一面を占める鏡張りの引き戸の向かいに机とファイルキャビネット、そして本棚があり、そこには法律関係の書籍、ミステリーのペイパーバック、『不機嫌な子供』『不安の対処法』『シングルマザーのガイドブック』といったタイトルの本がぎっしり詰まっていた。机と窓のあいだに置かれたルームランナーの上にはクリスマスの飾り物のはいった段ボールが置かれ、机の上には山積みの請求書や未読の雑誌のほかにタイソンの学校関連のファイルが一冊載っている。ファイルの中身は、宣伝用パンフレット、記事、生徒名簿のコピーがもう一部。パンフレット一部と名簿を持って、わたしはタイソンの部屋へ移動した。

クローゼットとドレッサーには証拠品なし。マットレスの下にも、ヘッドボードの後ろにも、そしてナイトテーブルのなかにも下にも周囲にも、さらなる手がかりはなし。見つかったのは、ピザのかけら、昆虫の死骸がひとつ、害虫のシミが六匹、ベッドとナイトテーブルのあいだから砂箱一杯分ほどのトルティーヤ・チップスのかけら。私立探偵稼業は刺激に満ちている。

机のなかにレシートなりメモなりなにかの手がかりなり、あるいはタイソンの友人たちの写真なりがあるものと期待したが、なにもなかった。タイソンがその女の子や友人たちの写真を持っているとしたら、携帯電話かパソコンに保存しているのだろう。

椅子をころがして脇へやり、机の下にもぐりこんだが、さらなる食べ物のかけらとほこりの山が見つかっただけだった。引き出しの最上段を開けてレールからはずし、机から抜き取った。デヴォンは引き出しのなかは調べたが、外側は見ていなかった。引き出しの裏側になんの変哲もない白い封筒がテープで貼ってあった。封筒自体もテープでしっかり封印されている。感触で中身は現金だと判断した。封筒をはずすことも、封を開けることもしなかった。貼られた封筒を写真に撮って、引き出しをレールにはめ、元どおりに閉めた。二枚めの封筒は真ん中の引き出しの裏に貼られていた。封筒はいずれも分厚く、何千ドルもはいっていそうだ。

気が滅入る。

キッチンへ舞いもどり、冷蔵庫に貼られた写真を眺めた。母親に抱かれた赤ん坊のタイソン。ディズニーランドで母親といっしょにミッキーマウスの耳をつけているタイソン。ハロウィーンで八歳の超人ハルクに扮した友だちと並んでポーズをとる、八歳のスパイダーマンに扮したタイソン。太っちょのゲーム友だちと戦闘ゲームに熱中するティーンエイジのタイソン。写真はマグネットで冷蔵庫の扉に貼ってある。

封筒を見つけたことが悲しかった。デヴォンが、そしてタイソンのことも、気の毒になった。デヴォンは息子がなにをしているのか探ってほしいと言ったが、わたしが見つけたものを彼女は気に入らないだろう。わたしだって気に入らない。

外に出て、タイソンの車をさがしにいった。

〈カル・マトリックス・オルタナティブ・ハイスクール〉までは十八分ほどかかる。ネット上の悪意ある連中に言わせると、ドラマクイーンを気取ったセレブの子弟のための強制収容所であり、金持ちが手に負えなくなったわが子を悪影響や悪行やドラッグから守るために入れる場所だという。卒業生や保護者たちから聞かれるイメージはちがう。面倒見のよい教師たちのいる安全な環境で、学習障害や社会不安障害をかかえたティーンエイジャーが能力を伸ばせる場所だという。唯一だれもが同意するのはお金に関することだ。授業料がばか高い。

着いてみて、拍子抜けした。セレブだの金持ちだのといううわさとは裏腹に、〈カル・マトリックス〉はリシーダの商店街にあるこぢんまりとした平屋の建物だった。外観はほとんど歯科医院。

二度ばかり、ゆっくりと前を通過した。タイソンがヤクの売人のチンピラといっしょに表にいたりはしなかったが、愛車のボルボは学校に隣接する駐車場にあった。駐車場は狭く、フェンスに囲まれていて、とまっている車は三十台もなかった。なかでもタイソンの車がいちばん古い。

通りの反対側に車をとめ、位置関係を確認した。学校と駐車場はフェンスに囲まれている。フェンスには、無断侵入禁止、訪問者は事務室で手続きをとるようにという警告が表示されている。駐車場へ行くには学校の玄関の前を通らねばならないが、警備員の姿はなく、駐車場も無人だった。わたしは車から降りて、すぐにまた乗りこんだ。学校から女の子がひとり出てきたのだ。ほっそりした華奢（きゃしゃ）な少女で、歳は十五、六。扉の外に出ると立ちどまり、煙草に火をつけて、身体が膨らむほど深々と吸いこんだ。一服するのを見ながら、わたしは待った。遅かれ早かれ、煙草を吸い終えるか、吸い過ぎで人生を終えるかするだろう。

ようやく吸い殻を踏みつぶして、少女は校内にもどった。オルタナティブ・スクール。

わたしは急いでタイソンのボルボのところへ行き、トランクを開けた。中身は、ビーチサンダル、冷却水二本、一クォート入りのエンジンオイル一本、汚れたタオル一枚。人間の頭部はどこにもない。人が来ないのを確認して、運転席に滑りこんだ。

タイソンの車は走るごみ箱だった。ドアの内側の地図入れにはストローや丸めた紙ナプキン、テイクアウトのメニューがぎっしり。座席とセンターコンソールボックスのあいだの隙間にもナプキンやプラスティックのフォークやキャンディーの包み紙が突っこまれ、コンソールボックスにはグミベアやらＭ＆Ｍやらトルティーヤ・チップスの食べかけの袋やらが詰めこまれている。座席の下にはつぶしたファストフード容器とソーダ缶の山。

後部座席はさらにひどかった。タコスの包装紙、ドライブスルーのカップ、油まみれのナプキンが床一面を覆っている。そのほとんどをかき分けてみたが、証明できたことはただひとつ、タイソンには絶対に虫歯がある。まるで食べる機械だ。犯罪に走ったのはジャンクフード中毒で金がかかるせいだろう。

後部座席の捜索を終えて、助手席に乗りこんだ。ドアを閉めたとき、さっきのスモーカーがふたたび現われた。

わたしは身を低くして、ダッシュボード越しに観察した。

少女はまたしても両開きの扉の前に陣取り、新しい煙草に火をつけた。火山の噴煙のように煙をもくもくと空へ噴きあげ、ぼんやり虚空を見つめた。

身をかがめていると、シートの下にあるサングラスのケースが目についた。新品で、車のなかにあるほかのものと比べると格段にきれいだった。真珠層のケースに黒いビーズを使って筆記体で名前が埋めこまれている。《アンバー》。ケースの中身はしゃれた黒いサングラスで、クリスタルガラスの粒が上品に散りばめられている。デザイナーのロゴを見るまでもなく高級品だとわかった。

〈グッチ〉。

サイズは小さめで、女性用。あらためて名前を確認する。

〝アンバー〟

サングラスとケースの写真を撮って、シートの下にもどした。

スモーカーはまだ喫煙中だった。深々と吸いこみ、しばし肺にとどめたのち、天を仰いで、海面に現われた鯨よろしく盛大に煙を吐きだす。それを何度も繰り返した。吸って、とどめて、吐いて。永遠に吸い続ける決意をしたらしく、わたしは大きなごみ箱のなかで身動きがとれなくなった。タイソンの車のなかはタコスのソースとピクルスのにおいがした。

スモーカーがまだ煙草を吸っているうちに、わたしの携帯電話が鳴った。発信者の名前につい顔がゆるむ。ヘス。

「エルヴィス・コール探偵事務所、依頼人にはかならずご満足いただいております」

「ええ、ご満足よ。いまどこ？」

「駐車場で車内に潜伏中。未成年の女子を見ている」

「それ以上ひとことでも言ったら逮捕するから」

「彼女は煙草を吸っている」

「そこまで。夕食に押しかけようと思ってるの。料理したくない？」

「したい。きみの好きなものを作ろう」

「あなたのね。じゃあ今夜」

ヘスが通話を切り、わたしの笑みは大きくなった。

ジャネット・ヘスとは、ある厄介な事件をきっかけに出会い、事件が解決したあとつきあいはじめた。ヘスは警官だが、そこらの警官ではない。ＡＴＦ——アルコール・煙草・火器局ＬＡ支局の主任捜査官だ。切れ者で、愉快で、わたしよりはるかに稼ぎが多い。そしてわたしのジョークに笑ってくれる。わたしはヘスが大好きだ。

スモーカーは永遠に煙草を吸い続けることにしたようだが、タイソンの車のなかに長くとどまれば、それだけ生徒か教師に姿を見られる可能性が高まる。スモーカーは通りのほうを向いているので、思いきってやることにした。

ボルボからそっと降り、静かにドアを閉めて離れようとしたとき、スモーカーがこちらを見た。表情は変わらない。わたしがタイソンの車から離れるところを見たのだとしても、なんの反応も示さなかった。

わたしは歩いた。

スモーカーは深々と煙草を吸い、吐きだし、煙の陰に隠れた。

自分の車にたどりついたとき、また電話が鳴った。シェリ。

車に乗ってドアを閉め、応答した。

シェリが言った。「盗品だって知ってたんでしょ、この悪党。どういうことよ」

「知らない。だからこそきみに連絡したんだ」

「あの時計はただの盗品じゃない、怒って当然でしょ。重大事件がからんでるんだから」

わたしは吐息をつき、耳を傾けた。

3

午前なかばの車の往来で、シェリの声は聞き取りにくかった。

「もともとの買い手はリチャード・スローソン。ここLAで、十六年前に購入して、ロレックス社に報告したのが三十二日前。腕時計が盗まれたからリストに載せてほしいと頼んだ。スローソンの情報は、いる？」

「三十二日前に盗まれたということ？」

「報告したのが三十二日前。スローソンの連絡先は、いるの、いらないの？」

「頼むよ」

シェリはスローソンの名前の綴りを言い、電話番号とビバリーヒルズの住所を読みあげた。

「相当怒ってるみたいだけど。どういうことだい？」

「迷惑してるってこと。あの時計が盗難リストに載っていたらどうなるか、言ったでしょ。わたしが型番を口にしたとたん、彼はぴんときた。だから根掘り葉掘り訊いてきた」

シェリの友人。

「根掘り葉掘りって、きみが問い合わせしてきた理由を知りたいということ？」

「根掘り葉掘りって、要するに厳しく追及されて脅されたってこと。ご心配なく。あなたの名前は出してないから」

「心配はしていない。ただどうしてそんなに大騒ぎするのかと思って」

「警察よ。スローソンの時計が盗難リストに載った数日後に警察がやってきた。その友人はもう長年この業界にいるけど、警察がオフィスにやってきたのはそれがはじめてだった。警察はあの時計のことを根掘り葉掘り訊いた。もしもその型番と製造番号がどこかから現われたら、二十四時間昼夜を問わずただちに通報するように言われたんだって」

よくわからない。

「腕時計ひとつのために？」

「腕時計ひとつ取りもどすために警察があれほど躍起になるなんて見たことないって。一度も」

「スローソンとやらはそれほど重要人物なのか？」

「知らないし、訊かなかった。向こうも教える気はなかっただろうし」

シェリから聞かされたことを考え、怒るのも無理はないと納得した。

「その友人はきみが問い合わせしたことを警察に話すだろうか」

シェリは口ごもった。

「どうかな。たぶん話すと思う」

「こっちの責任だ、シェリ。もし警察が連絡してきたら、正直に話してくれ。きみを面倒に巻きこみたくない」

シェリの口調がやわらぎ、いらだちは消えていた。

「警告はしたからね。自分の身を心配して」

電話は切られた。

スローソンという名前にはなんの心当たりもなかったので、インターネットで氏名と住所を検索してみた。写真と情報があっさり見つかった。

七十二歳のリチャードと七十一歳のマーガレットは、ともに引退した皮膚科医だった。スローソン医師夫妻には娘がふたりと孫が五人いる。どちらも熱心な慈善家で、ダウンタウンの救済施設でボランティア活動をしており、善良な人たちのようだった。電話をかけると留守番電話につながったが、発信音が鳴る前にわたしは受話器をおろした。タイソンにはスローソン医師の腕時計を個人的に返却してほしかったので、ここは直接訪問するほうがよかろう。

スローソン医師夫妻の住所は、ビバリーヒルズの山の手、トロウスデール・エステーツと呼ばれる地区だった。自宅は錬鉄（れんてつ）製のゲートと極楽鳥花（ストレリチア）の茂みの奥に隠れており、ゲートから延びた車まわしの先に、手入れの行き届いたやや古めのスペイン風コロニアル様式の桃色の家が見えた。わたしの好きな色だ。桃色は親しみを感じさせる。

ゲートの脇にある柱のてっぺんに鮫の目を思わせる真っ黒なドーム形カメラのついた呼びだし（コール）装置（ボックス）が設けられている。通りの向かいに車をとめて、そのボックスのところまで歩いていった。鮫の目がわたしの動きを監視している。呼び鈴を押すと、家のなかでブザーが鳴るのが聞こえた。ブザーは一分近く響き、ようやく鳴りやんだ。スローソン夫妻は不在だった。

名刺を一枚取りだし、スローソン夫妻宛に、連絡をくれるようメモを書いた。名刺を郵便受けに入れようとしたとき、Tシャツに不恰好なショートパンツ姿の禿げかかった男性が背後から声をかけてきた。

「あんたも不動産屋の人かい？」

見た目にそぐわない深みのある声だった。

「いいえ、ちがいます。わたしはエルヴィス・コール。リチャード・スローソンをさがしています」

「ジョージ・ウィルコックスだ。向かいに住んでる」

手にしていた名刺を差しだすと、男は眉をひそめた。

「探偵。例の窃盗(せっとう)事件で？」

窃盗事件。

「その件を調べています。スローソン夫妻がいつ帰ってくるかご存じですか？」

男は名刺を曲げた。

「引っ越したよ。マージーがここはもう安全じゃないというんで、夫婦でパーム・スプリングスの家へ移ったんだ」

「窃盗事件のせいで？」

「マージーは眠れなくなった。ベッドの脇に人が立ってのぞきこんでる悪夢を見たって。リッチの話じゃ、いまだに見るらしい。ひと月以上たつっていうのに」

わたしは家のほうをちらと見た。警察が犯人を特定するのにタイソンが協力できれば、願ってもない。

「事件が起こったときふたりはこの家にいたんですか?」

「いいや。パーム・スプリングスに。帰ってみたら、空き巣にはいられてた。あのときの警察をあんたにも見せたかったよ。そこらじゅう警官だらけで、なにか見なかったか尋ねてまわってた」

ピックアップ・トラックが来たので、ふたりで脇へのいて道を空けた。現場に向かう建設作業員たちだった。ウィルコックスは通り過ぎるトラックに顔をしかめた。

「気をつけろ。犯人はたぶんああいう連中のなかにいる。建設現場には何百人も作業員がいて、その半分はここらの家を下見してるんだ」

「あなたはどうでした?」

「どうって、なにが?」

「なにか見たかどうか」

ウィルコックスは首を振り、コールボックスに向けて手を振った。

「わたしは見てないが、監視カメラが連中をとらえた。マスクをかぶったでかい恐ろしげなやつらだ。リッチに言ったよ、あんたもマージーもうちにいなくて幸いだったな、って。いたらマージーはきっとやつらにレイプされてただろうよ」

リッチとマージーが引っ越したのはたぶんこの男から逃れるためだ。

私道の端の蔦（つた）のなかに小さい表示板が立っていた。《最上級警備保障（ファースト・ティア・セキュリティ）》。二十四時間体制の総合警備会社だ。ビバリーヒルズの大半の家に、ほかの警備会社も含めてこれと似たような表示板があるが、なかでも〈ファースト・ティア〉はよく見かける。ここの創業者のひとりを個人的な問題で助けたことがあり、この会社とは何度かいっしょに仕事をしていた。

「警報は聞こえました？」

ウィルコックスは鼻で笑った。

「警報だって？　連中は筋金入りのプロだぞ。ビバリーヒルズからエンシーノまでの家で盗みを働いてるんだ」

わたしは表示板のほうをあごで示した。

「あの警報をかいくぐったのなら相当のやり手にちがいない。〈ファースト・ティア〉は超一流だから」

ウィルコックスはまた鼻で笑った。

「金の無駄づかいだな、超一流が聞いてあきれる。うちのかみさんはジャーマン・シェパードをほしがってるよ。馬みたいにでかい凶暴なやつを」

馬みたいにでかい犬の糞を拾うのはさぞ楽しかろう。

「リッチはこの家を気に入ってるが、マージーは眠れない。だからたぶん売ることになると言ってる、それで不動産業者がうようよしてるんだ。入れ替わり立ち替わりやってきやがる」

ウィルコックスが不動産業者のことで文句を言っていると、茶色のセダンがゆっくりと通り過ぎた。運転しているのは幅広の顔に安っぽいサングラスをかけた四十代のがっしりした男だった。助手席の女性は目つきが険しく、漆黒の髪を団子に結っている。通り過ぎるときに車のスピードが落ち、それがまたひとつウィルコックスに顔をしかめる理由を与えた。

「いまのふたり組を見ただろう。野次馬だ」

わたしは名刺を指さした。

「ドクター・スローソンと話す機会があったら、電話をくれるように伝えてもらえませんか。大事なことなので」

ウィルコックスは返事もせずに自宅の私道へともどっていった。

わたしは声をかけた。「よろしく」

名刺をもう一枚取りだし、同じメモを書いた。名刺を郵便受けに入れていると、さっきのセダンがまた現われた。車内のふたり組がわたしに気づき、自分たちが見られていることにも気づいた。女が男に話しかけ、男はわたしの車に目を向けた。

車が走り去るのを待って、わたしは郵便受けから名刺を回収し、自分の車にもどった。〈ファースト・ティア〉に電話をかけ、デイヴ・ディートマンを呼びだした。デイヴは創業者のひとりだ。

デイヴが言った。「やあやあ、相棒、ひさしぶり。どうした?」

「トロウスデールのある家の件で。スローソン家」

住所を言おうとしたが、デイヴにとっては聞くまでもないことだった。

「ああ、あれか、知ってるよ。例の騒ぎにきみもからんでるのか？」

「例の騒ぎとは？」

「とぼけるなよ。例の金持ち連中を狙った連続窃盗事件だろう？　保険会社の調査員どもが餌の奪い合いをしてる」

「いまかかえている案件が、ひょっとしたらその騒ぎにからんでいるかもしれない。市警は犯人を逮捕したのか？」

「いや、だが時間の問題だ。スローソンのカメラに顔がはっきり映ってるし、ガキどもは指紋とＤＮＡをそこらじゅうに残してる」

それを聞いて、世界がスローモーションになった。

「ガキども」

「犯人はガキどもだ。ばかたれ三人組」

わたしはもう一度言った。念のため。

「ガキども」

「ティーンエイジャー、青少年、呼び名はなんでもいい。女がひとりと男がふたり。子供とは言えないだろうな」

わたしは窓の外に目を向けた。ウィルコックスはでかい恐ろしげなやつらと言っていて、しかもこれは連続窃盗事件だ。

「窃盗事件は全部で何件？」

「十七、八件、そんなところか。目下わかってるだけで。特捜班が指紋を照合中だ」

「特捜班が担当しているのか」

「なにせ大事件だ、相棒。金持ちをこけにしたら徹底的にたたかれるからな」

「指紋とDNAがあるのに、犯人を特定できないのか」

「そういうこともある。前科がなければ、データベースに情報はない。連中はフードをかぶって、監視カメラをうまいこと逃れていたが、なかのひとりがついにへまをした。〝氏名不詳の男性容疑者その一〟。うちがやつをとらえた。〈ファースト・ティア〉が犯人の顔をとらえたんだ」

どうだ、と言わんばかりの笑い声をあげた。

「その男の画像を見せてくれないか」

「ああ。いま送る」

画像が届いて、携帯電話に着信音があった。

そこに映っているのがだれか、デイヴのメールを開ける前からわたしにはわかっていた。画質のあまりよくないその画像は、赤外線で緑色になっている。顔は野球帽とフードで一部隠れているが、残りの部分ははっきり映っていた。

わたしは時刻を確認して、計算した。デヴォン・コナーと別れてから三時間と七分。すばらしい。調査に要した時間の最短記録だと思うが、〝世界一仕事の速い探偵〟になれても、気分は晴れなかった。

画像に目をやると、タイソンが見返してきた。

デイヴがなにか言っているが、その声は耳にはいらなかった。

考えていたのはデヴォンのことだ。彼女が抱くはずの疑問に、わたしは答えられない。彼女が必要とする助けを、自分は与えられるのだろうか。

4

ハーヴェイとステムズ

〝バーテンダーのポール〟の本名は、チャールズ・ポール・スクリーナー。本名がわかると、ステムズは、自動車局に登録されている写真のコピーと記録に残っている最新の住所を手に入れた。住まいはコリアタウンにほど近いミッド・ウィルシャー地区にある二階建ての中庭つきのアパートメントだった。

ペンキのはがれた古い建物で、一階の窓と玄関に取りつけられた防護柵は錆(さび)ついていた。

ハーヴェイが不快げに玄関を見やった。

「こういうアパートメントのことをなんて呼ぶか知ってるか？」

「聞かなくてもわかる」

「便所だ。こういう便所にはエアコンがついてない。おれならこんなところには住まない、エアコンがないなんて」

ポールがいまもここに住んでいるのかどうかたしかめようと思い、ステムズはハーヴェイを車から降ろした。自分はクライスラーのなかで待った。エンジンをかけて。エアコンをつけて。

疲れていた。アデロール（注意欠陥・多動性障害の治療薬）を一錠とリタリン（向精神薬）を半錠、口に放りこんだ。

　しばらくしてハーヴェイがもどってきた。

「応答なし、でも郵便受けにやつの名前があった。どうする？」

「寝てるんだ。バーテンダーは帰りが遅い」

「ベルを五回鳴らした」

「耳栓だな」

「どっちでもいいよ、ステムズ。ここで待って、やつが帰ってくるかどうかようすをみるかい？」

　せっかく順調にことが進んでいるのにここで待つ手はない。バーテンダーのポールからウェイターのアレックの情報が手にはいれば、このままリードを保てるが、そのためには早急にバーテンダーを見つける必要がある。

　ステムズは電話を取りだした。

「ちょっと待ってろ」

「だれにかけるんだい？」

「しーっ」

〈翡翠館（ジェイド・ハウス）〉に電話をかけて支配人を呼びだした。支配人は不在だったが、ワルダーという名の副支配人が電話口に出てきた。ワルダーは自分の名前を〝W〟ではなく〝V〟で発音した。

「ヴァルダーです。ご用件は？」

ハーヴェイは首を振り、窓の外に目をやった。

ステムズは調子よくまくしたてた。

「やあ、ワルダー、ジェリー・リーチだ、〈パラマウント〉の。いや、じつは、電話したのはおたくのバーテンダーがじつにすばらしいとひとこと言いたくてね、ポールって名前の、えーと、苗字はたしかスクリーナーといったかな？　まあ、とにかく、この前の夜、おたくの店に何人かバイヤーを連れていったら、そのポールがそりゃもう大歓迎してくれてね。これ以上ないほど歓待してくれた、そこでちょっとばかり心づけを贈りたいと思うんだ、わかるだろう？ひとつ頼みをきいてもらえないだろうか。ポールが確実にそれを受け取れるように協力してほしいんだよ」

ハーヴェイがあきれて目をくるりとまわす。

ステムズは中指を立ててみせた。

ワルダーが言った。「ゔぁかりました。お安いご用です」

「ありがとう、兄弟、恩に着るよ。えーと、じゃあ、今夜ポールは店にいるかな。今夜いるなら、すぐにうちのアシスタントに持っていかせよう」

ワルダーは予定表を確認した。

「いや、あいにく、ポールが店に出るのはあさってですね」

「そうか、まいったな！　それはどういうことだい？　ほかに副業でもあるのかな」

答えを聞こうと、ハーヴェイが身を起こした。

ワルダーは言った。「俳優もやってるんですよ。養成所に行ってる。稽古したり。オーディションを受けたり」

「なるほど。いや助かったよ、ヴ、ヴァルダー。あさってまた電話する」

ステムズは電話をおろした。

「俳優か」

ハーヴェイがにやりと笑う。

「俳優ねえ。バーテンダーだろ」

「オーディション。稽古。俳優にはちがいないな。やつの居場所がわかれば、なにも一日じゅうここで待つ必要はない」

ハーヴェイは座席に低く身を沈めて、目を閉じた。

「やつはバーテンダーだ」

ステムズは建物を観察した。

「だれかに見られたか？」

「おれはだれにも見られないよ。絶対に」

「監視カメラは？」

「おれたちが見てるのは同じ建物なのか？」

ステムズがドアを開けて降りようとすると、ハーヴェイの腕が襲いかかるコブラよろしく車の幅いっぱいに伸びてきて、引きとめた。

「おれが行く。やつが予想外の行動に出るといけないから」

車から降りたハーヴェイはふたたび建物に向かった。二十六分が経過し、そのあいだステムズはそわそわし、いらいらし、やがてむかむかしてきた。あと五拍待ったらクライスラーから降りようと決めたとき、ハーヴェイが肩をいからせて通りを渡ってきた。その偉そうな態度は、単に気取っているのか不機嫌なのか、ステムズにはよくわからない。

ハーヴェイは車に乗りこんでドアを力任せに閉めた。

「留守だ」

ステムズは顔をしかめた。

「これだけ時間をかけて、報告はそれだけか？」

「見てまわってたんだよ。そのために部屋のなかへはいったんじゃないか」

「そうかい。で、なにか見つかったのか？」

「台本。そこらじゅう台本だらけ。台本に、脚本に、売りこみ用の自分の写真。あいつ、あんたに負けないぐらい自分の写真を持ってるよ」

いまのは冗談だろうか、とステムズは思った。

ハーヴェイが突然にやりと笑い、住所の書かれた紙切れをひらひらさせた。

「そりゃーなにか見つけたさ。ヴァレー・ヴィレッジにある俳優養成所。十二時から四時。いまは稽古の最中だ」

ステムズは住所を確認し、クライスラーのエンジンをかけた。

「おれたちが着くころには、やつはもうなかにいるだろう。出てきたところをつかまえる」

「もちろんつかまえるさ、ステムズ」

ハーヴェイは座席にもたれて両目を閉じた。

「ハロルド・ピンターとはね」

にやにや笑った。

「バーテンダーが」

ちらりとハーヴェイを見やったステムズも、つられて笑った。

間断(かんだん)なく押し寄せてくる波を乗りこなし、波から波へと巧みにボードを滑らせていくサーファーになった気分だった。巨大な波は次に来る波を突き崩し、ぐんぐんスピードをあげ、どんどんエネルギーを蓄え、そして次の波と合わさって、やがて押しとどめようのない力となっていく。

ポールからアレックへ、そしてアレックからゲロ女にたどりつく。ゲロ女は、例の写真の若造と、自分たちがさがしている人間も物も全部差しだしてくれるはずだ。

これでまた先まわりをして、リードを広げることになる。ふたりはほかの連中を大きく引き離しており、ステムズには獲物のにおいが嗅ぎとれた。

5

エルヴィス・コール

　その画像は解像度をあげて拡大され、起訴に耐えうるクローズアップの顔になっていた。瞳孔が、近づいてくるヘッドライトに射すくめられたコヨーテのようにきらりと光っている。デヴォンにはただちに知らせるべきだが、タイソンがどんな罪に問われることになるのか、あるいは警察の逮捕がどこまで間近に迫っているのか、まだわからない。

　デイヴが話し続けているので、わたしは口をはさんだ。

「逮捕はもう間近なのか?」

「おいおい、興味がわいてきたのか?」

「あんたが自分で言ったんだろう。みんなが餌の奪い合いをしているなら、宴会には出遅れたかもしれないけど、せめて残り物にありつきたい」

　デイヴは笑った。

「だったら、こっちへ来て、うちの人間と話すといい。きみが遅れを取りもどすのに協力してくれるだろう」

わたしは礼を言い、遅れを取りもどしにいった。

〈ファースト・ティア・セキュリティ〉はマリーナ・デル・レイの端のカルヴァーシティにある。メタリックな羽目板、鋭角的な形、淡い色に塗られた建物は、むしろインターネット関連の新規の会社にふさわしく思えるが、デイヴの会社はロサンゼルス郡全域で六千を超える契約者の家を監視している。

デイヴ・ディートマンが力強い握手でわたしを出迎え、会議室へと誘導した。

部屋にはいると、細いしなやかな身体つきの男が立ちあがった。ティム・ベンソンは〈ファースト・ティア〉のテクニカル部門のトップだった。白い半袖シャツに細い黒のネクタイ、カーキ色のカーゴパンツ。両腕には古典的なトライバル・タトゥーの縞模様、目は怒りを秘めた黒い点。

デイヴが言った。「ティミーが例のビデオを切り取って、科学捜査課（SID）に協力している。スローソン事件のうちの担当者だ」

ティム・ベンソンの握手には思いがけず力がこもっていた。

わたしは言った。「十八件というのはただごとじゃない。デイヴの話だと、犯人たちはまだ若造だとか」

ベンソンはたかが十八件と言わんばかりに肩をすくめた。

「狙われたのは留守宅だ、銀行じゃない」

これは朗報だった。空き巣、つまり犯人たちが狙ったのは無人の家だけということだ。

デイヴが椅子にすわるよううながし、自分も並んで腰をおろした。テーブルの向かいには液晶テレビがある。ワイヤレスのキーボードとマウンテンデューの缶を手に、ベンソンも席についた。

デイヴが椅子の背にもたれて腕組みをする。

「彼に全体を見せてやってくれ」

ベンソンの視線が一瞬こちらに向けられた。

「現時点で、うちが把握(はあく)している十八件の窃盗(せっとう)事件は、ブレントウッド、ベルエア、ホーンビー、ビバリーヒルズに散らばっていて、すべてサンセット大通りの北側で起こっている。スローソン家は――」

わたしは口をはさんだ。

「現時点？」

「連中は派手に動きまわっていて、いま捜査班が指紋を過去の事件と照合している。この件数はおそらく増えるだろう」

あいづちを打ちながらも、わたしは先を読んでいた。

「十八件の容疑者はすべて同じ三人組？」

「そこははっきりしない。当初の何件かはふたり組だとカセットは言ってる」

「カセットとは？」

デイヴが答えた。「ダニ・カセットとマイク・リヴェラ。強盗課特捜班。カセットは捜査班の主任だ」

　ベンソンがキーボードをそばに引き寄せ、話を続けた。

「映っているのは女ひとりと男ふたりで、いまのところ氏名は不詳。スローソン家の鍵のかかっていないガラス戸から侵入した。この手口は、毎回ほぼ同じだ。パターンは変わっていない」

　タイソンが〝氏名不詳の男性容疑者その一〟だとしたら、アレックが〝氏名不詳の男性容疑者その二〟で、女はアンバーだろうか。

　デイヴをちらりと見た。

「近所の人の話では、犯人たちは警報をかいくぐったとか」

　ベンソンがすかさず口を開き、目つきがいっそう険しくなった。

「いやいや。スローソン家は警報システムを作動させてなかったんだ。そのうえガラス戸の鍵がかかってなかった。ドクター・スローソンは施錠したつもりだったが、掛け金に癖があった。確認してみたよ。小刻みに揺すらないときちんとかからない」

　デイヴが悲しげにうなずく。

「みんなセキュリティには大枚をはたきながら、つい、うっかり、する」

　ベンソンがデイヴをちらりと見た。

「はじめていいかな」

「やってくれ」

ベンソンがキーをたたく。液晶画面が六分割されて、スローソン家の停止した映像が現われた。各画面の右下にタイムコードが表示されている。

「スローソン家には六台の監視カメラがある、だから映像も六つ。警察のためにタイムコードを入れた」

カメラの設置場所は一目瞭然だが、ベンソンはあえてひとつずつ説明した。

「左上が、コールボックス。カメラ2は、玄関ドアから私道と通りまで。家の側面がカメラ3、反対側が4。5と6が裏側をカバー」

タイムコードを指さした。

「時刻は午後十一時二十二分。侵入から退去まで、犯行に要した時間は四十六分」

監視カメラは継続して録画している、つまり一時間に六台のカメラで延べ六時間分が録画されているということだ。ベンソンはそれぞれのカメラから必要な部分だけを切り取って編集し、ひとつの物語にしていた。

ベンソンがキーをたたくと、画面に玄関のカメラの映像が現われた。背景に私道のゲートが映っており、ゲートの向こうの通りがぼんやりと見える。タイソンのボルボがここを通過するのだろうか。

ベンソンが言った。「照明が不充分だが、通りに注目してくれ。連中が右からはいってくる」

ふたたびキーをたたき、時間のカウンターが進んだ。ゲートの向こうに粒子の粗いふたつの人影が現われ、私道まで来て立ちどまった。

「向かって左が女、右が〝氏名不詳の男その一〟だ」

照明不足のうえに距離があるので、ふたつの人影は画面のしみのようにしか見えない。

「どっちがどっちか、どうしてわかる?」

「女と〝男その一〟は背恰好が似てる。〝男その二〟はふたりより背が高い。この映像をもう百回は見てるんだ」

デイヴが笑った。

わたしは訊いた。「徒歩でここまで来たのか?」

「一、二軒離れたところに車をとめたと思われるが、警察ではまだ確証がとれていない。だれかが車で送って、犯行後にまた迎えにきた可能性もあるが、なんとも言えない」

いちばん背の高い人影が最初のふたりに合流し、三人はゲートに向かって移動した。映像がコールボックスのカメラに切り替わり、通りの景色を映しだした。通り以外なにも映っていないところへ、だれかの手が伸びてきてカメラの前を通過した。

ベンソンが画像を一時停止する。

「女が呼び鈴を押している。どの犯行でも、家に人がいないかたしかめてるんだ。応答がなければ、フェンスを飛び越えるかなにかして、施錠されてない侵入口をさがす。窓を割ったり強引に押し入ったりは絶対にしない。警報が鳴ったら即座に逃げる。犬がいても逃げる。毎回手口は同じだ」

「どうして女だとわかる?」

「まあ見ててくれ」

デイヴが言った。「女は四、五回ベルを鳴らす。呼び鈴を押すところは飛ばそう」

ベンソンがビデオを先へ進めた。

「よし。じゃあ、見てみよう」

背景でヘッドライトが光り、車が一台近づいてきた。カメラのレンズが覆われて画面が暗くなり、その状態が十秒ほど続いた。やがてだれかがカメラから離れて歩きだし、その後ろ姿が映った。

ベンソンがその動きに重ねて言った。

「彼女の脚が見えるだろう？　レギンスをはいてる、パンツじゃなく」

ふたりめの人影が、同じく後ろ姿を見せながら急いでひとりめのあとを追った。そこでベンソンが画面を停止させる。

「〝氏名不詳の男その一〟だ。こいつはパンツをはいてる。連中はかならず黒っぽい服を着る。フードと帽子をかぶる。いつも同じだ」

ベンソンがビデオをふたたび再生した。タイソンが女に追いつき、後ろからどしんとぶつかった。女はくるりと振り返ったが、顔は依然としてフードの陰だ。タイソンを撃退しようとふざけてキックを繰りだし、足が宙にあがったところでベンソンが画面をとめた。

「スニーカーをよく見てくれ。靴底のクッションの部分。光ってるのがわかるか？」

クッション部分に反射テープのような光の線が一本走っている。

「ＳＩＤがブランドを特定した。日本製。ティーンエイジの女の子向けの製品、というわけでこれは女だ。続きを見てくれ」

ベンソンがキーを押した。タイソンが飛びのいてキックをかわすと、背の高いほうの男が前に飛びだした。タイソンの身体をかかえて持ちあげる。

ベンソンが両の眉を吊りあげた。

「連中がまだガキだというのがこれでわかる。こいつらはふざけて遊んでるんだ」

女がフレームから消えて見えなくなった。背の高いほうの男がタイソンをおろし、ふたりは急いで女のあとを追った。

映像が、側庭の小道を高い位置から見おろす景色に切り替わり、家の裏手から遠くにある勝手口のゲートまで続く小道が映しだされた。なかのひとりがそのゲートをよじのぼった。

「女が最初にやってくる。このお嬢さんがショーの仕切り役なんだ」

その人物が地面に降り、こちらに向かってくる。勝手口のドアまで来て、ノブをまわした。開かなかったので、そのまま小道を進んで、カメラに近づいてきた。フードで顔は隠れているのに、ずっと下を向いている。賢い。見たところ冷静で、場慣れしており、堂々としている。

ベンソンがわたしをつついた。

「手を見てくれ。手袋をしてない。この連中は顔を隠してるくせに、指紋はそこらじゅうに残してる」

それほど賢くないのかも。

タイソンが次にゲートを乗り越え、最後にアレックが続いた。タイソンはフードの下に野球帽をかぶり、アレックのほうはフードの紐をきつく絞っているのでアリクイみたいに見える。

ベンソンが身を乗りだした。

「もうじきだ。まあ、見ててくれ」

女がカメラの下を通過して姿を消した。次に通過したタイソンは、フレームから消える前に一瞬顔をあげた。カメラを見たのはほんの一秒だが、その一秒で充分だった。

ベンソンがテーブルをばしんとたたく。

「決定的瞬間！　やつをつかまえた」

決定的瞬間のあと、わたしはほとんど上の空だった。

映像がスローソン家の裏手に切り替わった。女の容疑者がガラスの引き戸のところへ行き、取っ手をつかんで引いた。あっさり開いた。

ベンソンがわたしをつつく。

「施錠されてなかった」

女に続いて、タイソンとアレックも家のなかにはいった。ガラス戸とガラスの壁のおかげで屋内の動きがよく見える。三人はあちこちの引き出しを開け、クローゼットにはいりこみ、ベッドの上で飛びはねた。わたしはスローソン一家に同情し、デヴォンを気の毒に思った。

ビデオが終わると、辞去した。デヴォンが知りたがっているのはタイソンの金の入手方法であり、伝えるべき答えはこれでわかった。

タイソンの不利になる証拠は充分すぎるほどだった。彼は身元を特定され、逮捕され、有罪になるだろう。デヴォンは知っておく必要がある。

そろそろニュースを伝えにいかなければ。

6

デヴォンの勤める小さな法律事務所は、エンシーノのはずれにある三階建てのビルのなかだった。訪ねることは事前に通告しなかった。着いてから電話をかけ、表にいると伝えた。

「待って。いま表にいるということ？」

「駐車禁止区域に。そこから見えるでしょう」

「あの子はなにをしてるの？　どれくらい厄介なことになってるの？」

「出てきてください」

「ドラッグ？　ドラッグを売ってるの？」

「出てきてください。駐車禁止区域にいるので」

「ただじゃおかないわ。ええ絶対に、あの子をただじゃおかないから」

数分後に出てきたデヴォンは、すぐさま車に乗りこんできた。

「いいわ、どういうこと？　あの子はなにをしてるの？」

わたしはサングラスのケースの写真をデヴォンに見せた。

「タイソンの車のなかにありました。見覚えは？」

「アンバー？　アンバーというのが例の女の子？」

「おそらくは、でも断定はできない。いまの矢継ぎ早の質問には答えられないけど、とにかく時間がないんです」

「なんの時間？」

タイソンが映った画像を見せた。デヴォンは眉間にしわを寄せ、よく見ようとわたしの携帯電話を手に取った。

「緑色ね。これはどういう写真？」

「家庭用監視カメラの映像の一部を切り取ったものです。粒子が粗いのは、警察が画像の解像度をあげて拡大したから」

デヴォンは空気の抜けた風船みたいに車のドアにへなへなと寄りかかった。

「いやな予感がする」

「スローソンという名の夫妻が住んでいる家のカメラです。あのロレックスはその夫妻のものだった。この映像が撮られた夜、夫妻はパーム・スプリングスにいた。タイソンは仲間ふたりとその家に侵入し、六万八千ドル分の物品と現金を盗んだ」

デヴォンの目が大きくなり、身体ががたがた震えだした。

「そんな。嘘よ。まさか」

「仲間というのは女性と背の高い男性だった」

「アンバーとアレック？」

「おそらくは。現時点で、タイソンと仲間ふたりの身元はまだ特定されていない。警察はタイソンの写真と指紋を手に入れた、でも氏名までは把握していない。これがいいニュース」

　デヴォンは目を閉じた。

「なんだってまたそんなばかなことを」

「悪いのはここからです。警察はこの三人組をほかの十七件の窃盗（せっとう）事件と結びつけている。全部で十八件の窃盗」

　デヴォンは目を開け、じっと見返した。

「タイソンが十八件も盗みを働いた？」

「十八件全部にかかわっていたとはかぎらない、でもあの現金はそうやって手に入れたものです」

　デヴォンはふと目をそらした。唇を固く引き結ぶと、両側にえくぼができた。

「泥棒。あの子が人さまの家に押し入って、盗みを働くなんて」

「残念です。とうてい納得はできないでしょう」

　デヴォンの目つきが不意にやわらいだ。

「あの子たちはだれかに危害を加えた？」

　それを訊いてくれたことにほっとした。

「聞いたかぎりでは、それはなかった」

「なんだか胸がむかむかしてきた」

　エアコンの吹き出し口をデヴォンの顔に向けた。

「深呼吸をして」

「吐きそう。本当に」

「呼吸して」

デヴォンはわたしの携帯電話を取った。両手を震わせながら息子の写真を凝視する。緑色の。電話を返して、窓の外に目を向けた。だしぬけに息子の名前がその口から噴きだした。

「タイソンたら！」

両の腿を強く三回たたいて、また叫んだ。

「タイソンたら！」

わたしは待った。ただ待つしかない、そんなときもある。ようやくひと息つくと、デヴォンはこちらに顔をもどした。

「確認させて。これはたしか？」

「たしかです」

デヴォンは背筋を伸ばし、落ち着きを取りもどした。

「わかりました。ありがとうございます。あの子が厄介なことになってるのはわかっていたけど、まさかこんなことだなんて思いもしなかった。調べてくださったことには感謝してます」

「話はまだ終わってません」

デヴォンはこちらを見た。

「警察がタイソンの顔と名前を結びつけたら、逮捕されることになるでしょう。息子さんを助けたければ、窓口はある、しかしその窓は閉まりかけています」

「どうやってあの子を助けるの？　中国行きの航空券を買ってやるとか？」

「本人を出頭させる必要がある。つまり自首するということです。タイソンが捜査に協力すれば、かなり有利な取引ができるかもしれない」

デヴォンは唇を嚙んで考えこみ、それから腕時計にちらっと目をやった。タイソンはまだ学校にいるが、授業はまもなく終わる。

「弁護士が必要になるわね」

「そう。刑事弁護士が。よければ何人か推薦もできます」

デヴォンはひとりうなずき、オフィスのあるビルのほうを見た。

「うちのボスが紹介してくれるはず。いずれにしても、タイソンのことは上司に話さなければ」

「窓は閉まりかけている、それがどういう意味かわかりますね？」

ふたたびこちらに向けられた視線は、鋭かった。

「わたしはただの業務部長ですが、コールさん、話はちゃんと聞いています。警察があの子の身元を突きとめたら、わたしたちが出頭するまでもない。警察はただあの子を逮捕するでしょう、そうなったらこちらには利用できるものがなにもなくなってしまう」

「だから、すぐにも動く必要がある」

「わかりました。急いで弁護士を手配します」

「それから、タイソンにも協力してもらわないと」

鋭い目がきらりと光った。

「あの子は協力します。しなかったらわたしがただじゃおかない」

「これはタイソンにとっては不意打ちです。動揺し、怯えるでしょう。息子さんと話をするとき、よかったら同席してもいい」

「ありがとう、でも知らない人がそばにいないほうがうまくいきそう。ロッシ先生に連絡してみます。きっと力になってくれるはず。ふたりで今夜タイソンに話します」

ロッシというのは、たしかタイソンの処方薬のボトルに書かれていた名前だ。

「いいでしょう。最後にひとつ。弁護士はたぶんわたしから話を聞きたがる。連絡先を教えてかまいません。だれかと会って話を聞くときにわたしが必要だったら、いつでも呼びだしてください。どんな用件だろうと」

デヴォンは一瞬わたしを見つめ、素敵な笑みを浮かべた。

「あなたってたいした人ね」

「前にも言われたことがある」

いっそう大きな笑みを浮かべて、デヴォンは車から降りようとドアを開けた。

「状況はお知らせします。さっそく取りかからないと」

「だいじょうぶ？　気分はどう？」

デヴォンはためらい、最後に一瞬振り返った。

「悲しい」

車から降りて、オフィスへもどっていった。わたしは車を発進させ、家路についた。タイソン・コナーの逮捕は避けられない。タイソンが、あるいは長身の男か女が、友だちに現金を見せびらかしたり得意げに話したりして、うわさの波はじわじわ広まる。どこかのウェイトレスが会話を小耳にはさんで、それを仮釈放中のボーイフレンドに話し、そいつが点数を稼ごうとして保護観察官に彼女の話をわざわざ伝える。故買屋たちがパクられて盗人たちの情報を明かし、犯罪者たちはフェイスブックで犯行を自慢し、裏切者の友人たちはツイッターで秘密をばらすようなことをつぶやく。それが世の常で、必然なのだ。

窓は閉まりかけているが、まだ閉まってはいない。

7

デヴォンは仕事が速かった。スタジオシティのマーケットに車を入れていると電話がかかってきて、レスリー・サンガーという弁護士を紹介された。サンガーはいかにも頭の切れる経験豊富な弁護士らしく、副地方検事を九年間務めていた。わたしは車をとめ、スローソン家の窃盗事件に関して知っていることと、それを知った経緯を、二十分かけて説明した。情報源としての氏名はかならずしも必要ないとサンガーは請け合った。タイソンは事件に関与した証拠として詳細な供述をする必要があるだろうが、そのタイソンにしても、氏名を明かすのはなんらかの合意に達してからでよいだろうと。その後、デヴォンとサンガーが、合意に基づいてしかるべき機関にタイソンを出頭させ、それで自首が完了する。年齢や、前科のないこと、協力的な姿勢などに鑑みて、検事局と裁判所も理解を示し、情状酌量してくれるはずだとサンガーは踏んでいた。わたしの役目は終わり、以上。

通話を終えると、ほっとした。腹も減っていたので、祝杯をあげたい気分だった。仔牛の厚切り肉とテキーラのロカ・パトロンを一本買った。どちらもジャネット・ヘスの好物だが、ロカのほうは特にお気に入りだ。パーティーといこう。

買い物をすませると、わたしはヴァレーをあとにした。

ローレル・キャニオンの頂上近く、ウッドロウ・ウィルソン・ドライブから少しはいった細い道に建つセコイア杉で造られた三角屋根の家、それがわたしの自宅だ。寝室がふたつと、峡谷の絶景が望めるテラス、そして猫が一匹いる。かわいげのない雄の黒猫で、歴戦を物語る傷痕がある。わたしにはまあまあなついているが、ヘスのことはあまり好きではない。彼女はとりたてて気にしなかった。わたしと相棒のジョー・パイクにしかなつかない猫なのだ。それ以外の人間は全員、獲物だと思っている。

カーポートに車をとめて、食料品をキッチンへ運びこんだ。猫が餌のボウルの前にすわっていた。むっつりと。

「一分待ってくれ、いいな」

猫は床をにらんでいる。

肉を冷蔵庫に入れ、ローストチキンの残りを見つけた。チキンとパシフィコ・ビールを一本取りだした。餌のボウルに朝食の残りがこびりついていたので、きれいな皿を用意した。

「ビールかチキンか」

鼻がひくひく動いた。

わたしはビールとチキンを持って床にすわり、ビールを少し注いでやった。猫は泡をじっと見て、鼻を近づけ、ぴちゃぴちゃ飲んだ。

「飲みすぎるなよ。あとで運転しないといけなくなるかもしれない」

猫と暮らせば、猫に話しかける。

ビールを飲み終えた猫が、わたしを見た。

わたしはチキンを細かく裂いて、猫の皿に入れた。

「これからヘスが来る。フーとかシャーとかするなよ、いいな。もう充分だ」

もう少しビールを飲んでから、わたしは腰をあげてテラスに出た。厚切り肉がグリルで焼かれるのを待っているので、網の汚れをこすり落として新しい炭を入れた。グリルの用意ができると、シャワーを浴びて洗いたての服に着替え、キッチンで作業に取りかかった。

肉の形を整えて、大蒜(にんにく)をつぶし、生のローズマリーを刻んだ。大蒜とローズマリーをボウルに入れ、オリーブオイルと塩と胡椒(こしょう)でペースト状になるまで和えた。いい香り。そこにレモンを絞って加えた。さらにいい。

猫に目を向けた。

「ミントはどうだろう」

猫はチキンから目を離さない。

「冗談だよ。ミントはないんだ」

肉にペーストをたっぷり塗り、ビニールで包んで、脇へ置いた。冷蔵庫にある野菜を取りだし、茄子(なす)の下ごしらえにかかった。縦に厚切りにして、両面にオリーブオイルを塗り、塩と胡椒とガーリックパウダーを振りかけて、浅い容器に並べ、オーヴンに入れる。弱火。

猫に向かってにやりと笑いかけた。

「なかなかやるだろう?」

ゲボッと音がして、猫が毛玉とチキンを吐きだし、目をぱちくりさせて、立ち去った。困ったやつだ。

猫の吐いたものを片づけてから、外に出て、炭火を熾した。炎がいい具合にあがってきたとき、ヘスから電話がかかってきた。

「やあ!　仔牛肉を用意してるんだ」

半拍のためらいがあった。

「ほんとに残念なんだけど」

その声色がすべてを物語っていた。

「どうした?」

「TSA(運輸保安局)がらみ。ごめんなさいね、エルヴィス。例によってまた取引があって」

ヘスはSAC——主任捜査官だ。ATFの南カリフォルニア地区を担当する支局の食物連鎖のトップ。主任捜査官の電話が鳴ったら応答しないわけにいかない。

「いいからいいから。気にしないで」

わたしは努めて陽気な口調で言った。

「気にするわよ。こういうのは自分でもほんとにいやなの」

「だいじょうぶだから、ジャネット。ほんとに」

「信じて、わたしだってあなたの料理した肉を食べるほうがどんなに楽しいか」

「きみの食べる分はたっぷりあるよ」

ヘスはクスッと笑った。不屈の精神を持つ筋金入りのＡＴＦ捜査官でありながら、クスッと笑うこともある。彼女のそんなところが好きだ。

「例の未成年女子の件はどうだった？」

「強烈（スモーキング）だった」

ヘスには通じなかったが、無理もない。

「もう切るわ。またね」

「またね」

わたしはビールを飲み干し、二本めを開けて、のんびりとテラスにもどった。眼下の峡谷が次第に紫色に翳（かげ）り、空の青も深まりつつある。炭はあざやかなオレンジ色。肉を焼くには熱すぎるが、そのうち落ち着くだろう。

時間を見て、デヴォンとタイソンのことを考えた。デヴォンは息子と対峙しただろうか、それとも、いざとなると怖気づいて必死に勇気をかき集めているのだろうか。ひょっとしたらもうすでに解決して、親子はこれから幸せに暮らすかもしれない、あるいは彼女がひるんであしたに先延ばししたかもしれない。デヴォンが気の毒になった。親でいるのは生易しいことではない。

肉を取りになかへもどり、余分のペーストをこすり落として、グリルに置いた。火にのせたときのジュッという音が完璧だった。

猫がドアのところに来て目をぱちくりさせた。

「胃の調子はどうだ？」

猫はテラスの端へ行き、わたしには見えないなにかを凝視した。

肉をひっくり返して、茄子を取りにいき、持ってきた。

わたしは子供が好きで、いい父親になれると思っていたが、自分の子供はいない。だれか特別な相手と子供を持てたら楽しいだろうとは思うが、特別な相手を見つけることはそう簡単にはいかないのだとわかった。わたしはルーシー・シェニエという女性と親しくなり、彼女にはベンという息子がいた。わたしたちが恋に落ちたとき、母子はルイジアナに住んでいたので、わたしのいるロサンゼルスへ越してきたが、ルーシーの別れた夫が元妻を罰するためにひどいことをして、それが終わったときには、深い傷が残った。ルーシーとベンはルイジアナにもどっていった。そのほうが安全だから、と彼女は言った。そこなら息子の傷も癒えると。

しかたがない。

わたしはベンを息子のように愛しており、会いたくてたまらない。連絡は取り合っている。

あの子の父親を殺しておくのだったとつくづく思う。

肉を温度の低い場所へ移し、茄子をグリルにのせて、もう少しビールを飲んだ。タイソンの父親は息子が生まれる前にいなくなった。

なんというろくでなしか。

肉をつついてみた。弾力で焼け具合がわかる。この感じはミディアムだ。完璧。肉を皿に移した。

わたしは父親を知らない。会ったこともないし、父のことはなにひとつ知らない。母は名前すら教えてくれず、そもそも父親がだれかわからなかったのかもしれない、だから父は母の妊娠を知らなかった可能性もある。母はそんな人だった。自分で父親をさがそうとしたことも何度かあったが、そのうち興味が失せた。

もしも自分が父親だったらと想像してみるとき、想像上の子供の性別はどちらでもかまわない。わたしはレゴでお城を作り、お人形さんごっこをし、寝る前に『おやすみなさいおつきさま』を読んでやり、ディズニーランドで行列に並ぶ。男の子でも女の子でも、料理を教える。ラニオン・キャニオンでハイキングをし、ふざけて変な顔をしてみせ、ホラー映画を観る。息子が運転免許を取ったら心配し、娘のデート相手の少年をにらみつけ、子供が失恋したときは泣く。こんな父親がほしかったという父親に、自分がなったところを想像しているのだと思う。わたしはデヴォンのことを考えた。親でいるのは難儀なことだ。

猫が近づいてきて、舌なめずりをした。

「もうできる」

茄子の端のほうがぱりぱりになって、いい感じに焼き目がついた。肉をのせた皿に茄子を加えて、ナイフとフォークを持ち、テラスに腰をおろした。

猫がそばに来て、隣にすわった。

肉を少し切り分けて、さらに細切れにし、ひとかけら差しだした。猫は鼻をくっつけ、ひとなめしてから、キスをするようにそっとわたしの指先から肉をくわえた。
わたしには子供がいない。猫が一匹いる。

8

ハーヴェイとステムズ

〝バーテンダーのポール〟がアレック・リッキーと知り合ったのは、トルーカレイクにある俳優養成所だった。当時ポールが演じていたのは、スタントマンを目指してワイオミングから出てきたものの最後には映画スターになったカウボーイ、スリム役だった。アレックは、ホラー映画を撮っているコカイン中毒者のために使い走りをする俳優の卵、ルイス役の代役。ひとつだけ問題だったのは、ルイス役の大根役者がただの一度も舞台を休まなかったことで、しかたなくアレックはそこを辞め、シャーマンオークスにある〈ブラッスリー・ル・ジャン〉で一時的にウェイターの仕事をしている。そんなどうでもいいくだらない話を聞かされて、ハーヴェイは頭が痛くなったが、少なくともアレックの居場所はわかった。

七時四十一分、ハーヴェイとステムズは、通りをはさんで〈ル・ジャン〉の向かいに車をとめた。アレックが今夜仕事に来ているかどうかわからないので、ハーヴェイが店にはいった。数分後にもどってくると、にかっと笑ってステムズをぶった。

「やつだ。これで決まり」

「まちがいないか?」

「ああ。アレックだ」

ハーヴェイは自分の胸をとんとんとたたいた。

「名札がある。背が高い、男前、えくぼ。免許証の写真とそっくりだ」

ステムズはレストランに目をこらした。ここまで来たら、早く終わらせたい。

「客の数は?」

「満席。ほとんどが年寄りだ」

ステムズは自分の目でたしかめることにした。入口のそばで折りたたみ椅子にすわっていた駐車係があわてて立ってドアを開けた。

店内は暗く、テーブルがみっしり押しこまれていた。店の奥にあるカウンターの先に、厨房(ちゅうぼう)と化粧室に通じる廊下がある。ウェイターやバスボーイたちが厨房に出入りし、テーブルのあいだを泳ぐように動きまわっている。アレックらしき男は見あたらない。

口ひげをきれいに整えた小男が声をかけてきた。

「ご予約のお客様でしょうか」

「友だちと会うことになってる。メニューを見せてもらえるかな」

男はすかさずメニューを手にしたものの、尊大な態度で鼻を鳴らした。

「ご予約がないと三十分はお待ちいただくことになりますが」

「わかってるよ。ありがとう」

やなやつだ。

背の高い痩せた若い男が楕円形のトレーを手に厨房から出てきた。中年のウェイターが一台のテーブルの横に折りたたみ式の台を用意し、若者はそこにトレーを置いた。サラダの給仕が終わると、若者はトレーと台を持って厨房へ引きあげた。

ステムズはメニューを口ひげの男に返した。

「次は電話してから来よう。じゃあ」

ステムズは車に引き返した。

「やつだった」

「おれが信用できないって?」

「ハーヴェイ、やめろ」

「ひとつ質問してもいいか。あいつはなんでせっせとトレーなんか運んでるんだ?」

「やめろと言ってるだろう、ハーヴェイ」

「あのガキどもは相当稼いでるはずだ。総額でどれくらいになる、三百二十万か、三百三十万?」

「あの仕事が好きなんだろう」

「そんなはずない」

ステムズはクライスラーを発進させ、そのブロックをひとまわりした。レストランの裏手の薄暗く長い路地は、住宅街の交差点から次の交差点まで続いている。ふたりはゆっくりとレストランを通過してそのブロックをまわり、毛糸屋の裏の路地に車をとめた。そこに腰を落ち着けて、レストランの裏口を見張った。

十分か十五分おきに厨房スタッフが煙草を吸いに出てくる。ステムズとハーヴェイは黙って喫煙者たちを眺めた。これまでもふたりで人間や建物を見張りながら果てしなく長い時間を過ごしてきたので、もう話題はほとんど尽きていた。

十時半になるとレストランの従業員が帰りはじめた。リュックサックを背負った男がふたり出てきて、路地の端まで行き、ヴェンチューラ大通りのほうへ曲がった。

「バスに乗るんだ」とハーヴェイ。

ステムズはクライスラーのエンジンをかけたが、ライトはつけなかった。

次はひとり、それから男のふたり連れ、そして女がひとり。十一時五分にアレック・リッキーが出てきたが、ひとりではなかった。

「厄介だな」とハーヴェイ。

アレックの連れはブロンドの女ふたり。片方はステムズが先ほどカウンターのなかにいるのを見た女だ。

「あわてるな。そのうちばらける」

背の高いほうの女が煙草に火をつけ、三人はその場でなにやらげらげら笑って、それからようやく通りのほうへ歩きだした。

「十ドル賭けよう、左か右か」とハーヴェイ。

「左」

路地の端まで行くと、アレックと女たちは左に曲がった。

「ちぇっ」

「降りろ、ハーヴェイ。行け」

ハーヴェイが車から降りて急いで三人のあとを追う。その姿が見えなくなるまで待って、ステムズはのろのろと車を進めた。路地の端まで行ったとき電話が鳴った。

ハーヴェイのささやき声がした。

「左だ、その次の信号でまた左。右側にとめろ。ゆっくりだ」

ジャカランダの木々が織りなすレース状の月影のなかを、ステムズはゆっくりとクライスラーを進めた。近づいてきた車がライトを点滅させ、こちらのヘッドライトが消えているという合図を送ってきた。ステムズはヘッドライトをつけたが、その車が通り過ぎるとすぐに消した。

ハーヴェイが言った。「やつらは通りにいる、半分ほど行ったところだ。おれは右手、歩道にいる。あ、ちょっと待った——」

ステムズは一時停止の標識で曲がり、車を右に寄せた。

「なにか言え、ハーヴェイ。どこにいるか見えない」

「あいつら立ちどまった。待て——」

一ブロック先で、車のロックが解除されてアラームが鳴った。

ハーヴェイがささやいた。「あいつだ。さがれ、ステムズ。向きを変えろ。やつはそっちへ向かうぞ」

　ステムズは後退して角を曲がり、どこかの私道にはいった。六秒後、ハーヴェイが車に飛び乗ってくるのと同時にヘッドライトが近づいてきた。

「あの車だ。ゆっくり行け」

　黒い2ドアのニッサンが一時停止の標識を通過して、ヴェンチューラ大通りのほうへ曲がった。

　ステムズは十まで数えてからヘッドライトをつけ、あとに続いた。

「女ふたりもいっしょか?」

「いーや。やつはひとりだ」

　ふたりはニッサンを追ってヴェンチューラ大通りからシャーマンオークスを抜け、スタジオシティにはいった。アレックはまっすぐ帰宅するかと思ったら、まるで行くあてもないみたいにのんびりと走っている。道はさほど混んではいなかったが、〝スシ街〟にさしかかると、トロとウニを追いかけるサーモンよろしく、車がひしめきあった。ニッサンはある店の前で速度をゆるめ、次にまた別の店で、さらに三軒めでも同じことをした。どの店で食べるか決めかねているみたいに。

　ステムズは引き離されまいとして信号を何度も無視した。

「むかつくガキだ」とハーヴェイ。

　二台前で、ニッサンがじわじわと中央車線に移り、そこで停車した。アレックが往来の真ん中で車から降りて、後続車に目をこらした。

ステムズは言った、「まずいぞ、ハーヴェイ、やつに気づかれた。おまえは見られたんだ」

「いーや。そんなはずない」

アレックはそわそわしているようだが、その視線はクライスラーの上をあっさり通過した。周囲でクラクションが鳴り響いたので、ステムズもクライスラーのクラクションを押した。

「やつを見ろ。相当びびってる」

「仲間のだれかがパクられたのかもな。連絡があったんじゃないか。あのクソガキどもを追っかけてるのはおれたちだけじゃない」

アレックはもうしばらくふたりの頭越しに目をこらしてから車内にもどり、車列はぎくしゃくと進みはじめた。

「ハーヴェイ。なんとなくにおうな」

「おれもだ」

ニッサンが大きく揺れて対向車線を横切り、駐車場に乗り入れて、猛然と出口へ向かった。急ブレーキの音がいくつも響き、それより多くのクラクションが悲鳴をあげた。ステムズもクライスラーのハンドルをぐいと切って車線を横断し、駐車場を突っ切って、反対側に向かった。ハーヴェイが身を乗りだしてアレックの車をさがす。

「いたぞ。フリーウェイだ」

ニッサンを視界にとらえたので、ステムズはスピードを落とした。

アレックはフリーウェイにはいってしまうと落ち着いた。赤いライトの流れにまじっていれば安全だと思っているみたいに。そのまま尾行してハリウッドにはいった。ステムズはこの若造が仲間と落ち合うことを期待したが、アレックは車をとめなかった。速度をゆるめてのんびりとハリウッドを通過し、フリーウェイにもどった。

ステムズはハーヴェイにちらと目を向けた。

「どう思う?」

ハーヴェイは肩をすくめた。

「言っただろ。なにかあったんだ。たぶんどうしたらいいか考えてる」

ステムズも同感だった。

「ああ。おまえの言うとおりだろうよ」

「いつだっておれの言うとおりだ」

ダウンタウンに近づくと車の数が減ってきた。おかげでニッサンを視界にとらえておくのは楽になったが、そのぶんステムズはさらに後ろへさがらなければならなかった。

LAのダウンタウン北部をゆっくりと流して通過し、ロサンゼルス川を渡り、アレックのあとについて、なだらかに起伏する暗い丘を越え、山間部へと向かった。二台の車間距離は次第に広くなる。

ハーヴェイがまた身を乗りだした。

「なあ、やつはスピードをあげてるぞ」

ステムズは加速した。

車間距離が縮まって、それからまた開いた。

「おい、ステムズ。これじゃ逃げられる」

ふたりは黒い小型車を追って暗闇に囲まれた光のトンネルを走り抜けた。街ははるか後方となり、二台の車は世界の果てに向かって疾走しているようだった。ステムズはご機嫌だった。ほかの車がどんどん後ろへ流れる。巨大なトラックも一瞬で追い越していく。トラックはさながら眠れる巨獣のように見えた。

アレック・リッキーが内側の車線を疾走しながらトラックを追い抜き、その前に出て一瞬姿を消したあと、突然狂ったような勢いでフリーウェイを横切り、出口に向かった。

ステムズは急ブレーキを踏んだが、間に合いそうにもなかった。出口ランプはフリーウェイから急降下しており、大型のクライスラーは大きく傾いてカーブに突っこんだ。カーブはどんどんきつくなり、ステムズは横転に備えて身構えたが、クライスラーはどうにか持ちこたえて走行を続け、スピードを落とした。そのときニッサンが目にとまり、ステムズはゆっくりとクライスラーを停止させた。

ガードレールの向こう側、立ちのぼる砂ぼこりのなかでニッサンが仰向けにひっくり返っていた。アレック・リッキーはコントロールを失い、スピンし、回転しながらガードレールを飛び越えたのだ。

ハーヴェイが急いで車のドアを開けた。

「ランプを降りろ。行け」

ハーヴェイはガードレールをひらりと飛び越え、アレックの車に向かって走った。ステムズは出口ランプを下まで降りて路肩に車をとめた。ヘッドライトを消して、周囲をうかがう。人けはない。

ステムズは車から降りて土手をのぼった。アレック・リッキーは生きていたが、負傷していた。ハーヴェイは仰向けになった車からアレックを引きずりだし、車内を調べるためにまた車にもどっていた。運転席の窓から突きでたハーヴェイの両脚が手芸用モールのようにゆらゆら揺れている。強烈なガソリンのにおいがたちこめていた。

「なにか見つかったか?」ステムズは訊いた。

「こいつはもうだめだ、ちくしょう。しゃべれない」

「キーをさがせ」

ステムズはアレックのところへ行った。胸を強打したらしく、左腕も砕けている。顔は血まみれで腫れあがっていた。必死になにか言おうとするものの、口から出てくるのは泡だけ。

「エアバッグがあってよかったな、ええ?」ステムズは言った。

アレックはまたなにか言おうとしたが、あごが昆虫の下あごみたいに妙な動きで横にずれた。

ステムズはビニール手袋をつけて、アレックの首に触れた。脈は弱くて早く、いい状態とは言えないが、瞳孔(どうこう)の大きさは変わらず、正常に拡張した。鞏膜は真っ赤だ。もし死んだら、この赤が黒くなり、両目はビリヤードのエイトボールのようになる。

「アレック？　どうした、アレック、聞こえるか？」

若造は目を合わせて、うめいた。アドレナリンで痛みを感じなくなっているのだろう。

「おまえの仲間はだれだ、アレック。言え、救急車を呼んでやるから」

若造のあごがねじれた。うめき声がいちだんと大きくなる。

身体を探ると薄っぺらい財布が見つかり、カリフォルニア州発行のアレクザンダー・ディーン・リッキー名義の運転免許証がはいっていた。そこに書かれた住所を見て、ステムズは財布を自分のポケットに入れた。

そしてハーヴェイに声をかけた。

「キーは？」

「ほら」

ハーヴェイの手が伸びてきて、そこにキーがあった。

ステムズはトランクを開けたが、役に立ちそうなものはなにもなかった。若造のところにもどり、そばにしゃがみこむ。

「協力してくれ、アレック。死にたくなければ、おれの力になるしかないんだ」

赤い泡。赤い目から赤い涙がこぼれる。

ハーヴェイが車から身体を引き抜き、手でズボンを払いながらもどってきた。若造の携帯電話を手にしている。

「なんてこった。やっとひとりつかまえたのに、口がきけないとはな」

「こいつの電話を見つけたんだろ」

「ロックがかかってるんだ」

ステムズは若造に向かって顔をしかめた。この電話があれば、女ともうひとりの若造のことも、こいつが口で言えないことも全部わかるはずだ。

「暗証番号は？」

うめき声。

「遊んでるんじゃないぞ、ぼうず。しゃべれないなら、指で示せ。最初の数字。さあ、数字を作れ」

アレックの手をつかんだが、悲鳴があがっただけだった。

「手が使えないんだ、ステムズ。やめろ」

「じゃあ、どうする」

「知るか。連中ならロックを解除するだろ」

ハーヴェイは電話を自分のポケットにしまい、指をぱちんと鳴らした。大きな音で。アレックが目を向けた。

「見たか？　目は動く」

「ああ。おれたちが見えてる」

「こいつ、助かるかな」

ステムズは立ちあがり、ふたりで若造をじっと見た。

「さあな。ひょっとしたら」

「むかつくガキだ」とハーヴェイ。

ふたりは自分たちの車にもどった。ハーヴェイが指紋採取キットを取りだし、また土手をのぼって引き返した。

ステムズはクライスラーのそばに残り、近づいてくる者がいないか通りを見張った。どこから来るともどこへ行くとも知れぬ、よくあるなんの変哲もない道だった。人っこひとりいない。ハーヴェイが若造の指先を透明なプラスティックのスライドに押しつけるのをステムズは見守った。ハーヴェイがスライドを箱にしまうのを見て、土手をのぼっていった。

「採れたか?」

「十本全部。おれたち天才」

ステムズは拳銃を抜いた。アレック・リッキーの頭を撃った。もう一発撃って、銃をしまう。

「焼いたほうがいいな」とハーヴェイ。

「ああ」

斜面を降りて車に向かった。まだ宵(よい)の口だ。ふたりは仕事をきっちりこなす男たちだった。

第二部　犯罪者たち

9
エルヴィス・コール

断続的な眠りのあとは夜明けが早くやってくる。まだ暗いうちに、静まり返った道を自宅からマルホランド・ドライブまで走り、マルホランドの曲がりくねった道をハリウッド・ボウルまで行って、引き返した。夜明けは早いが、家に着いてもまだ太陽は顔を出していなかった。汗をかいてビールを抜くのは気持ちがいい。

朝食はゆうべの残りの仔牛肉と付け合わせの茄子（なす）。シャワーを浴びて服を着て、ポットにコーヒーをセットした。コーヒーをいれていると、ドアにノックの音がした。立て続けに四回、かなり強く。

騒音の主は男女のふたり組だった。女性がドアの真正面に立ち、男は一歩さがって脇に控えている。スローソン家の前を茶色のセダンでゆっくり流していったふたりだ。

またノックしようとしたので、わたしはドアを開けた。

「まだ朝も早い。ドーナツを買ってきてくれたんだろうね」

女性はわたしの軽口を無視して、バッジを呈示した。

「わたしはカセット。こっちはリヴェラ。覚えてる？」

「どこかで会った？」

リヴェラがうなった。

「朝っぱらからふざけるな。覚えてるはずだ」

カセットがバッジをしまった。

「彼は覚えてる。だからわたしたちをなかに入れてくれるはず」

ふたりはわたしの横をすり抜けてなかにはいり、通報を受けて騒ぎを鎮めにきた街の警官よろしく二手に分かれた。頭上の三角屋根の天井はガラス張りの大聖堂のようになっており、そこから朝の光が降り注いでいる。リヴェラはゆっくりと身体を一回転させながら、まるでわたしがごみ溜めに住んでいるみたいに部屋のなかをじろじろ観察した。

「きみたち、いま何時かわかっているのか？」

「もちろん。ほかにだれかいる？」

「うちの猫がキッチンに。紹介しようか？」

カセットは引き戸のところへ行き、峡谷に目を向けた。

「いい眺め」

リヴェラがロフトへあがる階段に目をとめた。

「階段の上はどうなってる？」

「上がどうなっていようと、この家を売る気はない。いま猫に餌をやろうとしていたんだ、カセット。食事が冷めてしまう」

「悪いな」とリヴェラ。

キッチンのようすを見に、リヴェラはゆっくりとそちらに向かった。

カセットが言った。「こんな時間に失礼、コールさん。なるべく手短にすませるから」

わたしはカウチのほうを手で示した。

「まあいい。おふたりさん、コーヒーでもどう？」

「言ったでしょ、なるべく手短にすませる。スローソンの家にいたのはなぜ？」

カセットの目は紙皿なみに平坦だったが、態度は雄弁だった。

「窃盗(せっとう)事件のことで会いにいった。なにか問題でも？」

「なぜあの事件が気になるんだ？」リヴェラが訊いた。

「いまそれを調べているから」

外の景色を見ていたカセットが振り返った。

「なぜあの事件を調べてるの？」

猫がキッチンからのっそり出てきた。ふたりを見ると足をとめ、耳をぺたんと寝かせて、うーっとうなった。

「気をつけろ、リヴェラ。こいつは咬む」

リヴェラは猫に目をこらした。

「なんで頭が傾いてるんだ？」

「だれかに撃たれた」

猫が横向きになって背中を弓なりにした。リヴェラはさりげなく離れた。

カセットが言った。「スローソンに話をもどしましょ、あそこにいた理由は?」

「スローソン家に泥棒がはいったと聞いて、調べてみようと思った。保険会社は保険金を支払う。それだけのことだ」

リヴェラが顔をしかめた。

「どこの特別調査部に雇われてる?」

保険会社には、保険金の申請を検証したり詐欺を排除したりするための特別調査部がある。特別調査部にまわされる案件の大部分は社内の調査員が担当するが、繁忙期のあいだ、あるいは特殊な案件の場合、外部の契約調査員が雇われる。わたしは大手保険会社の大半から仕事を請け負ったことがある。

「どこでもない。ひとりで仕事をしている。フリーランス」

「どこの会社とも契約してないって?」

「フリーランス」

リヴェラはカセットをちらりと見て、首をかしげた。「こいつ、冗談だろ? こっちは食うや食わず、片やへらへらして報酬をもらってるフリーランスがいるとはな」

「落ち着いて、マイク」

リヴェラの顔はむくんでいた。夜通し飲んでいたみたいに。

「いいだろう、ミスター・フリーランス、スローソン家のことはだれから聞いた?」

「業界の友人から。それがどうかしたのか?」

猫がじわじわと近づき、またうなり声をあげた。

「警察はなにをしているんだ? 金持ちばかり狙った窃盗事件が十八件も起こっている。保険業界はその話題でもちきりだ」

リヴェラがふたたび近づいてきて、わたしと鼻を突き合わせた。

「盗んだものをまた買い取らせようとしてあそこにいたんじゃないのか。盗人どもがよく使う手だよな。空き巣にはいったあと、どこかのぼんくらを雇って、その盗品をまた被害者に買い取らせようとする」

「もう少し離れろ、リヴェラ」

猫のうなり声が徐々に大きくなり、毛が逆立った。

カセットが相棒にぴしゃりと言った。

「落ち着いて、マイク。やめなさい」

リヴェラは後ろにさがったが、気持ちはおさまらなかった。鯨(くじら)みたいな勢いで空気を吸っており、いまにも発作を起こしそうだ。

「それでなくてもこっちは悪党を山ほどかかえてるんだ、コール。おまえみたいなお気楽野郎にこれ以上事態をややこしくされたら迷惑なんだよ。スローソンの家には近づくな」

「失せろ、リヴェラ。この家から出ていかないと警察に通報する」

「マイク!」

カセットがドアのほうへ頭を傾けた。

「出ていくとも」

リヴェラは憤然として出ていった。ドアがたたきつけられるかと思いきや、そっと閉まる小さな音がした。

カセットが猫に目を向けた。

「おたくの猫はいつもこうなの?」

「おたくのリヴェラについても同じことを訊きたいね」

カセットの頰がゆるみ、顔に疲れが見えた。

「この何週間か大変な状況が続いてるから」

猫は鼻を一度ふんと鳴らし、キッチンへもどっていった。歩くとき爪が床にあたる音がした。カチャ、カチャ、カチャ。

わたしは訊いた。「仕切り直しだ。用件を聞こう」

カセットはガラス戸のところへ行き、峡谷を眺めた。眼下の霧は晴れつつある。

「うちが扱うのは派手な事件、新聞に見出しが躍るようなやつばかりなんだけど、ほんと、あの金持ち連中にはうんざりする」

景色からこちらを振り返った。

「被害者の半数は市長のゴルフ仲間。残りの半数は、短縮番号で電話をかけられる市会議員の知り合いがひとりはいる。被害者のうちふたりは市警に何十万ドルも寄付してるし、もっと大金を寄付してる人もひとりいる。そうしたコネや寄付金がなにを意味するかわかる？」

「プレッシャー」

カセットは小さくうなずいた。

「みんなが肩越しにようすをうかがってる。保険の代理店。金持ち連中が雇った調査員たち。うちのボスはその手の人たちにまで事情を説明しなきゃならない。こんなばかげたこと、信じられる？　うちのボスは状況説明ってやつが大嫌いなの」

そこでひと息つき、肩をすくめた。

「だから、マイクがかりかりしてるとしたら、それはわたしたちがもう愛想よくするのにうんざりしてるから」

「用件を聞こうか」

「あちこち訊いてまわった。みんながあなたはすばらしく優秀だと言うので、こう思ったの、ひょっとしてひょっとしたら、この人はなにかの役に立つんじゃないかって」

犬になった気分。

「なるほど」

「どうなの？」

「スローソンのことはきのう知ったばかりだ」

カセットは名刺を差しだして、ドアに向かった。

しない。

「わかった」

リヴェラは警察車両の運転席にすわっていた。まっすぐ前を見たまま、こちらには見向きもしない。

カセットは表に出たが、そこで振り返った。

「その友人。なんて名前？」

「どの友人？」

「保険業界の友人。スローソンのことをあなたに教えた人。わたしも知ってるかもしれない」

カセットの目は今度も紙皿のように平坦だった。

「レス・ペイトン。〈スキャッドロック相互保険〉の」

カセットは愛想よく微笑んだ。

「よい一日を、コールさん」

カセットが茶色のセダンに乗りこむと、わたしはドアを閉めた。

情報を伏せておくのは気が重かった。けちでずるい人間になった気がしたので、カセットの事件もタイソンが自首すればすぐに解決するはずだと自分に言いきかせた。カセットは金持ち連中の重圧から解放され、スローソン医師の時計は無事に返却され、みんながそれぞれの人生を生きてゆくだろう。事件はもう解決したも同然だと自分に言いきかせたが、そうは問屋が卸さなかった。

カップにコーヒーを注いでいると、デヴォンが電話をかけてきた。

「タイソンがいなくなった。出かけたきり帰ってこないの。すぐに来て！」

わたしはコーヒーを放りだし、車でヴァレーに向かった。

10

タイソン：返信しなくてごめん。ビールとラムのお酒を飲んだ。運転はまずいよね。友だちのところに泊めてもらう。おやすみ。

母：どこにいるの？　迎えにいくわ。

母：電話してる。出て。

母：すぐ帰るって言ったのに。どこにいるの？

母：電話に出るまでかけ続けるわよ。

母：心配してる。

母：心配でたまらない。いったいどこにいるの？

母：だれといっしょにいるの？

母：だれといっしょなの？　なにをしてるの？

母：お願いだから、返事をして。

母：あなたは困ったことになってるの。なにをしてるか、わかってる。

母：電話に出ないなんていったいどういうつもり。生きてるの？

母：警察に電話するわよ。

タイソン：寝てた。ごめん。あしたは学校に行くよ。それから帰る。電源切る、母さんがうるさくて寝られないから。心配しないで。愛してる。おやすみ。

11

エルヴィス・コール

タイソン・コナーが姿を消した翌朝、コナー家にパンケーキのにおいはしなかった。デヴォンの目は紫色の隈のなかに暗く落ちくぼみ、唐突なぎくしゃくした動きに怒りがにじんでいた。

「なにが学校に行く、よ。学校には行ってなかった。朝いちばんに電話したら、来てないって。仲間といっしょなんだわ」

アンバーとアレック。

デヴォンは窓のところへ行き、向きを変えて、廊下に向かった。

「あの子、ただじゃおかないわ。警察がいまにもやってくるかもしれないのに、行方をくらますなんて。なに考えてるの、この先ずっと逃亡者として生きていくつもり?」

「自首するという考えが気に入らなかったんでしょう」

デヴォンの落ちくぼんだ目が発炎筒のように燃えあがった。

「あの子がなんて言ったか聞かせたかったわ。冗談じゃない。そんなことありえない。警察はぼくをだれかと人ちがいしてるんだって。まったく、信じられる?」

すたすたと窓辺まで行き、そこで炎の勢いがやや弱まった。

「あの子は一時的に逆上したけど、それがおさまったら落ち着いた。だから弁護士のことを話したの。洗いざらい説明した。ロッシ先生も協力してくださった。タイソンは冷静にいろいろ質問して、否定するのをやめた。わたしにありがとうとまで言ったわ」

「タイソンは自首することに同意した」

「ええ。ロッシ先生が帰ったあともふたりでじっくり話をした。きちんと話し合ったの。そんなふうに話したのは夏以来のことだった。あの子は納得したように見えた。だからこんなことになるなんて思いもしなくて、つい外出を許してしまったの」

その話し合いから三時間たった夜の九時三十二分、タイソンはコンビニエンスストアでフローズン・ヨーグルトを買ってきてもいいかと訊き、母さんにもひとつ買ってくると言った。デヴォンは躊躇（ちゅうちょ）したが、タイソンは納得しているようだったし、店はほんの四ブロック先だった。そこで、ピーナツをまぶしたノンファット・チョコレートのがいいと言った。

「わかった、すぐ帰ってくるから」とタイソンは答えた。

それきり帰らず、電話にもメールにも応答しないので、デヴォンは店まで行った。店主のシャバズ氏は、今夜タイソンは店に来ていないと答えた。

わたしは言った。「タイソンは仲間に連絡した。三人はパニックに陥り、集まって対策を考えることにした。彼らの選択肢は多くない」

デヴォンはひとしきりわたしを見つめ、水槽のところへ行った。

「前は魚がもっとたくさんいたの。あの子はここでカウチにすわって魚を見ていたわ、ほかの子がテレビを観るみたいにね。まだ小さいころ、五つか六つのとき」

　わたしはタイソンの捜索をはじめたかったが、デヴォンは魚の話を聞かせたがっている。大事なことらしい。

「ある日、どうしてそんなことを言いだしたのかわからないけど、あの子は魚の学名を知りたがった。まだ字も読めなくて、だからわたしが調べて名前を読みあげてやったの。ポエキリア・レティキュラータ（グッピー）、プテロフィラム・アルタム（エンゼルフィッシュ）、パラケイロドン・イネス（ネオンテトラ）。むずかしい言葉、でも一度読めば充分だった。あの子はちゃんと覚えたの。この水槽にいる魚の属名と種名を全部知っていた」

　残っている魚を、デヴォンは薄れゆく記憶を見るような目で見つめ、それからわたしのほうを向いた。

「わたしの選択肢も多くない。あなただけ」

「奇跡を起こすのがわたしの商売です」

「ぜひ特別なのをお願いしたいわ」

「アレックとアンバー。タイソンと話し合ったとき、このふたりのことはなにか言ってましたか？」

「わたしからは訊かなかった。あの子はかなり動揺してたから、事態を悪化させたくなくて。話し合ったのは本人のこと」

「ロッシ先生のほうはどうです?」

「タイソンは、ロッシ先生には仲間のことをひとことも言わなかった。あの子がなにをしていたか、先生はまったく知らなかったの」

「タイソンが先生に助けを求めるということは?」

「その可能性はある。タイソンがいなくなったことは伝えたわ。もしあの子から連絡があったら、先生はわたしに知らせてくれるはず。弁護士のレスリー・サンガーにも電話した。彼女は、こちらから行動を起こして検事局に出向くべきだと考えてるの。わたしも同感」

わたしは異を唱えた。

「行動を起こすのは危険です。差しだせないものを約束することはできないし、こちらはタイソンを差しだせない」

「レスリーは心得ているから、彼女に話してもらう。依頼人は、ある親で、未成年の子供が連続窃盗(せっとう)事件の犯人だと確信している。本人はまだ協力することに同意していないけど、親は子供がかならず協力すると確信しているし、自首するように説得できる自信もある、と。これでこちらの意向と誠意をはっきり示して、出頭させるまで二、三日の猶予(ゆうよ)をもらう」

「二、三日では心もとない」

「奇跡を起こすのがあなたの商売。でしょ?」

頭の切れる人たちはこれだからいやだ。

タイソンにたどりつける方法はないか思案をめぐらせた。自室にこもってビデオゲームに明け暮れている人間が広範囲に痕跡を残すことはないが、家を出るときにアレックかアンバー、もしくはその両方に連絡はしているだろう。

「タイソンの携帯電話はあなたといっしょの契約プランですか、それとも本人名義で契約している?」

「家族プラン。わたしの名義よ。どうして?」

「タイソンのここ二カ月の請求書の控えが見たい。着信と発信の番号を知りたいので。あなたの名義なら、ネットで息子さんの通話記録も手にはいる」

デヴォンは漠然とうなずき、顔を曇らせた。

「支払請求の期間が決まってるから、まだわからないかもしれない。月末にならないと請求額は掲載されないから」

「ネットでだめなら、電話会社に連絡して。人間相手に話をする。可能なかぎり最新の情報を手に入れてください」

「わかりました」

「タイソンがガソリンを入れるときの支払い方法は?」

「ガソリン・カードで。使用停止にしたほうがいい?」

「いや。請求記録でガソリンを入れた場所がわかる。この件が長引いたら、必要になるかもしれない」

さらに考え、この家の冷蔵庫に貼ってあった写真のことを思いだした。ディズニーランドにいるタイソン。友だちといるタイソン。アレックとアンバー以前の暮らし。

「タイソンには近所の友だちがいますか、もしくは昔の同級生とか?」

「あまり。友だちを作るのが苦手だったから」

「よく考えて、デヴォン。冷蔵庫に貼ってある写真は友だちといっしょに写っていた。なんでもいいから思いだして」

デヴォンは唇を引き結んで、考えた。

「ドニーとブレット、でもふたりは小学校時代の友だちだった。ケヴィンもいたけど、仲良しというほどでもない。ケヴィンはゾンビが好きだったし」

「ゲーム仲間とか?」

はっとして目を輝かせた。

「カールがいた。カールは自分でゲームを作ってるの。タイソンとふたりでひと晩じゅうゲームをしたり、ときには大げんかしたり」

「カールは見込みがありそうだ。そこからはじめましょう」

「カールはちょっと変わった子でね。ここ一年くらいはいっしょにゲームをやってない」

「だめもとであたってみます」

デヴォンは先に立ってキッチンへ行き、カウンターの電話に向かった。ぼろぼろの日誌をめくって、電話番号を見つけた。

「カールの母親に電話してみます。たぶんカールはまだ実家に住んでるでしょうけど、どこにいてもふしぎはないから」

「その子はいくつです？」

「タイソンよりひとつ下」

「なのに、どこにいてもふしぎはない？」

「カールは頭がいいの。文字どおり頭脳明晰という意味、だけど興奮しやすくて騒々しい。そして変わってる。学校はもうやめたの」

デヴォンが固定電話で番号を押していると、携帯電話にメールの着信音が鳴った。そのメールを読むうちに表情が崩れそうになった。

わたしはそばに行って、デヴォンの腕に触れた。

「タイソンから？」

電話が差しだされた。

タイソン：厄介者の息子でごめんなさい。もうメールも電話もしないで、この電話は捨てるから。新しい番号が決まったら知らせるよ。愛してる。母さんは最高だ。この件は自分でなんとかする。じゃ。

身体が震えだして、泣いているのだとわかった。

「だいじょうぶ？」わたしは声をかけた。

「あの子、ただじゃおかないから」

デヴォンの身体に腕をまわし、しばらく支えていると、やがて震えはとまった。

デヴォンはカールの母親に電話をかけた。まだ実家に住んでいるとわかり、わたしがカールに話を聞きにいってもいいかと尋ねた。本人がよければ、という返事だった。

デヴォンがカールの住所を書き写して、そのページを破り取った。

「幸運を」

12
ハーヴェイとステムズ

ふたりで家々の番地をたしかめるために通りをゆっくりと流しながら、ステムズはひそかにその界隈のわびしい雰囲気を感じ取っていた。雑種の犬を散歩させている年寄り連中、のろのろと仕事に向かう家政婦たち。ほとんど使われることのないジェットスキーがトレーラーで防水シートをかけられ、不要になったRV車が特大の糞よろしく庭に打ち捨てられている。《売出し中》の看板。これがヴァレー。

ハーヴェイが言った。「なんで途中でとめてくれなかったのかってことだよ、おれが言いたいのは。どう考えても食いすぎた」

「とめる暇もなくがつがつ食ってたくせに」

「腹が減ってたんだよ」

携帯電話と指紋を渡したのは午前二時ちょっと前で、天才どもが電話のロックを解除するあいだ時間をつぶさなくてはならなかった。クライスラーはベッドとしては最悪で、ふたりは二時間ほどもぞもぞと寝返りを打ったあげく、あきらめてなにか食べにいくことにした。ダウンタウンにいたので、一九二四年の創業以来、年中無休／二十四時間営業を続けている〈オリジナル・パントリー〉へ行った。ふたりはこの店でもう何十回も食事をしている。

ステムズはツナ・サンドイッチとコールスローを注文した。ハーヴェイのほうは、カントリー・フライド・ステーキのグレイヴィーソースがけ、ハッシュブラウン、半熟両面焼きの卵二個、サワードウ・ブレッドのトースト、サルサの大盛りを注文した。ステムズはあきれて首を振るしかなかった。皿にのった料理は四人家族でも充分にまかなえるほどだったが、ハーヴェイは血に飢えた狼のようにかぶりつき、皿がすっかりきれいになるまで顔をあげなかった。デザートにはブラックコーヒーとバニラ・アイスクリーム、それにアデロール。

東の空が金色に染まりはじめるころ、天才から電話がかかってきた。ステムズはいくつかの名前と住所を書き取り、相棒ににやりと笑いかけた。

「ヒャッホー！　これで決まりだ」

ハーヴェイはベルトをゆるめた。

「クソしたい」

ひとクソ後、ふたりはヴァレーに向けて車を走らせ、最初の住所をさがした。一ブロック、二ブロック、三ブロック。ステムズは速度を落とした。

「ここだ」とハーヴェイ。

こぢんまりとしたこぎれいな平屋の家。ガレージの扉が開いており、アウディのセダンが見えている。色は青。

ステムズが首を伸ばす。

「ボルボは見えるか?」

「いーや」

「茶色だ。4ドアのセダン」

「そうあわてるなよ」

さらに二ブロック進んでUターンし、問題の家の半ブロック手前で車をとめた。ステムズはエンジンを切った。

「ボルボが見あたらない」

「コーヒーでも買いにいってんだろ。女の部屋にしけこんでるのかもしれないし。まあ落ち着けって」

「だれがアウディに乗ってるのか気になる」

「そんなの知るかよ。ナンバープレートを調べてみろ、いちいち細かいやつだな」

「そんな険のある言い方をしなくてもいいだろう」

ハーヴェイは吐息をついた。

「腹具合のせいだ。ごめん」

玄関のドアが開いて、男が出てきた。ステムズの見立てでは、身長百八十センチ強、体重八十五キロ前後。鍛えた身体。派手な色の半袖シャツを、前を開けてゆったりとはおり、その下には『ウォーキング・デッド』Tシャツ。ステムズ好みのTシャツだった。

ハーヴェイが身体を起こして前に乗りだした。

「やつだ」

「あれはどこから見ても大人だ、ハーヴェイ。例のガキじゃない」

ハーヴェイは目を細くした。焦点を合わせるのに苦労している。

男の後ろから女が出てきた。ふたりでしばらく話をしたあと、男が向きを変えて私道を歩いてきた。女は家のなかにもどり、玄関ドアが閉まった。

ハーヴェイが言った。「てことは、あっちが母親で、こっちが父親か？」

「さあな。だれだっていいさ」

「ちょうどそれぐらいの歳だ」

ひとつの考えに取りつかれたときのハーヴェイは、骨をしゃぶるブルドッグなみにしつこい。ハーヴェイにはときどき辟易する。

「ここのガキは盗んだ金をたんまり持ってるから、あの女はメイドかなんかだろう。気にするな」

「あれは母親だ。じゃあ男は？　母親の彼氏だな。お楽しみにちょっと寄ったんだ」

「やめろ」

「くんくん。なんのにおいだ、女のあそこか？」

「ほんとにゲスな野郎だな」

ふたりが手に入れた情報はかぎられていた。自動車局経由で例のガキとこの住所が結びついたものの、ここが現住所かどうか、そしてほかにだれが、もしいるとして、この住所に住んでいるのか、知る手立てはなかった。すでに引っ越した可能性もある。この家を仮の宿として使っているのかもしれず、なかにはいったら、廃人になったヤク中だの、アーリア人バイカーだの、ロシアの娼婦だのがたむろしているかもしれない。情報がかぎられているのがなんともいまいましい。

シャツの男は通りを渡り、薄汚れたコルヴェットのオープンカーに乗りこんだ。

その車を見てハーヴェイが目を輝かせた。

「おいおい。なんだあれは、六五年型か、六六年?」

「あれはメンテナンスの手間ばっかりかかる厄介な代物だ」

「黙れ、ステムズ。シボレー・コルヴェット・スティングレー、しかもクラシックカー。洗ったらぴかぴかになるぞ」

そのスティングレーが走りだし、こちらに向かってきた。ステムズは身を低くして隠れようとしたが、ハーヴェイはダッシュボード越しにこっそりのぞいた。

「六六年だ」

タイソン・コナーとアンバー・リードはこの家のなかにいるのだろうか、とステムズは考えた。ふたりはここでいっしょに暮らし、いまもヤクをやったりマリファナを吸ったりしているかもしれないし、そうやって一日じゅうごろごろして英気を養い、今夜もまたどこかの家へ盗みにはいる準備をしていないともかぎらない。ステムズはなかにはいりたかった。この家に突入したくて腸が痙攣（けいれん）しそうなほどだったが、なかにだれがいるのかは、あの女と神のみぞ知る。これ以上死体を増やしたくはなかった。ボルボがここにあれば強行するところだが、ボルボはどこにも見あたらない。いま強行して死体を増やせば、成功のチャンスが台無しになりかねない。それをふいにしたくなかった。

　ステムズはクライスラーのエンジンをかけた。

「ここを離れるのか?」とハーヴェイ。

「とりあえず」

「ゲロ女はうちにいるかもしれない」

「かもしれない」

「アレックはうちにはいない。それはもう無理だ」

　ステムズはハーヴェイをちらりと見た。

　ハーヴェイはその視線を待っていた。悲しげな顔になる。

「かわいそうなアレック。しくしく」

「あのな」

「しくしくしく」

「おまえ、ほんとにゲス野郎だな」

　ハーヴェイはにやりと笑った。

「そうだよ。でもおれはあんたにふさわしいゲス野郎だ」

ステムズは顔をもどしてフリーウェイに向かった。アレックの住所はわかっている。そこへ向かうのだ。ハーヴェイにいやがらせをするためだけに。

しくしくしく。

13

エルヴィス・コール

カール・リゲンズとその家族が住んでいるのは、コナー家から車で北へ二、三分の、ロナルド・レーガン・フリーウェイにほど近いところだった。ヴァレーのこのあたり一帯はかつてオレンジの果樹園だった。その果樹園はブルドーザーで整地されて住宅に道を譲ったが、もとからあった果樹の何本かはまだ庭にぽつぽつ残っている。古い木の幹はねじれ、節だらけで黒ずんではいるが、いまでもまばゆい緑の葉を誇らしげに茂らせ、明るいオレンジ色の果実をつけている。そのようすは、退役軍人クラブのパレードのために着飾った老齢の古参兵を思わせた。古い果樹もまた彼らなりの戦争を生き延びた古参兵なのだと思う。

タンクトップにタイツ姿の若い女性が玄関に出てきて、あくびを噛み殺した。

わたしは言った。「エルヴィス・コールです。カールに会いにきました」

ドアが数センチ閉まった。

「カールを逮捕しにきたの?」

「彼の友人のことで。お母さんがカールと話をしていいと言ってくれたので」

「裏にいる。開店は十時」

「開店？」

「あなた、連邦捜査官？」

「いいえ」

「裏よ。私道の先」

ドアが閉まり、鍵がかけられた。

私道の先のゲートを抜けるとコンクリートのテラスになっていて、中央に豆の形のプールがあった。ガレージを改装したプールハウスもある。プールに面した側にガラスの引き戸がはめられ、ハウスのなかからプールを眺められるようになっているが、いまはそのガラス全体に内側から紙が張られ、視界をさえぎっている。Tシャツにショートパンツの子供がふたり、スケートボードを持ってコンクリートにすわっていた。歳のころは十三、四歳、本来なら学校に行っているはずの時間だが、行っていない。

「カールは？」と訊いてみた。

ふたりは引き戸のほうを指さした。

引き戸のところへ行って、ノックした。なかから爆発音と銃声が聞こえたので、もう一度ノックした。

「カール？」

銃声がやんで、紙の端がめくられ、ふたつの目がのぞいた。

「エルヴィス・コールだ。きみのお母さんと話をした」

引き戸が開いた。スケートボードの子供たちがあわてて立ちあがったが、カールの偉そうなひとにらみで凍りついた。

「雑魚は待ってろ」

ふたりはがっかりして、元の体勢にもどった。

カール・リゲンズは、団子鼻に小さい目、肉付きのよいぽっちゃりした少年だった。あごに噴火口のような赤い発疹が点々とある。そのいでたちは、プールハウスやスケートボードにはまったくそぐわない、白いドレスシャツに黒いビジネススーツ、真っ赤な蝶ネクタイ。スーツから体臭がにおう。

カールはわたしをなかに入れて引き戸の鍵をかけた。

「身分証を拝見できますか?」

指を小さく動かして、こっちへよこせと合図する。十六歳のカール、見た目は育ちすぎた十二歳児、態度は四十六歳のようだ。

「わかった」

免許証を見せた。

かつてガレージだったプールハウスは、ビデオゲーム男の洞窟と化していた。壁には特大のモニターが掛けられ、その両側にスタジオ用のスピーカー。モニターの上には、次世代の軍用ライフルを構えて立ちすくむコンピューター世代の兵士がひとり、周囲の金属製の棚にはビデオゲームやゲーム機、コントローラーの箱が積みあげてある。モニターの下にはテーブルと回転椅子。テーブルの上にはタオルが掛けてあり、下に隠してあるものの形状に合わせて山脈のように盛りあがったりくぼんだりしている。

　わたしの免許証を調べ終わると、カールはそれを返しながら鼻で笑った。

「いま仕事中なんだけど、まぬけな母親がどうしても会えというのでしかたがない」

　まぬけな母親。いやはや。

「時間を割いてくれてありがとう。どういう仕事をしているんだい？」

　わたしの質問は無視された。

「タイソンのことだろう？　あいつはへっぽこだ」

　ふたりの友情もこれまでか。

「タイソンがいなくなった。彼の母親にさがしてほしいと頼まれたんだ」

　カールはうんざりしたように顔をしかめる。

「あいつの居場所など知らないね。なぜぼくが知ってるんだ？」

「タイソンのお母さんから、きみたちは仲良しだったと聞いた」

　ますますしかめ面になった。

「だった、地獄で会おうぜ（アスタ・ラ・ビスタ）、へっぽこ野郎、ってこと。あいつのゲームのレベルにはがっかりだ。だからお払い箱にした。〝カール様〟は先へ進んだ」

　いきなり素っ頓狂なばか笑いを発した。ひゃっひゃっひゃっ。

「きっとへっぽこランドへ行ったんだ」

デヴォンの言ったとおりだ。カールは変わっている。そしてうざい。

「それは去年のことかな、タイソンが転校するために学校をやめる前？」

「あいつは放校。ぼくは自分でやめた。あいつもやめたかったのに、ママが許さなかった。あいつ母親のことを〝ママ〟って呼ぶんだぜ」

カールはばかにするように鼻で笑った。

ひゃっひゃっひゃっ。

「そうか。そのあとタイソンから連絡はあった？」

「ない」

「彼が最近つきあっている仲間を知っているかな」

「タイソンみたいな負け犬とだれがつきあう？　いるとしたら、同じへっぽこ野郎だね」

鼻で笑おうとして、その笑いが崩れた。回転椅子にどさりとすわりこみ、立ちすくむ兵士をじっと見た。

「へっぽこタイソンはなんでいなくなった？」

「面倒なことになって。タイソンと友だちふたりが」

カールは兵士を凝視した。強くて、武装していて、それでも敵の部隊につかまって進退きわまっている。

わたしは訊いた。「カール？　なにか知っているのか？」

返事はない。

「タイソンがだれといっしょにいるのか、もしくはこの件についてなにか知っているなら、きみは力になれるんだ」

外にいた子供たちがガラス戸をノックした。わたしはどなりつけた。

「〝雑魚は待ってろ〟」

カールはタオルの縁を指でいじったが、目は兵士から離れなかった。

「面倒に巻きこまれるのはいやだ」

わたしはタオルをとって、折りたたんだ。回路基板がむきだしのままのゲーム機数台が、ノートパソコンや、中国語とロシア語のラベルが張られたなんの変哲もないブラックボックスに接続されている。パソコン画面では、わけのわからないソフトウェアのプログラムが、わたしには理解できない場所からわたしには想像もつかない場所へと、スクロールされて際限なく流れていく。カールはハッカーだが、メールアカウントやデータベース・システムに侵入するのではない。ビデオゲームに侵入する。ゲーム・ハッカーはソフトウェアのカーネル、つまりオペレーションシステムの中核部に侵入し、そこに隠された秘密を探りだしてゲームを修正したり、あるいはみずから設計した自家製ゲームをプログラミングして既存のハードウェアで走らせたりする。そうした行為はすべて違法であり、メーカーから顰蹙(ひんしゅく)を買っている。

「ぼくを逮捕するつもり?」

「きみの仕事に興味はない」

「ぼくの仕事じゃなくて、タイソンのことで。ぼくはあいつの言うことを信じてなかった。信じてなかったんだから、従犯にはならないだろう？」

「タイソンからなにを聞いた？」

「ある日、あいつがやってきた。事前にメールも電話もなしで。ふらっと現われて、札束をちらつかせて、言ったんだ。いまの負け犬はどっちだよ、この負け犬、おまえなんかジョイスティックをいじってるだけの負け犬じゃないか、って」

「傷ついただろうね」

「傷つきはしなかった」

わたしはうなずいた。

「こう言ってやったよ、くたばれ、へっぽこ野郎、ぼくは〝カール様〟だぞ、おまえとはちがうんだって、それで勝負は決まり、そしたらあいつ、くだらないほら話をはじめたよ、ホットな新しいガールフレンドがいるとか、クールな新しい仲間とクールなクラブに通ってるとか、みんなでニンジャみたいにあちこちの家に忍びこんで、いろんなものを盗んでるとか、だからこう言ってやったんだ、へえ、よく言うぜ、新しいガールフレンドって、おまえにいつ古いガールフレンドがいたんだよ、まさかかっこいいニンジャになれる薬を飲んだとか言うなよ、そんな話ぼくが信じるわけないだろって」

カールは一気にまくしたてて、例の笑い声をあげた。ひゃっひゃっひゃっひゃっ。

「わたしも信じなかっただろうね、やっぱり」

上目づかいにこちらを見たカールの顔は、悲しげだった。

「だけど、現にこうしてあんたがやってきた。あいつの話は本当だったんだ」

「ニンジャの部分はちがう、でもおおよそのところは、そうだ」

カールは首を振った。

「まいったな」

「タイソンは仲間の名前を言ってた？」

「アンバー。ほんとかな、琥珀(アンバー)なんて」

「男友だちのほうは？」

顔をしかめた。考えこむ。

「アレックス、かな。たしかアレックスだったと思う」

「アレック？」

「それだ」

「そのふたりの苗字(みょうじ)はどうだろう、もしくは職場や学校がどことか？」

カールはいっそう情けない顔になった。

「彼女はモデルだって言ってた。超セクシーなポルノ女優。その子はほんとにポルノ映画に出てたの？」

「その部分もたぶん嘘をついたんだろう」

カールはほっとしたようだ。

「だと思ったよ。だから言ってやったんだ、嘘つけ、へっぽこ野郎。その超セクシーなポルノ女優のアンバーを連れてきて、実在することを証明してみろ。証明できたら、ぼくの〈アタリ2600〉をやるよ、未開封の新品だぞって」

「あのアタリならたいしたもんだ」

「だろ？」

「彼は証明した？」

カールがにんまり笑う。

「いや。写真を送ってきた」

鼓動が速まった。

「まだ持ってるかな」

「あるよ」

カールが携帯電話でその写真をさがして、見せてくれた。タイソンがどこかのバーで若い男女と並んで自撮りしたものだった。照明は薄暗いが、三人の顔ははっきり見える。タイソンはベルベットの襟のついた黒いジャケット姿。女性の手には扇のように広げた札束がある。

「アンバー？」わたしは訊いた。

「あいつはそう言ってる」

「これがアレック？」

「ああ。これがあいつの自慢してた仲間ならね」

タイソンとアンバーはほぼ同じ背恰好、同じ世代だった。アンバーは美人で、人目を惹く装い。アレックは細面にえくぼのある美男子で、黒っぽいあごひげ、歳は二十代前半かなかばあたり。タイソンのような情緒不安定な少年がアレックやアンバーに感化されるのも無理はないと容易に想像がつく。三人の相対的な背丈と身体つきは、スローソン家のビデオで見た正体不明の容疑者三人組にぴったり一致する。

「この写真をもらってもいいだろうか」

「いいよ」

カールはメールで写真を送ってくれて、プリントアウトもしてくれた。プリンターが動いているあいだに、ほかに訊くことはないかと考えた。

「タイソンは盗んだ品をどうしたか言ってたかい？」

「売るんだ」

「故買屋を通して？」

「フリーマーケットで」

「フリーマーケット」

「あのね、わかってないな。フリーマーケットは金になる。タイソンが免許を取ってから、ぼくらは毎週土曜日にヴェニスのフリーマーケットへ通った。そこで手に入れたんだ、ゲームとか、コンソールとか、コントローラーとか、アナログ・ジョイスティックとか、デジタル・ジョイスティックとか、タッチパネルとか、サウンドカードとか、グラフィックカードとか、メモリーカードとか、ＣＰＵとか、スピーカーとか――」

「カール」

「なに？」

「わたしの守備範囲外だ」

「わかった」

「きみたちが通ったのはどこのフリーマーケット？」

なじみのフリーマーケットがあったのなら、タイソンはまたそこに現われるかもしれない。

住所はわからなかったが、カールはそこまでの道順を教えてくれた。プールハウスの引き戸を開けると、先ほどの少年ふたりが待ちかねたように立ちあがった。〝カール様〟と過ごしたくてたまらないのだ。

わたしは〝カール様〟に礼を言い、握手を交わして、作業台に置かれた装置に目をやった。なぜスーツを着ているのかふしぎに思ったが、理由は訊かなかった。友人はいるのだろうかと思い、いることを願った。弟を逮捕しにきたのかと尋ねた姉のことを考えた。案じているようには見えなかった。

わたしは言った。「きみみたいな人間なら、ニンジャになれる薬なんか必要ない。きみは負け犬なんかじゃないよ、カール。きみのような人たちが世界を所有しているんだ」

〝カール様〟は目をぱちくりさせ、不意に笑い声をあげた。ひゃっひゃっひゃっひゃ。

カールと雑魚ふたりをあとに残し、わたしは教えられた道順をたどった。

14

ヴェニスまでの平日のドライブは順調だった。四〇五号線の交通量は少なく、道路工事による減速もなく、お約束の複数台の玉突き事故も定刻より遅れていた。セプルヴェーダ峠をのぼりながらデヴォンの携帯電話にかけた。

「息子さんから連絡は?」

「いいえ。電話会社に関してはあなたの言ったとおり。最新期間の通話記録はまだ登録されてなかった」

「電話して。人間と直接話してください」

「そうします」

「よろしく。これからメールで写真を送ります」

カールとその写真のことを説明しながらメールを送信した。相手の携帯電話に着信音が鳴って写真が届き、しばらくたってデヴォンがようやく口を開いたとき、その声は低かった。

「これがアンバーとアレック?」

「タイソンはこれがアンバーとアレックだと言った。ふたりの苗字も、彼らとどうやって知り合ったのかも、カールは聞いていないけど、泥棒にはいったことは、タイソンが自分から話したらしい」

「なのにカールは黙ってたの？」

「本気にしてなかった。タイソンが見栄を張って作り話をしていると思ったんだ」

「軽薄そうな娘ね」

「このふたりを見かけたことは？　タイソンの学校で」

デヴォンはしばし考えた。

「ないわ。どっちも」

「なるほど。前の学校では？」

「去年の学校はかなり大規模だった。あの子の学年の生徒は千人近くいた」

「生徒名簿か卒業アルバムがあったら調べて。運よく見つかるかも」

「あなたはいまなにをしているの？」

話すと、デヴォンはそのフリーマーケットを知っていた。

「タイソンとカールはよくそこで中古のゲームを買ってた。信じられないような古ぼけた品を持ち帰ってきたわ」

「古いほうが価値がある。買い手としてそこが気に入ったのなら、次は売り手として行ったかもしれない」

カールが教えてくれた道順に従っていくと、ヴェニスのビーチから数ブロックはいったメイン通りのさびれた側にあるフェンスに囲まれた広い駐車場にたどりついた。フェンスに手描きの巨大な看板が掛かっていた。

《フリーマーケット　土曜日！》
《ファーマーズマーケット　日曜日！》
《フードトラック祭り　金曜日！》
《管理人にご用の方は隣のドアへ←》

矢印がさしているのは、駐車場の隣の通りに面した古ぼけた事務所だった。〈クレンザ投資不動産〉とある。

オフィスは表から見た印象よりも大きく、天井が高いので内部はいっそう広く見えた。部屋の長さいっぱいにくたびれた木の机が並び、黄ばんだ壁はしみだらけ。戸口に近い机に、黒い髪をおさげにして不安げな目をした若い女性がすわっていた。二番めの机では、ふっくら顔の年配の女性が雑誌を読んでいる。それ以外の机は無人だ。

若いほうの女性が笑顔を見せたが、言葉は発しなかった。

わたしは声をかけた。「どうも」

娘は答えた。「どうも」

「フリーマーケットのことで話を聞きたいんだけど」

年配のほうが肩越しに叫んだ。

「マーティン！　マーティン、ちょっと来て！」

マーティン・クレンザがオフィスの奥のドアから出てきた。五十代なかば、薄くなりかけた髪、太鼓腹、細い腕。腕には剛毛が生えている。

年配の女性がわたしを指さして言った。

「フリーマーケット」

クレンザがゆったりと泳ぐ鮫のような笑みを浮かべて前に出てきた。

「目指せ、百万長者！　テーブルがひとつご入り用かな？　残りはわずか二卓。あっという間になくなりますよ」

わたしは、監視カメラの画像から印刷したタイソンの写真と、彼がアンバーやアレックと並んで自撮りした写真を開いた。

「いや、けっこう。このなかのひとり、もしくは三人全員が、おたくでテーブルを借りた可能性があります。このなかに見覚えのある顔は？」

写真を一瞥（いちべつ）して、クレンザはしかめ面になった。

「この連中ですか、盗品を売ってたガキどもは」

さらりと訊かれてわたしはあっけにとられ、なぜこの男が知っているのかという疑問が残った。

「警察がこの三人のことで聞きこみをしていたんですか？」

「ぞろぞろやってきたよ、何人来たかわからないくらいだ。マージ、ちょっと見てくれ」

年配の女性はマーティン・クレンザの妻で、マージ。若い女性はこの夫婦の姪で、シャーロット。マージとシャーロットもそばに来て、マージが写真を手に取った。タイソンの写真が上になっていた。

「この緑色の子。ここへ来る警官はみんなこの写真を見せるわね」

マージはページを入れ替え、自撮り写真に目をこらした。

「これもさっきの緑色の子ね」

「ええ、そうです。この少年を見たことは?」

クレンザが答えた。「もう百万回言ってるが、ノーだ。あんたたち警官は何べん同じことを言わせりゃ気がすむんだ?」

「わたしは警官じゃありません、クレンザさん。これは私用です」

「私用って?」

「私立探偵。この三人をさがしています」

「あんたといい大勢の警官といい。うちじゃこんな子は見たこともないし、あんたたちに時間をとられるのはもううんざりだ」

マージが夫をじろりとにらむ。

「お黙り、マーティン。あんたにもうんざりだわ」

マージは眼鏡を押しあげ、自撮り写真をシャーロットに見せた。

「このふたりは見たことあるかも、どう思う? このすらっとした男前の子。それにこの娘。

フィードラーが話してた子たちじゃないかねえ」

シャーロットがそわそわしながら写真を見る。

「さあ。ひょっとしたらそうかも」

「なによ、ひょっとしたらって。使えない子だねえ。これはあのふたりだわよ」

マージに写真を引ったくられて、シャーロットは床に目を落とした。使えない子。

マージがわたしに顔をもどす。

「こっちのふたりだけどね、見たことあるわ。これが例のふたり？　フィードラー先生のカメラを売ったっていう」

「ちょっと教えてください。フィードラー先生というのは？」

マーティン・クレンザが手をひと振りした。怒っている。

「フィードラーのやつめ。あいつのせいだ、そもそもこんなことになったのは」

五週間前、ウォレン・フィードラーという歯科医が、クレンザの運営するフリーマーケットでコレクター向けの〈ライカ〉のカメラを一台買った。翌週、それを修理調整してもらおうと販売店に持ちこんだところ、リチャード・スローソンのロレックスと同様、そのカメラは盗品だと告げられた。フィードラーはすぐさまパシフィック署に通報し、そうして警官と刑事の一団がクレンザ一家のところへ押しかけてくることになったのだった。

クレンザが話し終えると、マージが自撮り写真のほうをわたしに返した。

「警察はこっちのふたりの写真は持ってなかったわね。カメラを売ったのがこの子たちだとは言いきれないけど、このふたりがここにいたのはたしかよ。テーブルをひとつ貸したの」

やったぜ、カール。

「すばらしい。このふたりの名前を教えてもらえますか？」

クレンザがまた口出しをした。まだ怒っている。

「いいや、それは無理だな。そいつは、なんだ、五週間前の話だろ？　ここには六十二もテーブルがあって、出店者は毎週入れ替わるし、いちいち覚えてられるわけないだろうが」

「申込書に記入したり、免責書類にサインしたりは？　記録は残ってないんですか？」

クレンザがマージに渋い顔を向けた。

「こいつ、警官みたいな口をきいてる」

渋い顔がわたしに向けられた。

「ここはフリーマーケットだぞ。みんな自分ちにある古いガラクタを売っ払いたくて来るんだ、おれにどうしろっていうんだ、不渡りになるかもしれない小切手を受け取れって？　テーブルをひとつ借りたきゃ、現金で前払いだ、それで土曜日は一日有効。クレジットカードも小切手もだめ。ドル紙幣のみ」

てのひらをぽんぽんとたたいた。そこにドル紙幣をたっぷりのせろと言わんばかりに。

考えていると、壁の図面が目についた。フリーマーケット、ファーマーズマーケット、フードトラック祭り、それぞれの見取り図が、大きな額に入れて壁に掛けてある。見取り図はプロが描いたもので、イベントごとに駐車場の使用可能なスペースを最大限に生かすよう設計されていた。わたしはフリーマーケットの図面のところへ行った。長方形の迷路のなかに六十二までの番号をふったテーブルが配置されている。

「ひょっとして彼らが使ったテーブルを覚えていたりしませんか?」

クレンザもこちらへ来て、横に立った。

「いや、でもフィードラーが覚えてた。警官に連れられてここへきたんだ。ほんとに嫌みな野郎だった」

「偉そうにね。だれかが死んで王様にでもなったわけ?」とマージ。

クレンザがテーブルのひとつを指でとんとんたたいた。それは三十七番と書かれたテーブルで、三十六番と四十二番にはさまれた角に位置している。

「場所はここだよ、だからどうってわけじゃないがね。警察が来たときもいまと同じ話をしたんだ。あの女の刑事――」

助けを求めてマージに目をやる。

「カセット」とマージ。

「そう、その女刑事が、ここで三十七番の周辺にいた連中をさがしだせと言うんで、おれたちは必死こいてやったさ。警備員をふたり見つけた。フルーツジュースとアイスキャンディー売りの男をひとり見つけた。常連の出店者も何人か見つけた」

マージが言った。「出店者リストがあるでしょ? あれを渡しなさいよ」

「シャーロットが持ってる」

シャーロットが急いで自分の机に向かい、クレンザは話を続けた。

「常連さんを何人かさがしあてたがね、いやはやもう、あの連中を見つけるのは容易じゃなかったよ」

マージがふんと鼻を鳴らす。不機嫌。

「こっちだって暇なわけじゃないんだから、商売もあるしね」

クレンザは肩をすくめた。

「まあいいさ。で、もうひとりの、名前はなんてったっけな、ボウリングのボウルみたいなやつは」

マージのほうに手を振って答えを求めた。

「リヴェラ」

ボウリングのボウル。リヴェラが聞いたら喜ぶだろう。

「そうそう。で、うちが常連さんの名前をいくつか教えたら、リヴェラはまたやってきた。名前のあがった連中はなにも知らなかったから、もっと名前を思いだせと言われて、そうしたら、次はどうなったと思う?」

眉を吊りあげた。待っている。

「リヴェラがまたやってきた」

「いんや、リヴェラじゃない。リヴェラはならず者のふたり組を送りこんできた。自分で来るのも面倒くさかったんだろうよ。あんなに苦労して調べて、名前を教えてやったのに、うちが警察の時間を無駄づかいさせてるときたもんだ。だから言ってやったよ、あんたらの質問のしかたがまずいんだろうって。だれもなにも覚えてないのはおれたちのせいじゃないだろ?」

マージも言った。「ろくでなしだね、あのふたり組は。乱暴だし」

シャーロットがリストを見つけてきて、おじに手渡した。クレンザが顔をしかめた。

「たしか二枚あるはずだ。これは一枚め。二枚めはどうした?」

マージがまたシャーロットをにらみつける。

「なにからなにまであたしがやらなきゃだめってことかね」

マージはすたすたと机に向かい、二枚めのページを持ってもどってきた。わたしはシャーロットが気の毒になった。

一枚めのリストには六人、二枚めには四人の名前があった。十人のうち三人は電話番号と住所が記載され、ひとりは住所のみ。残る六人は連絡先がなにも書かれていない。

「この人たちの電話番号はわからない?」

「おれはなんだ、超能力者か? この連中は赤の他人だぞ。だれかが、この人たちなら問題の土曜日にそいつらがここにいるのを見てるはずだと言ったから、その名前をリストにしたまでだ」

わたしは一枚めのリストを見た。

「つまり、リヴェラはこの人たちに話を聞いて、だれも役に立たなかったということですね?」

「ボウリングのボウルはそう言ってた」

二枚めを見た。最初の三人は活字。四人めは手書き。ルイーズ・オーガスト、住所も書いてある。

「こっちのリストもだめだった？」

クレンザはせせら笑った。

「最初の三人は、たぶん。最後のひとり、オーガストさんは、ならず者のふたり組のためにうちがさがしあてたんだ。仕事を全部ほっぽりださなきゃならなかった。店を閉めろと連中に脅されて」

ちらりとマージを見た。

「なんて名前だったかな、あの柄の悪いごろつきどもは」

マージは眉間にしわを寄せて必死に思いだそうとした。

「ネフ？　ネス？　だめ、出てこない。あのふたりの名前はなんだっけね、シャーロット？」

シャーロットは身をすくめ、情けない顔になった。

「ごめんなさい」

「使えない子」

クレンザはふたりを無視して、ミズ・オーガストの名前を指さした。

「この人は常連さんだ。若いふたり連れとぺちゃくちゃしゃべってるところをうちの警備員が見たんだが、そのふたり連れはどこのだれであってもふしぎはない。毎週土曜日はここら一帯に三、四千からの人が集まるんでね。しかもこのばあさん、相手かまわずよくしゃべるんだ」

「このリストのコピーをもらえませんか、クレンザさん」

クレンザは肩をすくめた。

「警察がもうみんなに話を聞いたはずだ」

「わかってます。わたしならもっとましな質問ができるかもしれないので」

クレンザは一瞬こちらを見返し、声をあげて笑った。

「ああ、そうかもな。あんたはならず者じゃなさそうだ」

マージがリスト二枚をシャーロットに押しつけた。

「この人にコピーを、それとも、それもあたしがやらないとだめ？」

シャーロットは手早くコピーをとり、使える子であることをみずから証明した。

わたしは外に出て、駐車場の端のフェンス沿いを歩いていった。住所も電話番号もわからない名前はどうしようもない。ルイーズ・オーガストには住所があるが、電話番号はなかった。携帯電話の地図でその住所を調べると、ここからわずか八ブロック。クレンザ家の隣に車を残して、わたしは歩いた。

15

ルイーズ・オーガストの住まいはビーチから六ブロックで、そのあたりは、暑い内陸から避暑に来る裕福なロスっ子のために週末の隠れ家として二〇世紀初頭に建てられたバンガローが密集する地区だった。当時、バンカー・ヒルズやウェスト・アダムズの大邸宅からビーチの比較的気候の穏やかな地域までの道程は、オレンジや椰子（やし）の果樹園、そして延々と未開の地を走る二時間の長旅だった。それから百年、いまならフリーウェイも自動車もあるというのに、状況はさして変わらない。ラッシュアワーにLAのダウンタウンからヴェニスまで移動する所要時間は同じだが、オレンジの果樹園の美しい風景のなかを走り抜ける代わりに、殺気立ったドライバーと大渋滞のなかをのろのろ運転で進むはめになった。これを進歩という。

ミズ・オーガストの住まいをさがしつつ、リストに電話番号が書かれている人たちに電話をかけた。ナンシー・ハメルは留守番電話が応答した。折り返し電話をくれるようメッセージを残し、次はカルロス・ゴメスにかけた。呼びだし音が鳴り、いつまでも鳴り続けた。2ストライク。ヴィクター・ピッチェスは最初の呼びだし音で応答したが、不機嫌だった。フリーマーケットにいた若いふたり連れのことは覚えていないし、見も知らぬ相手にしつこく訊かれるのは不愉快だ、今度電話してきたら訴えてやると脅された。カセットとリヴェラがなんの成果も得られなかったのも無理はない。

ミズ・オーガストの家のある通りを見つけて、そちらへ曲がると、クラフトマン・スタイルの青い家の向かい側の縁石に、痩せた茶色の犬を連れたホームレスの男がすわっていた。男は向かいの家を眺めており、そこの前庭に作業員が《売り家》の看板を立てていた。紫のパンツスーツの女性が指示を出している。そのクラフトマン・スタイルの家にはとんがり屋根と屋根つきのポーチがあり、青い柵のゲートのついた青い柵のフェンスに囲まれていた。住所を見ると、ルイーズ・オーガストの家だった。

わたしが近づいてくるのを見て犬が哀れっぽく鼻を鳴らした。怯えた目をしている。男もわたしを見て、やはり怯えた目になった。重い腰をあげて、首をすくめた。

「かわいそうに、この犬は腹ぺこなんだ。餌代に一ドル恵んでもらえまいか。天の神さまとキリストさまに誓うよ、酒なんか買わないって」

わたしは男に五ドル恵んで、通りを渡った。

スーツの女性が言った。「もっと左に。ちがう、それじゃ右に傾いてる、もっと左よ」

作業員は立て看板をまっすぐにした。

「さっきよりましね。それでいいわ。打ちこんで」

《バージェス不動産　売り家》

女性はゲートの前に立ちふさがっていて、動かなかった。

「失礼」とわたしは声をかけた。

女性はホームレスの男をちらりと見て、眉を吊りあげた。

「ああいう人たちにお金をあげたら、そこから動かなくなるでしょ。この家を売ろうとしてるのに」

「申しわけない。ルイーズ・オーガストさんをさがしています。ご在宅ですか?」

女性はわたしの顔を見て、ためらった。

「残念ながら。もうここにはいないわ」

「いつもどってきます?」

「いないというのはそういう意味じゃなくて。エイミー・バージェスよ、〈バージェス不動産〉の。このご一家のご友人?」

名刺を差しだしてきた。

「いえ、ちがいます。ルイーズさんにちょっと用があって。仕事で」

エイミー・バージェスはまたためらいを見せ、肩をすくめた。

「そう、そういうことなら、お伝えすべきね。ルイーズは亡くなったの。あの手のヤク中に殺されたのよ」

そう言ってホームレスの男のほうに手を振った。男は犬を抱きかかえて目をそらす。

わたしはもらった名刺をたわませ、家を観察した。前庭には成長しすぎたゴムの木とバナナの木が鬱蒼(うっそう)と茂っていた。ゲートからポーチへと通じるコンクリートの小道の両側には、大地の精ノームの像やテラコッタの鉢植え、日にさらされてゆがんだサインプレートが並んでいる。

プレートには《一角獣(ユニコーン)歓迎》《わたしは虹を見たらブレーキを踏む》《優しい人になろう》などの文字。わたしは名刺をポケットにしまった。

「ご愁傷(しゅうしょう)さまです。亡くなったのはいつです？」

「先週。ドラッグがほしくてやったのよ。窓から押し入って、スチームアイロンで彼女を殺した。鈍器による外傷、と警察は言ってた。さぞかしひどいありさまだったでしょうね」

ホームレスの男がわめいた。

「お許しを、神父さま、わたしは罪を犯してません」

エイミー・バージェスは男を無視した。

「娘さんに言ったのよ、売り値は期待できないでしょうって。情報を開示しないわけにはいかないから。ここは殺人の起こった家だって」

エイミーは殺人の起こった家を見て眉をひそめ、それからわたしをじっと見た。

「興味ない？　娘さんは早く売りたがってるの」

作業員が割ってはいった。

「どうでしょう、これでまっすぐ？」

エイミー・バージェスは看板に目をこらした。

「完璧よ。ご苦労さま、アーマンド」

作業員は道具を片づけて、ゲートから出ていった。エイミー・バージェスはにっこり笑い、二枚めの名刺をくれた。

「もしも気が変わったら、すごくいい買い物ができるわよ。ほんと、いまなら彼女もこちらの言い値で売るはずだから」

「わかった。ありがとう」

ルイーズ・オーガストの線はここまでか。手元に残るは連絡手段のない名前がいくつか。わたしは向きを変え、車に引き返した。

ホームレスの男のほうへ近づいていくと、男は地面を見ながら、かすかに聞こえる声でつぶやいた。

「あの女の人は優しかった」

ルイーズ・オーガストのことだとわかった。

「喉が渇いた犬たちに水を置いてくれた。ときどきおやつも。優しかった」

男は犬をなでた。わたしは小さな前庭にあるプレートに目を向けた。《優しい人になろう》

「いい話だ。近ごろは優しさが不足している」

男はうなずいた。

「ふたり組の男」

男は顔をあげて、わたしと目を合わせ、またそらした。

「おれたちは警察に言った。あの人の優しさが、あだになった」

「ふたり組の男というのは?」

「ちゃんとした恰好だった、ネクタイの。偉そうな若い男ふたり。でかいのと、ばかでかいの。

そいつらがゲートを開けるのを、おれたちは見た」

「彼女が殺された日？」

男は地面に目を落とし、犬をなでた。

「おれたちはよくわからない。すまんね」

この男が見たふたり組は刑事で、クレンザ一家を訪ねたあとルイーズに話を聞きにきたという可能性もある。

「そのふたりは警官だろうか、どう思う？　刑事とか？」

「政府の関係者。極秘任務のエージェント。ばればれだ」

ばればれ。

「そのふたりが立ち去るところは見た？」

「見なかった。すまんね。おれたちは緊急の用でよそへ呼ばれたから」

男は犬をなでた。

「でも、警察には話した？」

「おれたちは話した、そしたらあんたが来た。あの女の人の優しさは、あだになった。あんたの優しさは、報われた。犬の餌代に一ドル恵んでもらえまいか。かわいそうに、この犬は腹ぺこなんだ」

わたしは男に十ドルを渡して、クレンザ一家のところへもどった。シャーロットは自分の机にいたが、マーティンもマージも見あたらない。事務所のドアを開けると、シャーロットがあわてて立ちあがった。マージだと思ったのだろう。

「どうも」

「どうも」

「おばさんとおじさんはいる？」

シャーロットはうなじに手をやり、襟元をかき合わせた。

「お昼を食べにいってます」

「そうか。ではきみに助けてもらおうかな」

「がんばります」

「おじさんがならず者と呼んでいた刑事たち。そのふたりがおじさんと話していたとき、きみもここにいたのかな」

「はい、わたしとおばさんとおじさんが。そのふたりの名前は覚えてないんですけど。お話ししたとおり」

「わかってるよ。そのふたり、見た目はどんなふうだった？」

シャーロットはしばし考えて、自信がなさそうに肩をすくめた。

「どうでしょう。わりと普通だった、と思います。きちんとした服装で、靴はぴかぴかで。どちらかというと大柄でした。がっしりしてて、身体を鍛えてるみたいな」

「歳ごろは？」

「三十代ぐらい？　ひとりは、あなたぐらいの背丈、もしかしたらもう少し大きかったかも。

髪と目は濃い色。その人がほとんどひとりでしゃべってて、やたらにこにこしてました。もうひとりのほうはもっと大きくて、意地悪そうな感じ。すごく近づいて立つんです。感じ悪い人でした」

でかい男と、ばかでかい男。偉そうな若い男たち。ホームレスの男が見たのはおそらくこのふたりだろう。

「そのふたりは、ここを出たあとルイーズ・オーガストに会いにいくつもりだった?」

シャーロットは眉間にしわを寄せた。確信なし。

「どうでしょう。行き先は言わなかったと思います。黙って出ていきました」

「名刺は置いていった?」

「どうでしょう。すみません」

「あやまることはないよ、シャーロット。きみのおかげで大いに助かった。ありがとう」

「とんでもないです」

わたしはにっこり笑った。笑みが返ってきたが、どこか落ち着かないようすだった。帰ろうと背を向けたとき、呼びとめられた。

「ひとつ訊いてもいいですか?」

「もちろん。なにか気になることでも?」

ますます不安そうな顔になり、ドアのほうをうかがった。マーティンとマージに見つかるのではないかと。

「あなたは警察と協力してお仕事をなさってるんですか？」

「ときには。たいていは依頼人のため、もしくは自分で勝手に仕事をしている。いまもそうだけど」

「でも、ここへ来た警察の方をご存じなんですよね？」

「カセットとリヴェラは。ならず者たちは知らない」

またうなじに手をやり、いちだんと不安のつのらせたようだった。

「あの刑事さんたちはいい人ですか？」

なんとも答えようがなかったが、シャーロットが心配しているのはわかった。

「場合によるだろうね。なにか困っていることでも？」

シャーロットは襟元を開き、あごをあげた。シンプルなネックレスが首に掛かっていた。

「彼にもらったんです」

繊細（せんさい）なゴールドのチェーン。その先端にクラシックで美しいシンプルなデザインの宝石がついている。多面カットのルビーの周囲に小さなダイアモンドを散りばめたものだ。深紅のルビーがときおり青いきらめきを放ち、ダイアモンドは無色透明な光で輝いている。

「そのまま持っていたんですけど、どうしていいのかわからなくて。面倒なことにはなりたくないんです」

「だれにもらったんです？」

「写真に写ってた男の人。アレック」

シャーロットはひと息ついて、背筋を伸ばした。

「彼のことを知ってます。どこへ行けば見つかるかも」

わたしはドアに鍵をかけ、シャーロットに質問した。

16

　シャーロットは折りたたんだピンクのポストイットをわたしの手のなかに押しこんだ。

「彼はパーティーを開く予定でした。さりげなくわたしに近づいて、ぜひ来てほしいと言ったんです。わたしは電話もしなかった」

「彼の苗字(みょうじ)は？」

　シャーロットはメモ用紙を手で示した。

「そこにあります。リッキー。アレック・リッキー。俳優です」

　わたしはメモ用紙を開いた。そこにはアレック・リッキーの名前とバーバンクの住所、そして電話番号があった。

「なんなら警察に話してくださってもかまいません。でも、どうかわたしの名前は出さないで。だれも怒らせたくないんです」

　また通りのほうへ目をやった。マーティンとマージが帰ってくるのを警戒して。

「写真の女の子は？」

「ふたりはただの友だち。アレックは彼女に協力してたんです」

「そうじゃなくて。彼女の名前は？」

「アンバー。わたしにはほとんど話しかけてこなかった。苗字は知りません」

わたしはメモ用紙をポケットにしまった。

「警察がアレックをさがしていることを、本人に話した?」

「いいえ。あの人たちが例のカメラを売りにここへ来て以来、話してません。わたし、彼が怖かった」

またネックレスに触れた。不安。

「アレックはそのネックレスが盗品だと言った?」

「口に出しては言わなかった。でも袋のなかに拳銃を持ってました。わざわざ見せてくれたんです」

「アレックは拳銃を持っている」

「銀色の拳銃です、白い握りのついた。最初にここへ来たときはほんとにかっこよかった。俳優養成所のことや、知り合いの俳優のことなんかを話してくれました。でもその次に来て、このネックレスをくれたときは、態度があきらかにおかしくて、自分を危険な男だと思わせたがってるみたいでした。わたしは、へえ、そうなの?って感じで答えました。犯罪者だったらわたしが感心するとでも思ったんでしょうか」

銀色の拳銃が紙袋にはいっているところを思い浮かべた。紙はくしゃくしゃ。アレックが彼女に見せるために袋の口を少しだけ開けるところを思い浮かべた。

「その拳銃でなにをするか言った?」

「見せてくれただけ。彼がそんな人だとは思わなかったけど、そのあと警察が来て、それでわたし怖くなったんです」

うなじに手をまわして、ネックレスをはずした。

「このまま持っていたい気持ちもあったんですけど、いまはちがいます。これを失くして悲しんでる人がいるでしょうから」

ネックレスを差しだした。

「あなたから返していただけますか？」

通りから差しこむ明かりを受けて、ネックレスがきらめいた。わたしはネックレスを受け取り、メモ用紙といっしょにポケットに入れた。

「ちゃんと持ち主の手にもどるようにする」

「わたしの名前は出さないでもらえますね？　だれも怒らせたくないんです」

そこでまた通りのほうをうかがい、マーティンとマージの姿をさがした。もう充分にいろいろな人を怒らせているのだろう。

「口を閉ざしておくよ」

シャーロットは目を閉じた。ほっとして。

「ありがとうございます。ほんとにありがとうございます」

「あとひとつ。アレックは自分が通っている俳優養成所の話をしたと言ったね。どこの養成所か聞いた？」

シャーロットは記憶をたどり、ノース・ハリウッドにある養成所の名前を口にした。

わたしは礼を言い、自分の名刺とシャーロットの携帯電話の番号を交換した。車に向かって引き返しながら、タイソンとアレックとアンバーのことを考えた。彼らは変わってしまった。タイソンとその仲間はもうふざけて泥棒ごっこをしている未熟なティーンエイジャーではない。アレックは拳銃を所持しており、その拳銃が彼らを危険な存在にしていた。

車に乗りこんで、アレック・リッキーの番号に電話をかけた。最初の呼びだし音が鳴る前に、留守番電話が応答した。

「アレックです。伝言を」

わたしは電話を切り、アレックの通う俳優養成所をグーグルで検索した。そこは、テレビドラマのシリーズものに出ているベテラン俳優たちから高く評価されている学校で、経営者はデイーナ・ロスという演劇コーチだった。ウェブサイトでは伝説的存在と紹介されている。アレックがシャーロットに話したことが本当だとしたら、なにか小道具がいるだろう。わたしは〈スモール・ワールド・ブックス〉で中古の脚本を一冊買い、〈サイドウォーク・カフェ〉でバーガーをテイクアウトして、それを食べながらバーバンクまでの長距離を走った。

アレックの自宅の住所を訪ねていくと、そこはヴェンチューラ・フリーウェイの北側、〈ワーナー・ブラザーズ〉とディズニーランドからさほど離れていない三階建てのビルだった。コンクリートの階段をのぼった先に一階の玄関ドアがあり、表に引っ越しのトラックが二重駐車していた。男がふたり、マットレスを建物から運びだそうと格闘しているが、勝ち目はなさそうだ。通りの反対側の消火栓のそばに車をとめて、建物を見ながら思案した。アレックは自宅にいるのだろうか、タイソンとアンバーもいっしょだろうか。

座席の下には、グレーのスエードのホルスターにおさまったダン・ウェッソンのリボルバーが眠っている。そのダン・ウェッソンが目を覚まし、腕の下にもぐりこんできた。拳銃を隠すために、わたしは淡い色のリネンのジャケットをはおった。ジャケットはシャツとまったく合わなかったが、ときには犠牲もやむなしだ。ピッキング・ガンをポケットに入れ、用意した小道具を手にして、通りを渡った。

引っ越し中のふたりの脇をすり抜けて二階へあがり、アレックの部屋を見つけた。耳をすましてみたが、なにも聞こえない。ブザーを押すと、足音が聞こえた。

のぞき穴の向こうから女性の声がした。

「はい？　ご用件は？」

相手からよく見えるように後ろにさがり、にっこり笑う。

「どうも。アレックに渡したいものがあるんです。彼の演劇教師のディーナ・ロスから。これを届けるように言われて」

脚本を掲げた。アレックがそばにいるなら、追っ払えと言うか、ドアを開けろと言うか、どちらかだろう。

鍵がまわると、わたしの手はジャケットの内側に伸びた。

ドアを開けたのは、濃い色の肌に赤毛のショートヘアの若い女性だった。自撮り写真に写っていた女性ではない。

わたしは手をおろし、笑みをいっそう大きくした。

「いきなりやってきて申しわけない、ディーナがこれをアレックに渡してほしいというので」

女性の目は充血していて、落ち着きがなかった。

「あなた、アレックと同じワークショップの人？」

「別のワークショップだけど、ディーナのところで勉強してるんだ。アレックとは面識がない」

脚本を掲げると、充血した目が真っ赤になった。

「アレックは死んだわ。ゆうべ殺されたの」

わたしは女性の背後を見ようとした。耳をすましたが、部屋のなかにほかの人間がいる気配はない。女性の目には生気がなく、あるのは激しい衝撃と折り合いをつけようとしている人間のどこかうつろな困惑だった。

「それは、ほんとの話？」

「そうよ！　ほんとの話。ついさっき警察から知らされて、もう頭がおかしくなりそう！」

「きみはアレックの——？」

「ルームメイト。ただの同居人。クローディア・ローレンス」

手を差しだしてきたので、握手を交わした。

「フィルだ。大変だったね。なんと言っていいか、言葉もない」

クローディアはドアを開けたまま部屋のなかへもどった。

「言葉もないのはこっちも同じ。だれに知らせたらいいのかもわかんない。アレックの両親に連絡したほうがいいんだろうけど、向こうはわたしのことなんか知らないし。カンザスにいるの」

わたしもなかにはいってドアを閉めた。

居間はダイニングエリアやキッチンと廊下で隔てられ、その廊下の先がバスルームだった。バスルームをはさんで両側にあるドアがおそらく寝室だろう。タイソンとアンバーがそのバスルームにいることを祈った。ふたりが無事に生きていることを祈りつつも、アレックといっしょにいたのではないかと思うとぞっとした。

「警察は状況を話してくれた?」

「撃たれたって。信じられる? 車を運転してて、いきなりだれかに撃たれた。それで事故ってガードレールを乗り越えて、ひどいありさまだったって、警察は言ってた。車ごと燃えた。パコイマで」

車が炎上するさまを思い浮かべてクローディアは眉をしかめ、顔をそむけた。

「アレックはだれかといっしょだった?」

「知らない。警察はなにも言ってなかった」

「犯人はわかっているのかな」

「警察の態度ときたら、まるでわたしが撃ったって言わんばかり」

コーデュロイのカウチにすわりこんで両脚を引きあげた。

「パコイマがどこかも知らないっていうのに。彼の両親にいったいなんて言えばいいの？」

わたしはクローディアに同情した。

「パコイマはヴァレーにある。バーバンクの北」

「あの人たちにはほんとにぞっとしたわよ。すっごい感じ悪かった」

あの人たちというのは警察のことだろう。

「帰ってきたら、部屋にいたの、ふたり組の男が。マイリーなんか悲鳴をあげたんだから」

「マイリーって？」

「マイリーとクレイマー、上の三階の住人。三人でコーヒーを飲みにいってた」

「きみたちが帰ってきたら、部屋に警察がいたんだね？」

「証拠をさがしてた。あの役立たずの管理人が勝手に部屋に入れたの。ことは殺人だからって」

いきなり身を起こして、わたしを見た。

「アレックのせいでもうしっちゃかめっちゃか。ろくでなしのルームメイトがじつは泥棒だった、それが今度はいきなり死んじゃった。この部屋の家賃をひとりで払うなんて無理」

胃のあたりから胸に寒気(さむけ)が広がった。

「警察が、アレックは泥棒だったと言ったのかい？」

「そうよ！　あいつノートパソコンを盗んでたの。警察に部屋を捜索された。いろんなものを押収してったわよ！　わたしの持ち物まで持ってかれたんだから」

「なにを押収された？」

「わたしたちのパソコン！　返してくれるといいんだけど。預かり証をもらっておくべきだったってクレイマーは言ってる」

「警察はノートパソコンのことを特にあれこれ訊いたんだね？」

「アレックはそのパソコンでなにをしてたのかって訊かれて、わたし的には、パソコンがなんなのよ？って感じ。あいつらまるでわたしが悪いみたいに言うの、冗談じゃない！　クレイマー的には、ひとこともしゃべるな、弁護士に電話しろ、って感じだし、わたし的には、アレックが盗みを働いてたなんて知らなかったし、今回のことだっていっさい関知してないわけよ。もうなにがなんだかさっぱりわかんなかった」

　そこでひと息ついて、また目を閉じた。

「クレイマーはつまみだされた。文字どおりね、あいつらの片方、大きいほうが、クレイマーの身体をつかんで引っぱってってドアの外にほっぽりだしたの。まあ、それは幸いだったけどね。クレイマーが騒ぎをどんどん大きくしてたから」

　胸のあたりの寒気が頭のなかにまで広がった。わたしはクローディアを見つめ、唇をなめた。警察はもうアレックを窃盗（せっとう）事件と結びつけている。アレックが〝氏名不詳の男性容疑者その二〟だと判明しているなら、タイソンが〝氏名不詳の男性容疑者その一〟であることも判明しているだろう。となると、タイソンには交渉して自首するチャンスはもうないということだ。

一方、もしタイソンとアンバーが、アレックが殺されたとき車に同乗していたとすれば、ふたりもおそらく死んでいる。ふたりがアレックを撃ったのでないかぎり。

わたしは言った。「警察はタイソンとアンバーのこともなにか言ってた?」

クローディアの目が大きくなった。

「なんで知ってるの?」

しまった。

「ワークショップで。いろいろ耳にはいってくるから」

「警察に話したほうがいいわ」

わたしはうなずき、カセットはなにを知っているのだろうと考えた。メモ用紙を取りだした。

「そうしよう。そのふたり組の名前は聞いたかな、名刺をもらったとか? 電話してみるよ」

クローディアは一瞬考え、顔をしかめた。

「ネフ、だったかな。ネフとヘンスマン? 名刺はくれなかった。ユアンさんなら知ってるかも。あのふたりをなかに入れたから」

ネフというのは例のならず者の片割れだ。

「その警官たち、見た目はどんな感じだったかな、人相を説明する必要があるかもしれないから」

また顔をしかめた。

「どっちも三十代。まあまあかっこいい、でもおっかない。どっちも大柄で、がっしりしてて、毎日身体を鍛えてる感じ、髪は短い。わかるでしょ。いかにも警官」

でかい男と、ばかでかい男。ならず者。

「ユアンさんに訊いてみよう。管理人はこの建物のなかにいる?」

「一階、玄関の脇。一〇一」

わたしは腰をあげた。クローディアも立ちあがり、玄関までついてきた。

わたしは言った。「なかなかいい部屋だ。新しいルームメイトが見つかるといいね」

クローディアの顔がぱっと明るくなった。

「興味ある?」

「せっかくだけど、いまのところが気に入ってるんだ」

クローディアはドアノブに手を伸ばし、そこでためらった。

「アレックの両親には警察が知らせるだろうって、クレイマーは言ってる」

「クレイマーの言うとおりだ。だれかが遺体を引き取らないといけない」

しばし考えて、クローディアはうなずいた。

「やっぱりわたしから電話したほうがよさそう。あの人たち感じがいいとは言えないし」

アレックの両親の苦痛を少しでも減らそうとするクローディアに、わたしは好感を持った。

「きみはいい人だ、クローディア。ご両親も感謝するだろう」

クローディアはドアを開けた。

「もし知り合いにルームメイトをさがしてる人がいたら、わたしはいっしょに住むのに楽な相手だから」

「訊いてみよう」

　わたしは部屋を出て、駆け足で一階に降りた。引っ越し作業は終わっており、玄関ドアが閉まっていた。一〇一号室を見つけてノックすると、ユアン氏が出てきた。

「どうも。いまクローディアに会ってきたところです、二〇四号室の。あなたが彼女の部屋に入れた刑事たちに話したいことがあって。ふたりの名前はわかりますか、あるいは名刺とか?」

　ユアン氏は眉をひそめた。疑念。

「あの部屋にはだれも入れてない」

「二〇四号室。警官二名。でかい男と、ばかでかい男。あなたが部屋に入れてくれたと、そのふたりは彼女に言ったそうです」

　ユアン氏はわたしの肩の後ろに目をやった。背後を確認するように。

「なにかのいたずらか?　ユアンはだれも入れない」

　わたしは急いで車にもどった。ふたりはなぜ嘘をついたのだろう。

17

タイソンはゆうべ家を出るときアレックとアンバーに電話をかけたはずだし、三人でどこかに集まったと見てまちがいないだろう。アレックが殺されたとき、タイソンとアンバーもいっしょだったとすれば、ふたりはすでに殺されているかもしれない。いっしょでなかったとしたら、警察はふたりを容疑者と見なしているだろう。

わたしは鑑識官のジョン・チェンに電話をかけた。ジョンはロサンゼルス市警察の科学捜査課[SID]に所属する現場捜査官だ。ずば抜けて優秀な鑑識官である。偏執的で、要求が多く、平均的なグレープフルーツよりも低い自尊心をかかえている。

三回めの呼びだし音で、ジョンが応答した。ひそひそ声。

「仕事中だ」

職場に電話をかけると、ジョンは決まってひそひそ声で応じる。ほかの鑑識官たちが聞き耳を立てているかもしれないから。

「大事な用だ。殺人の被害者の情報がいる、それもいますぐ」

「こっちになんの得がある?」

偏執性に加えて、強欲と名声もジョンの感情的欲求リストの上位にある。テレビに映るのが、とりわけ、魅力的な女性リポーターからインタビューを受けている自分の姿を見るのがなにより好きなのだ。

「なにもないかもしれない、ジョン。約束はできない」

「かもしれない、じゃ説得力がないな」

「ビバリーヒルズとベルエアで起こった連続窃盗事件は知ってるだろう?」

「もちろん。十八件、氏名不詳の容疑者三名、金持ち連中。そのうち四件はぼくの担当だ」

「ゆうべ、アレック・リッキーという白人男性が、パコイマのフリーウェイで撃たれて死んだ。車を運転中に」

「関連があるのか?」

「アレックは窃盗犯のひとりだった。車に同乗者がいたかどうか知りたい。ほかにも被害者がいたのなら名前を知りたい」

「待った。その男がホシのひとりだって?」

「そうだ」

「たしかか?」

「ああ、ジョン、たしかだ。そいつは窃盗犯のひとりだ」

「ほっほう」とチェン。

にやにやしている、これがチェンという男だ。同僚に浮かれ気分を悟られないよう手で口を覆いつつも、ニュースの見出しに躍る自分の名前が見えており、その見出しについ口元がほころぶのだ。《チェン、窃盗団の正体を暴く。富裕層から感謝と称賛の嵐》。チェンの幻想をぶち壊すのは気が引けた。

「警察はもうアレックが窃盗犯のひとりだと知っている」

「え」

しょぼん。ぬか喜びさせて申しわけなかった。

「その情報がどうしても必要なんだ、ジョン。なあ、頼む」

やがてため息が聞こえた。世界を背負ったような。

「わかった」

「あとひとつ。遺留品に拳銃があったかどうか。アレックは拳銃を持っていた」

「お安いご用だ。インタビューに備えてスケジュールを空ける必要はなさそうだけどな」

むっつり。

わたしは電話を切った。警察はどうやってアレックと窃盗事件を結びつけたのだろう。クローディアを尋問したふたり組の刑事は、どうやらクレンザ一家を脅したならず者たちのようだ。クレンザ一家はそのならず者たちをルイーズ・オーガストのところへ送りこみ、そしておそらくルイーズがアレックとアンバーの名前を彼らに教えたのだろう。そう考えると筋は通るが、仮にそうだとしたら、カセットは氏名不詳の容疑者たちの身元を一週間以上も前から知っていたことになる。なぜ彼らをしょっ引いて尋問しなかったのか、あるいは逮捕状を請求しなかったのか、どう考えても納得のいく理由は思いつかなかった。こうした場合よくあるのは証拠が不充分ということだが、タイソンとその仲間は犯行現場に指紋とDNAを残していった。ふけを落とすように。わたしはカセットの名刺を見つけて、電話をかけた。

「エルヴィス・コールだ。ちょっといいだろうか」

「よくない。忙しいの」

「なにかわかったら連絡しろと言っただろう」

声が明るくなった。

「なにがわかったの？」

「おめでとう。窃盗犯どもの身元を突きとめたと聞いた」

カセットはふんと鼻を鳴らし、それは予想していた反応ではなかった。

「あなたの聞きちがいでしょ、コール。で、なにがわかったの？」

その返答は自然で、無造作で、本当らしかった。わたしの質問も同じだった。

「ほんとに？　警察は氏名を突きとめたと聞いたけど」

「いい加減にして、コール、こっちは忙しくて目がまわりそうなの。情報があるの、ないの？もう切るわよ」

その口調と迫力はどこから聞いても本物らしかったが、刑事は一般人より嘘をつくのがうまい。おとり捜査を重ねるうちに技に磨きがかかる。

捜査が進展しないうちは情報を伏せておくつもりだろう、そうわたしは判断した。十八人もの金持ち連中が目を光らせているとあれば、しくじりは許されない。金持ち連中が求めているのは有罪判決なのだ。

「じつは、カセット、ひとつ頼みがある」

「それが電話してきた理由？」

「被害者リストをもらえないだろうか。情報量が多ければ、もっと役に立てる」

「まだなんの役にも立ってないくせに。失礼、コール。切るわよ」

「犯人たちは盗んだ品を売っている、ヴェニスのフリーマーケットで。犯人の正体を知ってるかもしれない目撃者がひとりいるんだ」

カセットの声が冷たくなり、脅しの響きを帯びた。

「フリーマーケットのこと、だれから聞いた？」

「情報源がある。わたしは探偵だ」

「もらしたのがうちの人間だったら、とっちめてやる。そう伝えなさい、コール。とっちめてやるから覚悟しろって」

「まあ落ち着いて、カセット刑事。たまたまだれかに躓いたとしても、相手がおたくの人間かどうかわたしにはわからない」

カセットはうろたえた。

「なんでもいい、とにかく絶対に他言は無用。フリーマーケットのことはべらべらしゃべらないこと」

「なにがそんなに問題なんだ？」

「問題はうちがその情報を伏せてるってこと。犯人たちが戦利品をフリーマーケットでさばいてることはだれも知らない。その事実を突きとめて以来、おとり捜査官が現場で張りこんでいるから、犯人たちがもし警官のにおいを嗅ぎつけたら、二度とそこには来なくなる」

その口調に含まれる真実味は、頑丈な鋼鉄の扉に劣らず現実的で疑いようがなかった。氏名不詳の容疑者三名がタイソンとアンバーとアレックであることを、カセットは知らない。ネフとヘンスマンは知っていたが、カセットはなにも知らないのだ。

わたしは言った。「ネフとヘンスマンから聞いた」

「なにを?」

「フリーマーケットのこと」

「で、ネフとヘンスマンというのはだれで、わたしになんの関係があるの?」

捜査において秘密を守ることはままある。だが、自分の率いる捜査班の刑事たちのことを知らないふりをするのは理屈に合わない。

「ルイーズ・オーガストのこともそのふたりから聞いた」

「なんの話かわからないんだけど、コール」

「コール? もしもし?」

わたしは深呼吸をひとつした。自分の考えていることがどうにも気に入らない。

「ルイーズ・オーガスト。彼女が若者ふたりと話しているのを見た者がいる」

「へえ。それで?」

「それだけ。わたしはルイーズとは話をしていない。見つからなかったんだ」

「要するに、あなたはある情報をつかんで連絡をくれたけど、それは情報とも呼べない代物で、なぜなら、あなたが見つけられなかったというある人物の名前以外、なにひとつわからないから。これで合ってる?」

「ああ」

通話が切られた。

わたしは電話をおろし、窓の外に目をやった。少女ふたりと少年がひとり、スケートボードでびゅーんと通り過ぎた。わたしは子供たちを眺めた。建物から男がひとり、小さなチワワを抱いて出てきた。男は犬を歩道におろした。小型犬は大気のにおいを嗅ぎ、男を見あげて、ぶるぶる震えた。男は狭い草地のほうへ一歩踏みだし、犬を草のあるほうへ誘導しようとした。犬は動かなかった。男は犬を抱きあげ、草地におろして、待った。小さな犬は身震いした。男は犬を抱きあげ、建物のなかへもどっていった。

わたしはシャーロット・クレンザに電話をかけた。

「エルヴィス・コールです。いま話せる?」

「待ってて。トイレのなかに行きますから」

またもひそひそ声。わたしと話す相手はみんな声をひそめる。原因はわたしかもしれない。待っているあいだに、電話がかかってきた。チェン。そちらは留守番電話にまわすことにした。数秒後、シャーロットが電話口にもどってきた。

「おばさんったらほんとにやな感じ」

「例のならず者たちは、そこの事務所に来たとき、どんなふうに自己紹介をしていた？」

「こんにちはと言って、バッジを見せてくれました」

「名前は、ネフとヘンスマンだった？」

「名乗ったのはたしかですが、わたしってすごくぼんやりしてるから。覚えてないんです」

「わかった。ふたりはバッジを見せて、こんにちはと言った。ほかにもなにか言ったと思うけど、どうだろう」

「背の低いほうの人、話をしたのはその人なんですけど、カセット刑事の指示でおじさんに会いにきたと言ってました」

「カセット刑事の指示で来たとふたりは言った」

「背の低いほうの人が。それでも充分大きかったけど、もうひとりはもっと大きかったから」

「カセット刑事にどんな指示を受けて来たかは言っていた？」

「フィードラーさんのカメラがどうとか言ってましたが、わたしはろくに聞いてなかったんです。あの日はフードトラック祭りのある金曜日で、マーティンは隣に行ってたし、マージに言われて——」

わたしはさえぎった。

「アレックとアンバーがノートパソコンを売って
いないかったか、と訊かれなかった？」

「びっくり、そのとおりです。背の低いほうの人がわたしたちに、そのふたりの容貌を言ってみろって。なんなの？って感じでした」

くぐもった声が聞こえ、シャーロットがまた声をひそめた。

「もう切らないと。マージが呼んでます」

「あとひとつだけ。そのふたり組は、緑色の少年の写真を持っていたんだね？」

「ええ、もちろん、その写真をよく見ろと言われました。その前にここへ訪ねてきたほかの警官もみんな同じ」

ふたたび電話を切ったが、このときは頭痛がして、目の奥でなにか大きなものがどくどく脈打っていた。電話が鳴った。チェンがまたかけてきたのだ。チェンのひそひそ声は興奮気味で早口だった。

「どうして彼の名前を知ってるんだ？」

「アレックはひとりきりだった？」

「そう、でも撃たれたのは運転中じゃなかった。事故ってガードレールを乗り越えたんだ。車から引きずりだされた。そして土手で撃たれた」

目の奥のどくどくが激しくなった。

「容疑者は？」

「あんたが殺ったのか？　あんたとパイクが殺ったのか？　殺しの裏工作に加担する気はないぞ」

あまりにも激しくどくどくと脈打つので、考えることができなかった。

「どっちも殺ってない」

「だったらどうして名前を知ってる？　あんたは彼の名前を教えてくれた、でも身元は特定されてなかったんだ。いまもまだ判明してない」

「警察は知っている」

「警察は知らない。だれも知らない、あんた以外は。焼かれてたんだぞ。ハイオクのガソリンをかけて火をつけられた。身元の特定は不可能だった」

ネフとヘンスマンは知っていた。

「容疑者と証拠は？」

「土手から靴の跡を採取した。男物の靴だ」

「ふたり分の」

「あんたとパイクなんだろう？　あんたたちが彼を殺した」

わたしは電話を切った。ルイーズ・オーガストの庭にあった小さなプレートを思いだす。

《優しい人になろう》

優しい心持ちにはなれなかった。感じるのは怒りだ、それと怯え。

男がふたり、ルイーズ・オーガストの家のゲートを開け、そしてルイーズは死んだ。アレック・リッキーは殺され、警官かもしれないしそうではないかもしれないふたり組の男が、アレックのアパートメントを捜索して、ノートパソコンとタイソンとアンバーのことを尋ねた。土手に靴の跡を残したのは、同じふたり組の男かもしれない。

ふたり組の男が、盗まれたパソコンをさがしていて、それを見つけるために殺しを重ねている。ふたりはタイソンの名前を知っている、名前がわかれば住所もさがしあてられるだろう、そしてタイソンは母親といっしょに住んでいる。

すかさず電話を手に取ったが、デヴォンにかけたのではない。デヴォンへの電話は二番めだった。

18

デヴォン・コナー

レスリー・サンガー弁護士との打ち合わせを終えたデヴォンは、雲のなかに囚われたような気分で自宅に向かっていた。バックミラーに映る自分の顔をちらりと見て、見なければよかったと思った。深く刻まれたしわ、縮緬じわ、目というよりぼんやりとくぼんだ穴。百万歳に見えた。気持ちはそれ以上に老けこんでいる。タイソンとの暮らしで消耗しつつあった。

帰ればタイソンのボルボが待っていると自分に言いきかせたが、私道に車はなかった。ガレージのなかにあることを祈ったが、扉が開いたとき、デヴォンの祈りはまたも打ち砕かれた。空っぽのガレージに車を入れ、荷物をまとめて、洗濯室のドアに気づいた。

ガレージから洗濯室に通じるドアがわずかに開いている。

出がけに鍵をかけたかどうか思いだそうとした。かけたつもりだし、それが習慣になっているが、頭のなかがいっぱいだったから、かけ忘れた可能性はある。

アウディを降りて、家のなかにはいった。これまで一万回もしてきたように、洗濯室を抜けてキッチンへ行き、そこでぴたりと足をとめた。

戸棚の扉が開いている。だれかがなかをのぞいて、そのまま開けっぱなしにしたみたいに。タイソン。

デヴォンは廊下に向かって顔をしかめた。

「タイソン！　いるの？」

戸棚を開けっぱなしにするのはいかにもあの子らしい。

「タイソン！」

いましがた息子に対して感じていた悲しみは、一気に怒りへと変わった。

「タイソン、返事をしなさい！」

デヴォンはすたすたとダイニングルームへ行き、またぴたりと足をとめた。裏庭へ出るガラスの引き戸が全開になっている。一匹の黒い蝿が気だるげにぶーんと頭の横を飛んだ。ぴしゃりとはたいたが、狙いははずれた。

あの子、ただじゃおかないから。

「タイソン！」

廊下をどんどん進んでタイソンの部屋に向かった。

閉まっているドアを、わざわざノックする気もなかった。勢いよく開けた瞬間、目にした光景に思わず息をのんだ。

タイソンのベッドがひっくり返っていた。引き出しのついたチェストと机が壁から引き離されている。中身は床にぶちまけられている。モニターとゲーム機は机から払い落とされ、ごちゃまぜになって部屋じゅうに散乱していた。

ごくりと唾をのもうとしたが、口のなかがからからだった。破壊者によって徹底的に捜索されたような部屋のありさま。

タイソンの仕業であるはずがない。タイソンがこんなことをするとは思いたくないが、ひょっとしたらあの女の子かアレックがこんなことをさせたのかもしれない。あの子をそそのかして、無理やりやらせたのかも。

犯罪者も顔負けの、恐るべきティーンエイジの悪党ども！

あの子たちが家じゅうをめちゃくちゃにしたんだろうか。これは怒りの表明？

バスルームも荒らされていた。リネン戸棚とキャビネットにあったタオル類やトイレットペーパーが床に散らばっている。

悪党ども！

足音も荒く自分の寝室にはいっていった。

「あの悪ガキども！」

タイソンの部屋と同じく、デヴォンのドレッサーとチェストも空っぽだった。箱やバッグ、スーツケースもクローゼットから引っぱりだされている。タイソンが十二のときにくれた宝石箱がなくなっていた。クローゼットをのぞくまでもなかった。

廊下の端にある書斎へ行った。家のなかで最後の部屋。引き出しとファイルキャビネットは空っぽ、収納箱はクローゼットから引っぱりだされている。ふと風を感じて、窓が開いているのに気づいた。

この窓はおかしい。

タイソンは鍵を持っている。窓を開ける必要はないはずだ。

窓を凝視し、なぜ開いているのだろうと考えた。閉めたかったが、どうしても部屋にはいることができない。家のなかはしんとしている。死んだような静けさ。

ばかなこと考えないの。あの窓を閉めて、散らかったものを片づけなさい。

突然、近所の犬が狂ったように吠えだした。

デヴォンは思わず飛びあがり、ドアにしがみついた。トビーは大型犬で、吠え声も大きい。犬は窓のすぐ外で吠えているようだ。なにかに咬みついて引き裂きたがっているような、恐ろしく凶暴な声。

吠え声がやんだ。

聞こえるのは、車の音、遠くのトラック、鳥のさえずり。

そして、家の表のほうでギギーッという音がした。

心臓がどくどく鳴りだした。

その音は家のなかから聞こえるのか、外からか、デヴォンにはわからなかった。風の音だったのかもしれない。トビーかも。

バタン。

デヴォンは廊下の先をのぞいた。廊下にはだれもいないが、鼓動が危険なほど激しく音をたて、走りだしたくなった。

バタン。ギギーッ。

デヴォンは書斎に身を隠し、だがドアのそばから離れなかった。耳をすます。なにか聞こえはしないかと。

家のなかか、外か、やはりわからない。

やめなさい！　勝手に妄想してるだけよ！

ダイニングルームかも、開けっぱなしの引き戸の外から聞こえる音かもしれない。

電話が鳴り、犬の吠え声を聞いたときに劣らず、ぎくりとした。電話のことをすっかり忘れていた。コールの名前を見て、口に手をあてた。

「家のなかにだれかいる」

「自宅？」

「そう！　だれかがうちを家探しした、犯人はまだここにいると思う」

「きみはいまどこにいる？」

「なにか聞こえた」

「デヴォン、聞くんだ。いまはしっかり聞いてほしい」

「怖い」

「わかるよ。きみはいまどこにいる？」

「書斎のなか。奥の」

「玄関のドアは見える？」

「ええ」

「家から出るんだ。まっすぐ玄関に行って、ドアを開ける」

喉が腫れあがった感じがして、目がひりひりした。デヴォンはこっそり廊下をのぞいた。

「なにか聞こえた。ダイニングルームにだれかいるような気がする」

「玄関に行くんだ、デヴォン。いますぐ。とにかく家から出て」

「無理よ。ダイニングルームを通ることになる」

「やるんだ。すぐにそこを離れて。さあ」

心臓が破裂しそうだった。目を閉じて、赤ん坊みたいなふるまいはやめろと自分に言いきかせた。

そろそろと書斎を出て、廊下の先と、居間の向こうにある玄関に目をやる。耳をすましたが、耳鳴りがわんわん聞こえるだけ。

コールが言った。「玄関に向かってる？」

一歩踏みだした。

「ええ」

「ドアまで行くんだ。まっすぐドアへ」

一歩進み、また一歩。ダイニングルームの入口をにらんで、身構え、だれかがそこから飛びだしてきたら悲鳴をあげて戦う覚悟を決めた。

歩みを徐々に速め、途中から走りだして、ダイニングルームの前を飛ぶように通過した。

「着いた！　着いた！」

「ドアを開けて。友人を待機させたから」

勢いよくドアを開けた瞬間、デヴォンは悲鳴をあげた。強面の大きな男が戸口にぬっと立っていた。いきなり腕をぐいっとつかまれて、デヴォンはまた悲鳴をあげた。男の目はサングラスに覆われ、袖なしのグレーのスウェットシャツから傷だらけの筋肉質の腕がのぞいている。三頭筋に彫られたタトゥーの赤い矢が自分を指しているように思えた。

男はデヴォンを引き寄せ、耳打ちした。

「おれはパイク。きみを確保した。もう安全だ」

パイクはデヴォンを抱きかかえ、大急ぎで家から離れさせた。

19
ジョー・パイク

その女性は、パイクの赤いチェロキーのなかでドアに張りつくようにして身を縮め、できるかぎり距離をとろうとしていた。そうしてドアに身体を押しつけていると小さく見え、自宅で見た光景よりもむしろパイクのほうを恐れているように思われた。

パイクは自分の携帯電話を差しだした。

「エルヴィス」

彼女は電話をちらりと見たが、受け取らなかった。手を出すのを恐れている。

「話してくれ」

彼女は電話を取って、耳にあてた。

「もしもし?」

視線はパイクから離れない。相手の話を聞いていたが、自分はほとんど話さなかった。一分後、電話を返してよこした。警戒してはいるが、それほど恐れてはいない。

「あなたと話したいって」

電話で話すあいだも、パイクは家を見張っていた。デヴォンをジープに押しこんだあと、エンジンをかけ、十五メートルばかり走った。追ってくる者はなく、いまはアイドリング状態でコールと話をしている。

「なんだ？」パイクは言った。

「彼女はだいじょうぶか？」

「怯えている」

「だれか見たか？」

「見てない」

「ひとりもしくはふたり組の男で、刑事風の恰好。ジャケットにネクタイ」

「見てない」

「彼女のほうは？」

「訊いてない」

「そっちから状況を説明してくれたら、質問攻めにしなくてすむんだが」

「彼女は無事だ」

パイクは通話を切り、電話をおろした。デヴォン・コナーを見た。デヴォンも見返した。パイクは片手を差しだした。

「ジョー・パイク。だいじょうぶか？」

デヴォンは意を決したように、握手に応じた。その手は湿っていた。パイクの手は乾いている。

「デヴォン・コナーです。ありがとう。たぶん」

パイクはこれをだいじょうぶという意味に受け取った。家の監視にもどった。

「犯人の姿は見たか？」

「タイソンが家にいるんだと思ったの、あの子の部屋を見るまでは。あの子の部屋はまるで爆発が起こったみたいだった。わたしの書斎もめちゃくちゃ。衣類は全部、引き出しの中身も、なにもかも床にぶちまけられてた」

答えはノーだと受け取った。パイクは近隣の家を観察し、通りの両方向を確認した。監視カメラを設置しているような住宅街ではない。

デヴォンが言った。「コールさんは、あなたといっしょに仕事をしてるって」

パイクはうなずいた。

「あなたも探偵？」

「ちがう」

パイクはジープをのろのろと前に進めた。デヴォンの家の私道まで行って車をとめ、家の両側、あちこちの窓、屋根を確認した。ガレージのなかものぞいた。

デヴォンが訊いた。「わたしたちなにをしてるの？」

「見てる」

パイクは運転席の下からクリップ式のホルスターにおさめられたコルト・パイソン375を

取りだした。拳銃を見てデヴォンが目を丸くした。

「なにそれ?」

「銃」

「どうして拳銃なんか持つの?」

「ここへ来た男たちは銃を持っている。もういなくなったかどうか確認する」

「男たちって? だれがこんなことしたの?」

答えても動揺させるだけだろうと思い、パイクは答えなかった。拳銃をクリップで腰にとめ、スウェットシャツをかぶせて隠した。

「席替えだ。あんたは車でこのブロックを一周してくる。もどってきたらおれがいる。もし銃声が聞こえたら、そのまま走り続けろ。エルヴィスに電話しろ」

「銃声? 銃声なんか聞きたくない」

「なにかあったら、エルヴィスに電話しろ」

「運転してブロックを一周なんてしたくない。あなたにもそんなことを——」

パイクは車から降りて助手席側にまわった。デヴォンが動こうとしないので、ドアを開けた。

「運転席に乗るんだ。ほら」

デヴォンはころがるようにしてジープを降り、運転席によじのぼった。シートの位置を調整するのにもたついているので、パイクは車体をばしんとたたいた。

「行くんだ。車を出せ」

車はタイヤをきしらせて発進し、すんでのところで対向車をかわした。

パイクはまっすぐ玄関ドアまで走り、パイソンを抜きながらなかにはいった。まず拳銃を、次にすばやく身体を入れ、横に飛びのく。安全確認のためざっと一巡したあと、ドアを施錠してあとから人がはいってこられないようにした。あるいは出られないように。

パイクはこれまで、海兵隊の戦闘員として、警察官として、軍事請負人として、史上最悪の危険な地域で民家やビルの安全確認作業をしてきた。敵のいる建物の安全確認作業は数え切れないほどしてきたので、動きは身体にしみついている。居間、キッチン、洗濯室、ガレージ、キッチンを引き返してダイニングルームへ、淀みのないごく自然なその動作は、さながら岩だらけの川を流れる水のようだった。ダイニングルームの開け放された引き戸を抜けて裏庭を見渡し、向きを変えて廊下に出た。バスルーム、リネン庫、息子の部屋、そのクローゼット。母親の部屋、そのクローゼット、そのバスルーム、そして廊下へ。書斎、クローゼットと机の下を確認、開いた窓から外を見て、左右を確認し、家のなかを引き返す。

安全確保。

パイクはガレージのアウディの脇に立ち、通りを見張りながら待った。待ち時間にコールに連絡した。

「安全を確保した。次はどうする?」

「デヴォンはどこに?」

「ブロックを一周させてる」

「息子の机にノートパソコンが一台と、引き出しの裏側に現金がテープでとめてあった。まだそこにあるか確認してくれ。現金のことはデヴォンに言わないように。たぶん知らないと思う」

「了解」

「警察に通報するようデヴォンに言ってくれ。連中が警官なら、届け出がないか監視しているはずだ。なにも知らない人間が自分の家を荒らされたら、普通は警察に通報する。自分の息子が指名手配中の窃盗犯で、息子の居場所を知っているとしたら、通報しないかもしれない」

「わかった」

チェロキーがようやく現われ、時速五キロで通りをのろのろ走ってきた。

「もどってきた」

パイクは電話をポケットに入れた。デヴォンは通りから私道にはいり、車をとめて、降りてきた。もう怯えているようすはなかった。車で走るうちに怒りが湧いてきたのだろう。

「さっきは驚いたわ」

「急いで行動する必要があった。すまない」

「あなたがだれだかわたしは知らなかった。コールさんからパートナーがいるなんて聞いてなかったし」

パイクは向きを変えて家のなかにはいった。デヴォンも急いであとを追い、キッチンで追いついた。

「なくなったものがないか確認して、警察に通報しよう。保険を請求するのに警察への届け出がいる」

デヴォンは腕組みをし、また緊張をつのらせた。

「警察？」

「息子のことも捜査のことも言わなくていい。帰宅して、家の惨状を見て、そして通報した。警察に通報するのが普通の人間のすることだ」

デヴォンはますますきつく腕を組み、惨状に目を向けた。扉の開いた食器棚。ダイニングルームの引き戸。惨状。

突然、こちらに顔を向けた。

「だれがこんなことをしたか知ってるのね」

「いや、まだ」

「こんなことをした男たちは銃を持ってると言った。男たちって？　その人たちが銃を持ってるってどうしてわかるの？」

「警察に電話しろ。だれかが家に侵入した、怖い、と言うんだ。犯人はまだ家のなかにいるかと警察は訊いてくるから、わからないと答える。すぐにパトカーを一台よこしてほしいと頼む」

パイクに付き添われて、デヴォンは緊急通報をし、オペレーターと話をした。そのまま切らずに待つようにと言われたが、パイクは電話を取りあげて通話を切った。

「なくなっているものがないか確認する。警察が来る前に見てまわりたい」

拳銃の携帯許可証は持っているが、面倒は避けたかった。パイソンをジープのなかにおさめ、青いデニムのシャツを上にはおってタトゥーを隠した。それからダイニングルームにもどり、ガラスの引き戸を確認した。アルミの脇柱と戸枠と掛け金を調べ、書斎へ移動して、開いた窓を調べた。窓の脇柱の外側に引っかいた傷があるが、スライドの部分にはなにもなかった。犯人たちは窓から侵入したが、立ち去ったのはダイニングルームからだと判断した。どうしてだろう。ダイニングルームから出ると裏庭で、表の通りまで行くには家の横手を歩いてまわらないといけない。窓から出るか、むしろ玄関から普通に出るほうが話は早かったはずだ。

その点についてまだ考えているとき、デヴォンが背後にやってきた。

「宝石箱がなくなってる。タイソンの薬と、わたしが引き出しに入れてた六百ドルも」

「それだけ?」

「息子が十二歳のときにくれた宝石箱よ。特別なものだったのに」

目が赤くなっていて、動揺しているのがわかった。

「連中の狙いはノートパソコンだ」

「わたしはパソコンなんて持ってない」

「息子の机にパソコンがあるのをエルヴィスが見た」

「あの惨状を見たでしょう、あの子の機器類は全部ケーブルで接続されていて、それがいまは床の上。持ち去られたものがあるかどうかなんてわからない」

パイクはなんと言えばよいかわからなかった。

「宝石箱を持っていかれたのは残念だった」

「あの子が母の日に贈ってくれたの」

コールがここにいてくれたら。コールならなんと言えばよいかわかるはずだ。

「連中の狙いはパソコンだ。ほかのものを持ち去ったのは不法侵入をごまかすためだろう」

デヴォンは離れていった。

パイクは窓をもう一度調べ、ダイニングルームの引き戸から外に出て、家の裏手をひとまわりした。蔦（つた）と蔓薔薇（つるばら）のからみついた金網フェンス沿いの窓のそばへ行った。

書斎の窓は胸の高さにあり、下にはローズマリーの花壇と伸び放題のツツジがあった。土はここしばらく続いた日照りのせいで乾燥してひび割れていた。パイクはしゃがみこんで地面を調べた。アレック・リッキーが殺された現場から靴の跡が見つかったとコールは言っていた。パイクはローズマリーを押しのけ、身を低くして腕立て伏せの姿勢になった。重なり合った靴跡が地面にくっきりと残っている。

後ろにさがり、これはどういうことかと考えていたとき、黒いラブラドール・レトリバーがフェンスに突進してきた。パイクの喉を引き裂きたいと言わんばかりの勢いで吠えながら。

隣家から男の声がした。

「いったいなにごとだ？」

犬の吠え声がいちだんと大きくなり、パイクは、男たちがなぜダイニングルームから出ていったのかを理解した。

隣の庭から七十代ぐらいの男性が現われた。浅黒い肌に深いしわ、無精ひげを生やしている。

「そこにいるのはだれだい？　いったいなにごとだ？」

「コナーさんの家にだれかが侵入したんだ。いま警察に通報した」

老人は犬を黙らせた。

「トビーがさっきやたらと吠えていたな。それはいつのことだい？」

「まだ二時間もたってない。だれか見かけなかったか？」

「わたしは見てないが、トビーが大騒ぎしてた」

「この窓から侵入したんだ」

老人は近くまで来てフェンス越しにのぞいた。

「トビーのやつが吠えるのは聞こえたんだが、わたしはガレージにいたんでね。ようすをみにきたときには、こいつはもう吠えてなかった」

「警察が話を聞きたがるかもしれない」

「かまわんよ。わたしはガレージにいるから」

隣家のガレージの扉が開いているのを見た覚えがあった。この男の姿は見えなかったが、扉はあがっていたし、ガレージは箱が詰まれていて暗かった。

「表にだれかいるのを見なかったか？　ここらで見かけない顔のやつを」

「見なかったと思う。作業をしてたもんでね」

「ジャケットにネクタイの男ふたり。もしくはひとり」

「見てたらよかったんだが。特に気にとめてなかったからな」

サイレンが聞こえ、まだ遠くだが、急速に近づいてくる。引き返そうとしたとき、老人が思いついたように口を開いた。

「見慣れない車があった」

パイクは足をとめた。

「黒くてでかいクライスラー、リムジンみたいなやつだ。窓も黒かった。いまはもうないが、通りの向こうにとまってた」

「運転手の顔は見えた？」

「だれもいなかったな。ワイマンのうちの前に駐車してた。さっきは気にもとめなかったが、あそこの家にはでかいクライスラーはないはずだ」

「いつごろだった？」

「トビーが大騒ぎしたあとだな。ガレージにもどるときに見たんだ。黒くてでかいクライスラー、窓が黒い」

サイレンが大きくなってすぐそばで聞こえるほどになり、唐突にやんだかと思うと、パトカーが派手な音をたてて家の表側にとまった。

「ありがとう」パイクは礼を言った。

老人は答えた。「警官をよこしてくれ。喜んで協力するよ」

20

ハーヴェイとステムズ

コナーの家を荒らした六分後、ハーヴェイとステムズは宝石箱をメキシコ料理屋の裏のごみ箱に投げこみ、〈トミーズ・ワールド・フェイマス・ハンバーガー〉のドライブスルーに寄った。ふたりは息子の部屋でノートパソコン一台と現金四万六千ドルを見つけていた。パソコンは分析のため依頼人に届ける予定だ。現金のほうは、そのままいただく。〈トミーズ〉は褒美だった。

ステムズの注文は、ハンバーガー二個、付け合わせはピクルスとオニオンのみ、ピクルスは大盛りで。ハーヴェイのほうは、腹具合をぼやきながらも、卵をトッピングしたチリ・タマーレ（とうもろこし粉・挽肉・唐辛子などをとうもろこしの皮に包んで蒸したメキシコ料理）と、大量のマスタードとオニオンをのせたホットドッグをがつがつ食べた。こいつはケダモノだ。ふたりは〈トミーズ〉の裏手に車をとめ、なかで食べながら仕事をした。

ふたりのあいだのコンソールボックスに置かれた買い物袋には、あの家から持ってきた書類やファイルや雑多なものがはいっている。ふたりで袋の中身をあらため、例のガキにつながる手がかりをさがした。

四十分前、コナーの家にもどってガレージの扉が閉まっているのを見たとき、ステムズは期待に胸を躍らせた。扉の向こうにはボルボがあり、ガキは家のなかにいて、ゆうべの服を着たまま不潔な枕で眠りこけ、そのまわりにごてごて飾りのついた恐ろしく背の高い水ギセルのホースがからみついていて、そこらじゅうに古いピザの箱があり、ひょっとしたら例の女もガキにからみついているかもしれない、典型的なろくでなしのくそったれの犯罪者のティーンエイジャーどもめ、と思ったが、なかは無人で、家は拍子抜けするほど普通だった。

自動車局の情報はかぎられているので、ジェイムズ・タイソン・コナーのことはほとんどわかっていなかった。これで、母親のいる実家に住んでいること、ふたり暮らしであることがわかった。通っている学校と、かかりつけの医者の名前もわかった。デヴォン・コナーの連邦税の納税申告書から、勤務先もわかった。ステムズはその住所を丸で囲み、母親が世帯主として扶養家族一名で申告していることに注目した。つまり父親とは縁が切れており、子供はひとりしかいない。税金の申告書は宝の山だ。

ハーヴェイは袋のなかをあさって処方薬の茶色のボトルを取りだした。ラベルをじっくり読み、錠剤をからから鳴らした。ステムズはハンバーガーをひと口かじって、そのボトルに目をやった。

「なんだそれは?」

「ガキの名前が書いてあったから持ってきた」

「薬か？」

　ハーヴェイがラベルを読んだ。

「セルトラリンって聞いたことあるか？」

　ステムズはもうひと口かじり、口をいっぱいにしたましゃべった。

「ジェネリックだ。再摂取阻害薬」

　ステムズは物知りだ。

「なにに効くんだ？」

「パニック発作とか、社会不安障害とか、その手の治療に使う」

「ふーん」

　ハーヴェイは二本めのボトルを取りだし、にやりと邪悪な笑みを浮かべた。

「リタリン！　よっしゃ、ありがたい、遠慮なくいただこう！」

　ハーヴェイはこれみよがしに薬をポケットに入れた。

「人さまの薬を持ってくるなんてどうかしてる」

「だってリタリンだぞ、どうせあいつにはもう必要なくなるんだ。落ち着けよ、ステムズ。おれがひとり占めするとでも思ったか？」

　ハーヴェイは次のボトルを持ちあげた。

「ロラゼパム？」

「ベンゾジアゼピン。抗不安薬」

ハーヴェイはうめき声をあげ、携帯電話に目を向けた。ステムズは納税申告書を脇に置いて、バーガーをむしゃむしゃ食べた。

「このガキは知恵遅れなのかな」

ステムズは咀嚼をやめた。呼吸をとめると、静けさが身体の内部に根をおろすのがわかった。〈トミーズ〉のバーガー、付け合わせはピクルスとオニオンのみでピクルスが大盛りのバーガーは、とっておきのお楽しみのひとつだが、いまは口のなかに冷えた脂と紙が詰まっているような感じだった。

ステムズは意志の力でそれを飲みこみ、ハーヴェイに顔を向けた。

「いまなんて言った」

ハーヴェイは電話から顔をあげた。

「このハイスクール。いわゆる特殊な学校ってやつだな。わかるだろ。本物の学校でやってけない子供が通うとこ」

「おれが言ったのは言葉のことだ」

ハーヴェイは首を振った。困惑。

「はあ?」

「さっきの言葉だ。おまえなんて言った」

「なんのことを言ってるのかわからないな」

「人のことを知恵遅れとか言うな。いったいどういうつもりだ?」

ハーヴェイは携帯電話を見せた。

「この学校の説明を読んでるんだろ」

「その言葉。二度と使うな」

ハーヴェイは両手を振りあげた。

「悪かったよ」

「人を傷つける言葉だ」

「悪かったたって言ってるだろ」

ステムズは自分のハンバーガーを見つめた。食欲は失せていたが、もうひと口食べてみた。まずい。残りを袋に入れ、時刻をたしかめた。そろそろ授業が終わる時間だが、まだ間に合うかもしれない。

「学校という手もあるな。たしかめよう」

ステムズはクライスラーのエンジンをかけた。

ハーヴェイがびっくりした顔になる。

「冗談だろ？　やつは学校にはいない」

「きょうは平日だ。休日じゃない。どうして学校にいないんだ？」

「やつが堕落した犯罪者で警察がやつの事件を調べてるから？　友だちのアレックからおれたちがやつを追っかけて町じゅう走りまわってることを聞いて、そのアレックが撃たれたからか？」

ステムズはどっと疲れを覚えた。

「アレックになにがあったか、あの連中にわかるはずがない、ハーヴェイ」

「おれたちがあいつを追っかけて事故らせたとき、やつらは電話でしゃべってたんだぞ」

ステムズは声に抑えた怒りをにじませた。

「アレックはなにが起こっているのかわかってなかった。まあいい、仮にあいつらがみんなで電話でしゃべってて、アレックが、いま黒くてでかい車に追いかけられてるんだとふたりに話したとしよう。だからなんだ？」

ステムズは両手を広げた。わかりきったことだろう、と言わんばかりに。

「パトカーはいなかった。点滅するライトもなかった。どうして追いかけられてるのか、やつにはわからなかった。やつが横から割りこんで、おれたちが腹を立てたのかもしれないだろう。路上のいざこざ。おれの言いたいことがわかるか？」

ハーヴェイは肩をすくめた。むっつり。

「たぶん」

「そしてあのまぬけ野郎はガードレールにぶつかって、実況はそこで途切れた。やつらになにがわかる？　あの哀れなくそ野郎が死んだことさえ知らないかもしれないし、知ってたとしたら、むしろ好都合だ。どうしてかわかるか？」

ハーヴェイは目玉をくるりとまわした。

「教えてくれよ」

「ニュースでは、アレックが窃盗(せっとう)事件の容疑者だったとは言わないだろう。警察から逃げていて死んだとも言わないだろう。そうだな?」

「アレックが容疑者じゃなければ、ふたりも容疑者じゃない」

ハーヴェイは大きなため息をついた。ステムズに恥をかかされるたびにがっくり落ちこむ。

「正解だ。なにもそんなに大げさに落ちこむことはない」

「言いたいことはわかったよ。賛成だ。あいつらはのんきにでかい屁でもこいてて、そして人生は続く。学校だ」

「調べても損はない。このガキはいまごろ教室にすわってるかもしれない、なに食わぬ顔で」

「そう思うか?」

ステムズは返事もせず、クライスラーを動かして駐車場からおもむろに走りだした。学校を調べるのは時間の無駄だが、念のため確認すべき項目のひとつではある。少年の母親のことを考え、あの家で得られた情報について考えていると、ハーヴェイが口を開いた。

「あれは本心だった」

なにを言っているのかステムズにはわからなかった。

「なんの話だ?」

「さっき言ったこと。あの言葉」

静けさがもどってきた。最初は小さく、だが次第に大きくなる。ハーヴェイは引きぎわというものを知らない。

「もういい」

「おれは考えなしのところがあるし、あんたはいくつかのことがらについては思慮深い。それはわかってるよ」

「黙れ」

「あれは本心だった、ほんとに悪かったよ。なんだか自分が悪友になった気がしてさ」

「口を。閉じろ」

ハーヴェイは。やっと。口を閉じた。

ふたりは黙って車を走らせた。沈黙はいい。これがなくては。

ステムズは少年とその母親のことに集中した。

この少年は感情的に幼くて、他人とうまくやれない。少年とその母親の写真があの家の冷蔵庫にびっしり貼ってあり、母親のドレッサーにも何枚か貼ってあった。あの母親が鍵になるような気がした。少年は逃げるかもしれないが、家を出ていくことはしないだろう。隠れるかもしれないが、かならず家に帰ってくるだろう。

家はすなわち母親。

ステムズは物知りだ。

タイソン・コナーが見つからなくても、母親の居場所はわかっている。母親が息子を差しだしてくれるだろう。

21

エルヴィス・コール

パイクから電話があったのは、カウエンガ・パスにはいって自宅に向かっているときだった。

「息子の部屋にあったというノートパソコンが見あたらない。現金も」

「デヴォンの留守中にタイソンが持ちだしたとか？」

「時間的に無理だ。隣人が黒い4ドアのクライスラーを見かけた。窓が黒かったと言ってる。新車。人間は見なかった」

「ナンバープレートは？」

「見てない。通りの反対側にとまっていた、だから近所に聞きこみをした。ほかに見た者はいない。平日だ、みんな出かけていた」

「近所の家に監視カメラがあって通りが映っているということもなさそうだ」

「ないな。死んだ子は？」

「デヴォンはそばにいるのか？」

「いま警官といっしょにいる」

「アレック・リッキー。彼がどうかしたのか？」

「靴跡のことを言ってたな」

「ああ。警察が現場で靴跡を採取した。男物の靴が二種類」

「靴の跡はここにもある。書斎の窓の外。鮮明とは言えないが、比較するには充分かもしれない」

わたしはその点について考えた。一致するのはわかっていた。

「チェンに電話しよう」

「もうひとつ。そのふたり組が狩りをしてるなら、また来るかもしれない。おれがここに残る。彼女はいないほうがいい」

パイクの言うとおりだ。

「彼女は運転できそうか？」

「だいじょうぶだ」

「こちらに寄こしてくれ。二、三日分の荷造りをさせて」

「了解」

電話を切って、ジョン・チェンにかけた。チェンの声は低く、疑わしげだった。

「いま殺しを調べてる。話せない」

「ごまかせ。後悔はさせない」

「別件に関することか？」

別件。

「そうだ。いまから言う住所を控えてくれ」

チェンは途中でさえぎり、押し殺した声でささやいた。

「身元がわかったよ」

「アレック・リッキーか？」

「両親から連絡があった。息子が殺されたと聞いて、真偽をたしかめるために電話してきた。それで歯科記録が手にはいって、確認がとれた」

クローディアがアレックの両親に知らせたのだ。

「警察はもうアレックを窃盗（せっとう）事件と結びつけたのか？」

「照合する指紋がない。いまのところ、彼は単なる被害者だ」

わたしはデヴォンの住所を教え、事情を話した。

「いまその住宅には巡査たちがいる。事件は刑事にまわされて、刑事は鑑識を要請するだろう。きみが担当できないか？」

「勘弁してくれ。いまどっぷり首まで血に浸かってるんだ。この修羅場を見せたいよ」

そこでいちだんと声を落とした。

「男が斧で家族を皆殺しにして、そのあと自分の両足をぶった切った。犠牲者が六人に両足のない野郎がひとり。こんな楽しい仕事はないね」

「いいか、ジョン。もしほかの鑑識官がこの現場に行ったら、つながりを見つけて手柄を取られてしまうぞ」

チェンはすかさず疑問をはさんだ。

「つながりって、なんの？」

「アレック殺しと、サンセット連続窃盗事件の。殺しの数は増えるかもしれない。最終的には、アレック・リッキーを殺した男たちを雇った人間、もしくは人間たちにまでつながるかもしれない」

かなり話を盛ってしまったが、どうしてもチェンの協力が必要なのだ。

「その連中はだれに雇われてるんだ？」

「連中はサンセット一味が盗んだなにかをさがしている、ということは、おそらくあの一味に泥棒にはいられた人間だと思う」

「被害者のだれか？」

「そうだ」

「みんな重要人物だ」

「たしかに」

「金持ちだ」

車輪のまわりはじめる音が電話越しにさえ聞こえた。チェンにはニュースの見出しが見えている。テレビでセクシーな女性リポーターにインタビューを受けている自分が見えている。

「パイクが、侵入場所の窓の下で靴跡を見つけた。おそらくアレック殺しの現場にあった靴跡と一致するだろうが、そのためには、だれかが照合する必要がある。ほかの鑑識官だとそのつながりを見つけられない可能性がある」

「でもぼくなら見つけられる、自分で照合すれば」

「そうだ。じゃないと、二流のやつが来て靴跡を台無しにしたら、きみが調べるものはなにも残ってないことになる」

話を盛りすぎたので、ブルドーザーでならしておいた。

チェンは言った。「褒められて悪い気はしないけど、あんたはケツにキスするどころか、火をつけてるよ」

ちょっと盛りすぎたか。

「単なる不法侵入なんだな？　だれも危害は加えられてない」

「そういうこと」

「だれかを派遣するにも二、三日はかかる。あしたの朝ぼくが行こう。早朝に。その家にはだれかいるのか？」

「パイクが。きみが行くことを伝えておくよ」

カーポートに車を入れ、家のなかにはいって、ビールを開けた。わかっていることはただひとつ、白人の男ふたり組、でかいのとばかでかいのが、タイソンと彼のろくでもない仲間が盗んだノートパソコンをさがしまわっているということだ。ネフとヘンスマンが、被害にあった十八軒の家の所有者のだれかに雇われているのだとしたら、それがだれかを突きとめねばならない。

わたしはカセットの名刺を見つけて、電話をかけた。応答してくれたことに驚き、これを吉兆と受け取った。

「エルヴィス・コールです、カセット刑事。忙しいところたびたび申しわけない」

「ほんとよ」

「例の若者たちが狙った十八軒の家のリストをもらえないだろうか。それがあれば大いに助かる」

通話は切られた。答えはノーということだろう。

猫は家にいなかった。とりあえずきれいな皿を一枚置いて、ビールから水に切り替えた。ヘスのために用意した仔牛肉はまだ冷蔵庫のなかにあった。カウンターに寄りかかって、棒つきのキャンディーみたいに手で持って食べた。冷えきっている。

手を洗い、水を捨てて、ビールとともに中断したところから調査を再開した。

これまでわたしは、大手の保険会社の大半と少なからぬ地元企業のために契約調査員として仕事をしてきた。そうした会社の連絡先リストを取りだし、電話をかけはじめた。

連絡先の多くはいま電話に出られず、それより多くが役に立たなかったが、一社は被害者宅のうち三軒と保険契約を結んでおり、別の一社は二軒と契約していた。これで十八人の被害者のうち五人、スローソン家も含めると六人の名前が判明した。どいてろ、バットマン、バットコールのお通りだ。

それから二時間近くを電話に費やしたが、それ以上の収穫はなく、そろそろバットデーを切りあげようとしたとき、マット・シムズがやってくれた。マットは〈ランデール損害保険〉という地元企業の事業部副部長だ。十八人の被害者のうちだれも〈ランデール〉とは契約していなかったが、この会社はロサンゼルス郡で発生した窃盗事件すべてのデータベースを保持している。データベースの情報源は警察への届け出と顧客からの申請で、そこにはタイソンと彼のろくでもない仲間がしでかした十八件の窃盗事件も含まれていた。

保険計理人さまさまだ。

マットはできるだけ早くファイルをメールで送ると約束してくれた。祝杯をあげようともう一本ビールを開けて、デヴォンからのメールに気づいた。デヴォンはこの日の早いうちにタイソンの携帯電話の請求明細の件を先へ進めていた。わたしはその明細書を印刷して、さっそく行動に移った。この調子で調査が進展すれば、デヴォンが到着する前に事件は解決するだろう。

コンビニエンスストアに出かけた夜、タイソンが発信または受信した電話番号は三つだけ。ひとつはデヴォン。もうひとつはすでに判明しているアレックの番号。三つめがだれの電話番号かは、ケープとマスクがなくてもわかる。わたしは発信者番号の通知機能を切って、その番号に電話をかけた。

呼びだし音が鳴る前に、陽気な女性の声が応答した。留守番電話。

「こちらアンバー。運がよければ、折り返しの電話があるかもね」

運がよければ。

わたしは電話を切り、友人のカーラ・エリスにかけた。カーラは大手の携帯電話会社に勤めていて、ドジャースの大ファンだ。わたしはアンバーの電話番号を伝えて、この番号の請求明細が必要なのだと言った。カセットとリヴェラには裁判所命令が必要だろうが、わたしにはもっといいものがある。以前ある依頼人が、調査料をドジャースのダグアウト・クラブ席で支払ってくれたのだ。この天使の街では、天使の身体にさえドジャー・ブルーの血が流れている。アメリカンリーグの天使(エンゼルス)たちが本拠地アナハイムでプレーするときは別だが。

カーラはいきなり切りだした。

「ダグアウト・クラブ席、通路側二枚、ボブルヘッド・ナイト（選手の首振り人形がもらえる試合日）でどう？」

「お安いご用だ」

「よし。調べるから待ってて」

待ち時間はいつもより長かった。

「ああ、ごめん。別の電話会社だわ。明細は手に入れられるけど、見返りも必要だし、結果がわかるのはあしたになるかも」

見返りより心配なのは待ち時間だった。

「なにがいる？」

「通路側二枚、どの試合でも。それと、ネット裏の通路側二枚、ジャイアンツ戦かカージナルス戦」

どの試合でもいいチケットは見返り用だろう。ジャイアンツ戦かカージナルス戦は自分たち夫婦用に取っておくつもりだ。

「大至急必要なんだ、カーラ」

「うちの顧客ならすぐに渡せるんだけど。ちょっと圧をかけてみる、エルヴィス。強めに」

「できるだけ早く」

「遅くともあしたの朝いちには」

できるだけ早く。遅くともあした。ネフとヘンスマンはあしたまで待ってはくれないだろう。どちらかというと〝早め早め〟に動く連中だ。向こうはわたしより多くを知っていて、わたしはといえば〝できるだけ早く〟と〝遅くともあした〟で立ち往生している。

キッチンで猫用のくぐり戸がカタンと鳴った。ドライフードをカリカリ食べる音。猫が帰ってきたことがうれしくて、ドアのところへ行き、猫を眺めた。

「やあ、猫くん」

猫は顔をあげない。食べている。

わたしはビールを飲み終えて、峡谷の向こうの山々に目を向けた。山ははるか遠くにある灰色の筋状の霞(かすみ)のなかに沈んでいる。ハリウッドは霞の向こうに横たわっているが、霞はショールのように街を覆っている。街は見えなかった。

デヴォンになんと言えばいいのかわからなかったが、わたしにできることを話すしかない。そして彼女は不本意な決断を迫られることになるだろう。タイソンが生きているのかどうか、わたしにはわからない。ネフとヘンスマンはアレックを殺害し、翌日に彼の部屋を捜索した。

やつらはすでにタイソンを見つけだして、ノートパソコンが自宅にあることを訊きだして、アレックを殺したようにタイソンも殺し、パソコンを見つけるために彼の自宅を荒らしたのかもしれない。タイソンの遺体は永久に見つからず、デヴォンは二度と息子に会えず、なにがあったのか知るすべもなく、ネフとヘンスマンは、正体がわからないまま行方をくらまし、当人たちと、彼らを派遣してそんなことをさせた人物以外に、彼らのしたことはだれにも知られることなく終わるのかもしれない。

なにかが脚にごつんとぶつかった。見おろすと、猫が見あげた。

わたしは言った。「そんなことはわれわれが許さない、そうだろ?」

猫は目をそらさなかった。

22

紫色の兆しが深まって空をすっかり染めるころ、デヴォンが到着した。車のとまる音がしたので、ドアを開けて迎え入れた。明るい黄色のデイジーの模様がついた一泊用の旅行かばんを肩からさげていた。

「どうしてもここに泊まらないとだめなの？」

家のなかへ案内したとき、最初に口から出た言葉がそれだった。

「いや、そんなことはない。友だちのところでも、ホテルでも、どこでも好きなところに泊まっていい。ただ自宅は絶対にだめだ。侵入した男たちがもどってくることも考えられる」

デヴォンは居間の端で足をとめ、部屋を見て渋い顔になった。

「あのお友だち、ジョーは？　パートナーがいるなんて聞いてなかった」

「話題にならなかったから。すまない」

「寡黙な人ね」

「おしゃべりが得意じゃないんだ。かばんをこっちへ」

ストラップに触れると、デヴォンはかばんを身体に引き寄せた。

「あの人がうちにいるのなら、わたしも家にいてかまわないと思うけど」

「あそこにいるのは、やつらがもどってきた場合に備えてだ。もしやつらがもどってきたら、きみがあそこにいてはまずい」

猫がキッチンから出てきた。デヴォンに気づいて足をとめ、低くうなった。

「猫ちゃんがいるのね」とデヴォン。

猫はフーッとひと声発し、横向きに飛びのいて、キッチンへ駆けもどった。猫用のくぐり戸がカタカタ鳴った。

「昔から愛想が悪くてね」

デヴォンは旅行かばんをいっそうきつくかかえこみ、見知らぬ他人を見るように目をしばたたいた。その目は異様にぎらついていて、遅まきながら緊張の色が表れていた。

「男がふたり。拳銃を持った男たち。今度は拳銃を持った人がわたしの家に寝泊まりする。これが息子とどう関係してるの？　タイソンはどこ？」

もう一度ストラップに触れると、このときは肩からはずしてくれた。わたしはデヴォンをカウチへ誘導した。

「きょう一日でいろいろわかったことがあって、それについて話し合わないといけない。アレックが見つかった」

「タイソンは？」

「わからないけど、アレックといっしょじゃなかった。アレックの身にあることが起こって、でもタイソンは彼といっしょにはいなかった。どこにいるのかわからないけど、アレックといっしょじゃなかった、わかった？」

「あの子はアレックといっしょじゃなかった。ちゃんとわかったわ。何度も言わないで」

「アレックは死んだ。ゆうべ殺されたんだ。でもタイソンとアンバーはいっしょにはいなかった。警察が遺体を見つけたとき、アレックはひとりだった」

デヴォンは唇をなめ、なにか言おうとした。そして口をつぐんだ。

「わかりました」

「警察はふたり分の男の靴跡を見つけた。アレックを殺した男たちは、おそらくきみの家を荒らしたのと同じ連中だろう」

「それがタイソンとどう関係するの？」

「タイソンと彼の仲間は、あるノートパソコンを盗んだ。だれから盗んだのかわからないけど、その人物がパソコンを取りもどそうとしている」

わたしはカールとフリーマーケットの話からはじめて、そのあとの一部始終をデヴォンに報告した。クレンザ一家にノートパソコンのことをしつこく訊いたふたり組の刑事のこと、シャーロットがアレックと知り合ったいきさつ、クローディアが同じふたり組の刑事の訪問を受け、そのふたりがタイソンとアンバーの名前を知っていたこと。ルイーズ・オーガストのことを話している途中で、デヴォンが口をはさんだ。

「警察はタイソンのことを知らないと思ってた」

「警察は知らなかったし、たぶんまだ知らないと思う。捜査班のリーダーは、タイソンとその仲間の正体はまだ判明していないと言っている」

デヴォンは目を細め、首を振った。

「じゃあ、どうしてそのふたり組の刑事はあの子の名前を知ってたの？」

「そのふたり組が警察官かどうかわからない。警官を名乗っていて、捜査班の内部の者しか知らない情報を知っている、でもバッジは簡単に手にはいる。その男たちが何者にしろ、そいつらはそいつらで独自に調査を進めている。警察の捜査班より二歩先を行っていて、何人も殺めている。これからどうするか、こっちも決断しないと」

「自首する話は？」

「逮捕状が出る前にタイソンを見つけることは、もうさほど重要じゃない。それより、アレックを見つけた男たちに見つかる前に、こっちでタイソンを見つけなければならない」

「そうね。ええ、もちろん」

「警察なら力になってくれる。捜査班の刑事じゃなくて、捜査班とは無関係の上の階級の警官。こっちがつかんでいる情報を教えれば、力になってくれるだろう」

「だめよ」とデヴォン。

「よく考えて。警察なら力になってくれる」

「そんな危険を冒すつもりはない」

「デヴォン――」

「さっき説明してくれたでしょ。その男たちは警察のつかんだ情報を全部知ってる。もしかしたら本物の警官かもしれない。お金持ちの被害者のだれかに雇われてパソコンを取り返そうとしていて、裏でお金をもらってるのかもしれない。その線は考えてみた、探偵さん？」

「デヴォン――」

「いま話してるのはうちの息子のことなのよ。わたしはあなたに見つけてほしいの。あ、あなたに」

「警察の手を借りれば、もっと早く見つけられるかもしれない」

「辞めないで。お願いします」

「辞めるつもりはない」

「じゃあ、これで決着はついたわね。ここにいる必要があるならいます、でもこれで決着はついた」

決着はついていた。

デヴォンがさっぱりしたいと言ったので、わたしはゲストルームへ案内し、洗いたてのタオルを出した。依頼人に脅されて問題の決着をつけさせられたことへの見返りがあってしかるべきだ。わたしはもう一本ビールを開け、冷蔵庫をあさった。

夕食の時間だった。ベーコン、ロマーノ・チーズひと切れ、ルイジアナの友人が送ってくれた一連の腸詰（アンドゥイユ）ソーセージ。冷凍のエンドウ豆の袋と、アスパラガス二本、レモンを一個取りだす。ひらめいた。鍋に水をたっぷり入れ、塩を投入して、火をつけた。フライパンを出して、ソースの準備。数分後にもどってきたデヴォンは、ゆったりしたスウェットシャツとジーンズに着替え、ピンクのスニーカーをはいていた。両手をポケットに入れて、戸口に立った。

「ペンネか、それともスパゲティ？」

「あなたの好きなほうで」

ペンネにした。

デヴォンが言った。「さっきの態度が失礼だったら、ごめんなさい」

「きみの息子さんだ。無理もない」

デヴォンはポケットから両手を出して、腕組みをした。

「なんだか落ち着かない、こうしてあなたの家にいるなんて」

「依頼人がここに泊まるのははじめてじゃない。ビールでもどう？」

「いえ、ありがとう」

わたしは肘で冷蔵庫を示した。

「水は？　ダイエットコークとタンジェリン・ジュースもある。夕食はあと五分で」

デヴォンは冷蔵庫を開けて、中身を確認した。

「ビールにするわ」

わたしはパスタの湯を切って鍋にもどし、ソースを加えた。キッチンで料理を皿に盛り、ダイニングルームで食べた。会話はなごやかで、あたりさわりがなかった。こうしていっしょに過ごすことになった理由からほんのひととき息抜きをする必要があったみたいに。

デヴォンが訊いた。「息子さん、おいくつ？」

唐突な質問に、わたしは不意をつかれた。

「息子はいない」

デヴォンのほうも不意をつかれた顔になった。

「ごめんなさい。あなたが男の子と写ってる写真を見たものだから。てっきり息子さんかと思って」

わたしはパスタを口に入れた。ビールを飲んだ。

「友だちの息子なんだ。ベン。遊びにきたときはゲストルームに泊まる」

「楽しそうね」

「かなり」

「優しそうなぼうや。きっと仲良しなんでしょうね」

わたしはもうひと口ビールを飲んだ。彼女は夜のこうした時間をだれかと過ごしたかったのだろう。

「仲良しだった。ベンは母親といっしょにルイジアナからこっちへ越してきた。しばらくここでいっしょに暮らしたけど、長くはいなかった。ふたりはまた故郷へ帰ったよ」

「そう、それは残念ね。結婚していたの？」

「わたしはそうなると思っていた、でもならなかった。彼女は別のものを望んだ」

デヴォンはうなずき、ビールを少し飲んだ。

「タイソンの父親も別のものを望んだの」

なんと言ってよいかわからなかったので、話題を変えた。

「窃盗事件の被害者リストがまもなく手にはいる。この件の背後にいる人物がわかるようなヒントが得られるかもしれない。アンバーの携帯電話の情報も手にはいる。アンバーを見つければ、きっとタイソンも見つかるだろう」

デヴォンは皿の上のパスタを見つめた。

「あの子は死んでると思う?」

顔をあげると、じっとこちらを見ていた。

「思わない」

「あの子は見つかってしまったのかもしれない。アレックみたいに。だから返事がないのかもしれない」

「タイソンは生きている」

こちらを見つめる目がきらりと光り、デヴォンは激しくまばたきしたが、こらえきれず、涙が頬にあふれだした。わたしはテーブルの向こうに手を伸ばして、デヴォンの腕にそっと置いた。

「メールを送り続けて。警告するんだ。アレックのことと、自宅がどうなったかということと、ふたり組の男が彼をさがしていることも。まだ知らないかもしれない」

「あの子、携帯電話を替えたの。返信してこないわ。わたしのメールを受け取ってるかどうかもわからない」

わたしはデヴォンの腕をぎゅっとつかんだ。いっそう強く。

「続けて、あきらめないで。警告するんだ」

デヴォンは携帯電話を取りだして、て持ちあげた。また涙がこぼれた。

電話を操作するデヴォンは携帯電話を取りだしわたしは皿をキッチンへ運んだ。残ったパスタをしまい、食器を食洗器に入れて、もう一本ビールを開けた。ボトルを片づけ、自分は飲んだくれだろうかと思いながら居間へもどった。デヴォンは本棚のそばにいた。未塗装のセコイア材で造られた本棚で、わたしが繰り返し読んだ本と、写真と、個人的な品々が並んでいる。

「あの子に警告したわ。わたしが送ったメールを見る？」

「いや、見るまでもない。あとでまた送ろう。早めに、頻繁に」

笑みが浮かんだが、悲しげだった。デヴォンはビールを少し飲んで、ボトルを一枚の写真に向けて傾けた。

「彼女、ばかよ」

「だれの話かな」

「あなたの恋人。別のものを望んだ女性」

近くに行くと、その写真が見えた。わたしがアローヘッド湖にキャビンを借りて、ルーシーとベンを連れていったときだ。三人で湖まで散歩してアヒルに餌をやり、ベンとわたしは水に飛びこんだ。水面に浮かぶと、わたしはベンを頭上高くに持ちあげた。写真のなかで、わたしは腰まで湖に浸かってベン・シェニエをバーベルみたいに頭上で支え、ふたりしてばかみたいに笑っている。ルーシーが撮った写真だった。

　ボトルがふたたびその写真をさした。

「見て、あなたの顔。あなたはこの子を愛してた。見て、この子の顔。あなたのことが大好きだった。あなたならすばらしい父親になれたはずなのに」

　ボトルで棚をこつこつたたいた。

「ばかよ。これ以上なにを望むことがある?」

なおもしばらくその写真を見つめたあと、デヴォンはちらりとわたしを見た。気まずそうに。

「いまのは失言。ふだんお酒は飲まないから」

「気にしなくていい」

「わたし酔ってる」

「かまわない」

　デヴォンはひとしきりあやまって、それから自分の部屋へ引きあげた。わたしはロフトへあがり、シャワーを浴びて、洗いたての服を着た。下へ降りたとき、ゲストルームのドアは閉まっていたが、下からもれる明かりで、まだ起きているのがわかった。メールを書いている。息子にメールを送り続けているのだろう、虚空(こくう)に向けて何度も何度も、返信の来ないメールを。

　わたしは明かりをひとつだけ残して全部消し、ビールをもう一本開けて、ジョー・パイクに電話をかけた。パイクは最初の呼びだし音で応答した。

　わたしは訊いた。「なにか必要なものは?」

「いや。彼女のようすは？」

声が低かった。隠れ場所からのささやき声。

「どうにか持ちこたえている。怯えていた。チェンが早朝にそっちへ行く」

「魚に餌はやったと彼女に伝えてくれ」

一拍おいて、思いだした。

「水槽か」

「魚に餌をやってくれと頼まれた」

「伝えておくよ」

電話を脇に置き、タイソンが行方をくらました夜にやりとりした通話記録を眺めた。

アレックが死んだ夜、タイソンはアンバーに三回、アレックに四回電話をかけており、いちばん長いのは最初にアンバーにかけた通話で、時間はおよそ二十分。アレックからタイソンへは一度だけ。通話時間はいずれも五分から八分ほどで、それぞれ一定の間隔が空いている。そのあいだにおそらくアレックとアンバーが話していたのだろう。アレックは自分が男たちに追われていることを、追われている理由を、知っていたのだろうか。追跡はどこからはじまったのか、なぜあんなふうに車がガードレールを飛び越えてひっくり返り、どことも知れぬ場所でたったひとり最期を迎えるはめになったのか。アレックは、警察署なり、保安官事務所なり、消防署なり、空港警察の一団がいるロサンゼルス空港なりに駆けこもうと思えばできたし、ほかにも煌々と明かりのともる人の大勢いる場所はいくらでもあったはずだ。アンバーではなく警察に電話をかけて、だれかに追われている、身の危険を感じていると言えばよかったのだ。でもそうはしなかった。アレックは俳優の卵で、袋に入れた拳銃を持ち歩き、それを見せびらかしては女の子を感心させようとした。アレックは若くて、幼くて、愚かだった。タイソンとアンバーと同じで。

ビールとわたしはテラスに出て峡谷を眺めた。晴れ渡った夜だった。はるかな尾根の上と山の斜面にある家々に金色の明かりがともっている。家族そろって夕食を食べたり、テレビを観たり、本を読んだりしている。ベンはいまごろなにをしているだろうかと考えた。そしてルーシーは。

家のなかにもどってデヴォンのようすをたしかめた。ドアは閉まったままで、下から明かりがもれているが、このときは泣き声が聞こえた。

携帯電話とタイソンの番号を持って、テラスに出た。デヴォンに聞かれたくなかった。

番号を押し、お決まりのピーという発信音で許可を得た。

「わたしはエルヴィス・コール。きみのお母さんの力になっている、つまりきみの力になっているということだ。お母さんが心配している。無事でいるとお母さんに知らせるんだ。かならずだぞ、ぼうず。やらなかったら、きみを見つけたときに思いきりケツを蹴とばす」

通話を切り、一瞬考えて、同じ内容のメールを送った。

今年のベスト父親賞。

言いたいことはまだあったが、それは面と向かって言うとしよう。

ぴかぴかの黒い車に乗った男たちより先にタイソン・コナーを見つけたら。
彼を死なせずにすんだら。

23

タイソン・コナー

タイソンは居間の床にどさりと仰向けになり、紺色の毛足の長いラグの上で、新雪に人型をつけるようにスノーエンジェルを作った。アンバーはすごい。毛足の長い素敵なラグと屋上にジャクージのあるジャジーのアパートメントもすごい。ジャジーはアンバーの姉さんだ。自家用ジェット機の客室乗務員で、ロックスターや有名DJやバスケットボール選手といっしょに世界じゅうを飛びまわっている。アンバーとジャジーは母親を嫌っていて、だからアンバーはジャジーといっしょに暮らしている。ジャジーはほとんど家にいない。

アンバーはシャワーを浴びているので、タイソンはキッチンへ行ってあちこちあさり、〈パワーバー〉一本、酢と海塩味のポテトチップス、ダイエットコークを見つけた。アンバーとジャジーの家には食料の買い置きがなかった。タイソンは常に腹ぺこで、アンバーの小食ぶりには驚かずにいられない。

タイソンはおやつを持って居間へもどり、ヴェンチューラ・フリーウェイを流れる赤と白の筋を眺めた。夜のフリーウェイを走る車の流れは何度も見ているけれど、ジャジーの豪華なアパートメントの窓から赤と白のリボンを見ていると、映画のワンシーンにはいりこんだような気になる。くっきりとあざやかでやけにリアルな、人生は本来こうあるべきという完璧な世界の住人になれる。この景色は屋上から見るよりずっといい。

ジャジーのアパートメントはウッドランド・ヒルズにあり、全部で六戸ある二階建ての二階だった。建築雑誌から抜けだしたような建物で、しゃれた黒いタイルと、きらめくスチールと、ざらざらしたアースカラーの石でできている。タイソンの家とは大ちがいだ。いつかの夜、アンバーが屋上に案内してジャクージを見せてくれた。まだはいったことはないけれど、そのうちはいろうと約束してくれた。アンバーといっしょにジャクージを見た夜、それはきらめく緑の明かりに満たされて魔法のプールみたいに光り輝いていた。水のなかに滑りこんで、永久にその光のなかにいたいと思った。

それを台無しにした母親にタイソンは腹を立てた。盗みのことを知った母親が自分を自首させたがっていると話したとき、アレックとアンバーは逆上した。そのアレックはいま行方不明で、たぶんもう二度と口をきいてはくれないだろう。アンバーはなにも心配いらないと考えているけれど、タイソンにはそこまでの確信はない。家を出た晩、自分の部屋からこっそり一万一千ドルを持ちだした。母親に〈バーニーズ〉のジャケットのことであれこれ言われて以来、新しい服はアンバーの部屋に置いてある。逃亡する気になれば、お金と服はある。でも逃亡したいのかどうか自分でもよくわからない。

水の流れる音がやんで、ドライヤーの音がはじまり、それはドア越しにさえ甲高く大きく響いた。

　母親はもう警察に通報しただろうか、とタイソンは考えた。プリペイド式の携帯電話を手に入れてから、古い電話は確認していない。古いほうは母親名義で契約してあるから、電源を入れたら電話会社に居場所を突きとめられるのではないかとアンバーは恐れていた。そんなことは不可能だとタイソンは断言したけれど、アンバーは信じてくれなかった。

　ドライヤーの音は続いていた。シャワーはあっという間なのに、髪には果てしなく長い時間をかける。

　タイソンはカウチから跳ね起き、ジャジーの寝室へ急いだ。ジャジーのアパートメントには寝室がふたつある。広いほうがジャジーの、狭いほうがアンバーの部屋だ。アンバーがいつも使っている部屋には彼女の荷物があるので、タイソンはジャジーの部屋で寝起きしていた。

　ベッドの横の床に膝をついて、バックパックから古い携帯電話を取りだし、電源を入れた。母親から百万通のメールが届いており、電話が息を吹き返したとたん、受信がはじまった。一通、また一通。帰ってこいと命令し、返信しろと要求あるいは懇願するメールが延々と続いた。かんかんに怒っているが、それでも母親が心配してくれているのはわかっていた。ひどく落ちこみ、後ろめたい気持ちになったとき、一通だけほかのものよりずっと長いメールが届いた。

　思わず動きをとめた。

母：留守番電話のほうにもこれと同じメッセージを残した。あなたのお友だちのアレックが死んだの。たぶんもう知ってるんでしょう？ 彼は殺されて、彼を殺した男たちがあなたとアンバーをさがしてる。あなたの身に危険が迫っているの、タイソン。その男たちの狙いはあなたたちが盗んだ品物。たぶんノートパソコンだと思う。彼らはアレックと、ほかにも何人か殺した。いまはあなたとあの女の子をさがしてる。あなたたちに危害を加えるつもりでいる。タイソン、自宅にもどってはだめよ、絶対に！ 彼らはうちのなかを家探しして、いまも見張ってるかもしれない。お願いだから電話して。ある人を雇ったの。彼はわたしたちの力になってくれる。その男たちはアレックを殺したの。お願い、タイソン。あなたが生きているのか死んでいるのかわからない。その男たちにもう見つかってしまったのかどうかも。お願いだから生きていて。愛してるわ。どうかあなたの面倒をみさせて。

メールを読んでいる途中で、アンバーのくすくす笑いが聞こえた。

「へええ。ママなかなかやるじゃん」

タイソンは飛びあがり、自分がとんだまぬけに思えた。アンバーがすぐ後ろで肩越しにメールを読んでいたのだ。口元をゆがめた大きな笑みは優しげで、きれいな顔をいっそう素敵に見せた。

「これほんとかな」タイソンは言った。

アンバーは目玉をくるりとまわして、立ちあがった。

「そんなの作り話。あんたに電話させるためのね」

「アレックが心配だよ。なんで連絡してこないんだろう」

「アレックはきっとベッドの下にもぐりこんでるよ。あんたがママ爆弾を落としたとき、あせりまくってたから。彼女がひとりで勝手に騒いでるだけだって言ったのに、アレックったら、あたしは彼をよく知ってる、きっとそこらじゅうに警官の姿が見えたんだろうね。なんでもドラマチックにしちゃうやつだから」

アンバーはふらりと鏡の前に行き、自分の姿をじっくり眺めた。タイソンはうっとりと見とれた。こんなにきれいで、愉快で、セクシーな女の子は見たことがない、彼女は最高だ。

アンバーが両手を広げてポーズをとった。ぴちぴちの黒のパンツに、きらきらしたシルバーのトップ。

「これでどう?」

「かっこいいよ」タイソンは答えた。

目もくらむような笑顔が返ってきた。

「ありがとう。あんたって優しいね」

アンバーは片目の上にかぶさる髪の形を変えて、もう一度自分の姿をとくと眺めた。片手を平らにして横にひらひら動かし、それからもどってきてタイソンの前に膝をついた。タイソンの目をのぞきこんで、思案顔になった。

「あんたのママが黙っててくれたらいいんだけど、黙ってなかったら、あたしたちでなんとかしないと」

「そうだね」

「あたしだってアレックのことは心配。怪しげな連中とかかわってるし、なにも考えてないから。そもそも考えるタイプじゃないしね。あの拳銃のことだってあたしは気に入らなかった」

アレックは拳銃を持ち歩くようになり、ポルシェを買うと言いだして、何十万ドルもする盗んだ腕時計をはめてクラブに現われた。そんなふうにして人はつかまり、刑務所送りになるんだと言って、アンバーはアレックから拳銃を預かり、考えを改めさせた。アンバーはきれいで優しいだけじゃない。アンバーは賢い。

タイソンは言った。「アレックはほんとにいいやつだけど、ぼくもあの拳銃はないと思った。あいつから取りあげてくれてほっとしたよ」

アンバーはしばらく黙りこみ、なにか考えているようだった。

「あの車。アレックが追っかけてくるって言ってた例の車。たしかになんでもドラマチックに考えるやつだけど、それにしても気味が悪いと思わない？」

「うん」

「追っかけられてたんだと思う？　実際に」

「作り話じゃなかったと思うよ。怯えた声だったし」

「割りこみして相手を怒らせちゃったのかも。アレックならやりかねないよね」

アンバーはさくらんぼと石鹼と新鮮な山の空気のにおいがした。吸いこまれそうなその目は不安そうで、答えを求めてタイソンの目を探っていた。

アンバーの手が頰に触れてきた。

「無事だといいね」

「うん、ぼくもそう願ってる」

アンバーのきれいな目に見つめられ、タイソンはその瞳に吸いこまれた。アンバーはいつも話しかけてくれて、ふたりが出会った日からずっとそうだった。話しかけ、返事を聞いてくれる。タイソンの意見を訊き、タイソンのジョークに笑い、笑えないジョークでも絶対ばかにしたりしない。ふたりは何時間でも、どんなことでも話せるし、彼女といると自分がばかみたいだとか恥ずかしいとか感じさせられることは決してなく、変わり者の冴えないオタク扱いされることもない。ここにいるのは信じられないほどきれいな女の子で、彼女のタイソンを見る目は、ほかの連中とはちがう。価値のある人間のようにタイソンを扱ってくれる。アンバーはタイソンに自分の世界を開放してくれて、それは魔法の世界だった。アンバーには魔力がある。

アンバーが不意に身を引いて、にっこり笑った。

「ひと晩じゅうここでじっとしてるなんてつまんない。出かけようよ」

タイソンは胃がむかつくような不安に襲われた。

「どうかな。警官がぼくたちをさがしてたら？」

アンバーは立ちあがり、タイソンの腕をつかんで引っぱりあげた。

「せっかくおしゃれしたのに、うちにいるなんてもったいない。あたしといっしょのとこ見られるのが恥ずかしいの？」

「はは、まさか」

「着替えて。クラブのだれかがアレックと連絡をとってるかも」

アンバーはドアに向かった。

「あのブルーのジャケットを着たら。すっごくかっこよく見えるから。それにおなかもすいてるでしょ。あんたはいつだっておなかぺこぺこなんだから。なんか食べにいこう」

タイソンが笑うと、アンバーは部屋を出ていった。アンバーといると、ずっと前から仲間だったように感じる。そんなふうに自分を見てくれた人はひとりもいなかった、いままでは。

アンバーが居間から呼ぶ声がした。

「急いで。あたしの車で行こう。そっちのほうがいい車だし」

タイソンが着替えていると、古い携帯電話が音をたてた。電源を切り忘れていて、新しいメールが受信された。

アレックからのメールを期待して電話を拾いあげたが、メッセージは知らない番号からだった。メールを開いてじっと見た。

《わたしはエルヴィス・コール。きみのお母さんの力になっている、つまりきみの力になっているということだ。お母さんが心配している。無事でいるとお母さんに知らせるんだ。かならずだぞ、ぼうず。やらなかったら、きみを見つけたときに思いきりケツを蹴とばす》

顔をあげてアンバーが来ないかたしかめ、急いでそのメッセージを削除した。母さんが言っていた男、あの腕時計が盗品であることを突きとめた男というのは、たぶんこいつだろう。頭にきた。母親は作り話をして自分を怖がらせ、この男に金を払っていやがらせまでさせているのだ。まったくもってどうかしている。

アンバーの言うとおりだ。携帯電話の電源を入れるんじゃなかった、切ったまま放置しておけばよかった。

電源を切ろうとしてボタンに触れたとき、また音がして次のメールが届いた。今度は番号を見てわかった。またコールからのメッセージ。

《わたしは本気だ》

アホか！

電源を切ったとき、アンバーの叫ぶ声がした。

「寝ちゃったの？」

「いま行く！」

タイソンは電話をバックパックに押しこみ、ジャケットをはおって部屋を出た。

24

ジョー・パイク

夕闇が深まって夜へと変わるころ、パイクはデヴォンの家と生け垣のあいだの暗がりに身をひそめた。大気がいい塩梅に冷えこんできた。頭上では、ヴァレーの煌々（こうこう）とともる無数の照明のなかでどうにか存在感を示そうと星々が奮闘している。そんななかで、パイクは黒い車や周囲の動きに目を光らせた。グリルのついていない黒いトランザムが青い煙を吐きだしながら轟然（ごうぜん）と通り過ぎた。錆（さび）だらけの黒いシェヴィーのクーペが反対方向へと走り去り、さらにくたびれた黒いピックアップ・トラックが二台。ぴかぴかの4ドアのセダンはなし。ジャケットとネクタイでめかしこんだ刑事の姿もなし。

夜が更けるにつれて通過する車の数は減り、パイクは三軒先の私道にとまっている汚れたRV車のことを考えた。先ほど、日が暮れる前にデヴォンが出発したあと、パイクは間近で観察するためにそのRV車の前を歩いて通った。車は通りに向けてとめられ、フロントガラスの内側に《売出し中》の紙がテープで貼ってあった。タイヤは三本パンクしていて、風雨にさらされた汚れが灰色の車体に筋を描き、太ったシマウマを思わせた。貼り紙が人目に触れるように車を通りに向けてあるが、餌に食いつく者はいなかったと見える。何カ月も日差しのなかに放置されたせいで文字のインクは薄れていた。

真夜中を五分過ぎたとき、パイクはデヴォンの家の横手の暗がりを離れ、その眠れる獣のまわりを一周した。サイドウィンドウの上部とフロントガラス上部の左右両隅の汚れをきれいにふいて、親指大の透明な部分を作った。仕事を終えると、愛車のジープをRV車の向かいにとめて、デヴォンの家の脇の暗がりにもどった。

車はほとんど通らず、人通りはまったくない。

一時四十五分、アライグマが私道をよたよた歩いていって、通りを渡り、藪(やぶ)の向こうに消えた。一時間後、コヨーテが暗闇から小走りに出てきて、通りの真ん中を走ってきた。この山犬は痩せており、細い腿と筋ばった脚をしていたが、被毛はふさふさで、確たる目的をもって動いていた。パイクは呼吸のペースをゆるめて、見守った。

横を通り過ぎたコヨーテが、デヴォンの家の私道まで行って、立ちどまった。

パイクの呼吸は胸がほとんど動かないほどごく浅く、遅かったが、コヨーテは鼻先をあげて、くるりとこちらに向き直った。姿は見られていないはずだが、気配を察したのか、においを嗅ぎつけたのか、コヨーテは闇のなかにパイクをさがした。視線はまっすぐこちらを見ているが、走りださない。コヨーテはどこから来て、どこへ行くのだろう。夜明けの光に安全を脅かされる前に、そこまでたどりつけるだろうか。彼らはいま山や峡谷から何キロも離れて、人間の世界で人間に囲まれている。コヨーテはパイクをじっと見ているが、走ろうとはしない。

パイクは声をかけた。静かにひとこと。

「行け」

コヨーテはその声に反応して急に走りだし、影に沈む家と家のあいだに消えた。

パイクはつぶやいた。

「無事でいろよ」

午前四時、パイクは荷物を背負ってRV車のところにもどった。デヴォンの家の横手は夜の居場所としてはいいが、日中の隠れ場所も必要になるだろう。パイクは壊れかけたドアのロックをはずし、車のなかに乗りこんだ。小型の懐中電灯に赤いレンズをかぶせ、すばやくつけたり消したりして、ぼろぼろの車内を照らした。ライトをしまい、フロントガラスのところへ行って、汚れたガラスに作っておいたのぞき穴をのぞいた。助手席側の窓からはコナー家が見える。運転席の窓からは反対方向の通りが見える。荷物をおろして、腰を落ち着けた。コヨーテのように、パイクも闇に目をこらした。

四時三十分、最初の眠れる家が目覚めた。四時四十分には二軒めが。夜が明ける直前に一台の白いステーションワゴンが現われた。車体に黒い小さな文字で《科学捜査課》とある。チェンだ。デヴォンの住所を頼りに家をさがしている。

チェンはデヴォンの家をいったん通過して、停止し、後退して私道に駐車した。パイクが電話を取りだしてかけると、チェンが応答した。

「エルヴィスからあんたがここにいると聞いたよ。どこだ?」

チェンはワゴンから降りて、家を観察した。

「振り向くな」パイクは言った。

「向かないよ。どこにいるんだ?」

「左の三軒隣の向かい。RV車のなかだ」

チェンは振り向き、RV車に目をこらした。

「ジョン」

チェンは顔をもどした。

「ごめん。問題の窓はどこだ?」

「ガレージの右手にゲート。家の横手にある最後の窓。そこが書斎だ」

チェンはゲートへ行き、家の横手をのぞきこんだ。

「うわ、真っ暗じゃないか。明かりをつけないといけない」

「隣に犬がいる。吠える。隣人の名前はワトキンズ」

「あんたも来るのか、それともヴァンから離れられないのか?」

「ヴァンにいる。でも必要なら行く」

「わかった。仕事にかかるとしよう」

チェンは電話をポケットに入れてワゴンにもどった。背中に白い大きな文字で《SID》と書かれた青いウィンドブレーカーをはおった。大きなバッグを肩にかけ、懐中電灯をつけて、ゲートを通り抜けた。トビーの声がパイクの耳に届いた。吠えている。だがしばらくすると吠え声はやんだ。ワトキンズ氏が出てきたのだろう。

チェンが仕事を終えて車で走り去るころには、空はまぶしい青のドームになっていた。職場や学校に向かう近隣住民の集団移動が徐々にはじまったが、やがてその集団もまばらになり、通りは眠気を誘うような静けさに包まれた。朝食は、りんご一個、バナナ一本、硬いロールパン一個、ミックスナッツひと袋。

一日はまだはじまったばかりだが、待つ態勢は整っている。

待ち時間は長くなかった。

黒いセダンがやってきたのは、それからほんの数時間後だった。

第三部　別のものを望んだ少女

25

エルヴィス・コール

目が覚めたとき、ロフトにはラベンダー色の光が燦々と降り注いでいた。猫が頭の横で丸くなっていて、かすかに聞こえる寝息は、もしかしたら喉を鳴らしていたのかもしれない。猫は湿った土とローズマリーのにおいがした。いつだったか、朝起きたらリスの頭が置いてあった。ホリネズミだったこともある。猫なりの気遣いだろうが、しょせんは猫だ。

ラベンダー色の光を楽しんでいると、電話が鳴った。チェン。

「収穫は?」

「靴の一部の型がふたつと写真が数枚。薄くてかなり浅い跡だから、ほとんど3Dにはならないけど、鮮明に残ってた端の部分を何カ所か採取した。日照りのせいだ。土がテーブルなみにがちがちだった」

「パコイマのと同じ靴?」

「写真をコンピューターに取りこんで、パコイマの靴跡を手に入れなきゃならない、言っただろ、パコイマの事件はぼくの担当じゃないって」

「恩に着るよ、ジョン。わかったら知らせてくれ」

「ひとつ言えることがある。犯人はでかい男だ、まちがいない。足のサイズは三十二センチ」

でかい男と、ばかでかい男。

「靴跡はひと組か、ふた組?」

「見たところ、ひと組。ひとりが窓から侵入して、もうひとりをドアからなかに入れてやった。この連中はやり方を心得てる」

「ひとりがもうひとりをなかに入れてやったから?」

チェンは笑った。

「靴が新しい。箱から出したばっかりの新品ってこと。そしてやつらは手袋をはめていた。窓に指の跡がついてたけど、個人を特定できる情報はなし、指紋がないってこと。ビニールの手袋をはめるとそんなふうになる」

「新品の靴というのがよくわからない」

「歩きまわって、いろいろなものを踏むと、かかとにはすり傷がつくし、靴底にはへこみや切り傷ができる。靴跡のパターンは変わっていく、そうだろう? シャラマッハ・パターンと呼ばれるものだ。ふたりの人間が完全に同じ歩き方をすることはありえないから、靴のシャラマッハ・パターンはその人間に特有のものとなる」

「指紋と同じで」

「そう。箱から出したばかりの新品の靴は、渦巻きが数本しかない指紋のようなものだ。新しい靴には比較するための情報があまりない」

でかい男と、ばかでかい男、そしてやつらは抜け目がない。

浮かない気分で電話を切ったが、マット・シムズからのメールで気分があがった。判明している窃盗(せっとう)事件の被害者十八人に関するファイルが添付されていたのだ。そしてカーラ・エリスから届いたメールにはアンバーの携帯電話の請求明細書がついていた。絶好調の気分だったのは、そのアカウントの名義がアンバーではないことに気づくまでだった。カーラのメールが届いたのは一時間前なので、電話をかけることにした。

カーラは息を切らしながら電話に出てきた。背後で音楽ががんがん鳴り響き、大きな話し声がしている。スピン・クラス。

カーラは言った。「待ってて。聞こえない」

電話にもどってきたとき、音楽はくぐもっていた。

「メールは届いた?」

「名義が予想していたのとちがった。これはたしかな情報?」

「たしかじゃないものを送るはずないでしょ。ばーか」

カーラの人となりがおわかりいただけただろうか。

「ノーラ・ガーウィック?」

「そのとおり。支払いは同じ名義のVISAカード、請求先の住所はパリセーズ」

ノーラ・ガーウィック。アンバーではなく。

「このアカウントで別の名前はない？」

「ない。これ以外に番号は五つあって、全部で六つ、でも名前はひとつ。これは商用のアカウント。こういう場合、電話を使ってるのは従業員か家族ってこと」

ノーラはたぶんアンバーの母親だ。

「それなら納得だ、カーラ。ありがとう」

「ジャイアンツ戦かカージナルス戦、ネット裏。通路側」

「きみの名前を描いたホットドッグもつける」

「おほほほ。あなたのちっちゃなソーセージのことなら聞いてるわよ」

カーラには勝てない。

わたしはTシャツとショートパンツを身につけて、静かに下のキッチンへ降りた。デヴォンはまだゲストルームにいる。ポットにコーヒーをいれ、引き戸を開けて、テラスに出た。大気はひんやりと冷たく、峡谷はうっすらとかかる霧にかすんでいた。わたしはハタ・ヨガの十二のポーズからなる太陽礼拝をし、最後の太陽礼拝からゆっくりとしたテコンドーの型へ移行、そこから虎と鶴のポーズを合体させた速めの型へ、三つめはカンフーをところどころに取り入れたいちだんと速い動きを実践した。テラスの端から端まで進んではもどり、手足を突きだしたりまわしたりするうちに筋肉が燃えてきて、汗が飛び散った。稽古を終えて仰向けに寝そべると、湿ったTシャツで身体が冷えてきた。

「毎朝これをやってるの？」デヴォンの声がした。

首を伸ばすと、デヴォンが逆さに見えた。引き戸のところに立っている。

「近所の人が見ているときだけ。眠れた？」

「だいじょうぶ」

だいじょうぶには見えなかった。表情は冴えず、目の下に隈ができている。

「コーヒーでもどう？」

「ええ、いただきます。いい香りがしてる」

デヴォンはわたしのあとからキッチンにやってきた。そのコーヒーがルイジアナのばかな女性から送られてきたことは黙っていた。

カップふたつにコーヒーを注いで、甘味料とミルクを差しだし、わたしは洗濯機からタオルを一枚取った。デヴォンはコーヒーを味わった。

「おいしい」

「気に入ってもらえてよかった」

デヴォンはもうひと口飲んだ。カップを下におろさず、口元に引き寄せたままだった。その温もりと芳醇（ほうじゅん）な香りに心慰められているのかもしれない。

「あれはカラテ？　さっきやってたの」

「テコンドー、あとカンフーが少し。組み合わせてやるのが好きなんだ」

「タイソンはあの手の映画が大好きなの、やたらと蹴ったり、みんなで跳びはねたりする。自分もやりたいと言うので、ああいう場所をさがしたわ」

「ドージョー」

「あの子が十二のとき。でも楽しめなかった」

「見るのと実際にやるのとはちがう」

「みんなにばかにされて笑われたって言って。笑われてるところなんてわたしは一度も見なかったけど、タイソンはそう思いこんでた」

デヴォンはそれきり黙って、カップの先にあるなにかをじっと見ていた。いまより幼いタイソンが蹴ったり跳びはねたりしている姿が見えているのかもしれない。

「わたしのメールを受信してないんだわ。無視するはずがないもの。そんな子じゃない」

わたしはコーヒーを飲み終えて、カップをゆすいだ。

「アンバーが使っている携帯電話の請求先の住所はパリセーズだ。確認してみよう、ひょっとしたらアンバーとタイソンはそこにいるかもしれない。いなくても、だれかがアンバーの居場所を知っているかもしれない」

デヴォンの顔に生気がもどった。息子を見つけるチャンスが新たな希望をもたらしたみたいに。

「着替えてくるわ」

わたしはとめた。

「なにを見つけることになるかわからない、その先どうなるかも。きみは来ないほうがいい」

「ばか言わないで。わたしの息子よ。わたしもなにかしたい」

わたしはつかのま考え、デヴォンにもできることがあるのに気づいた。

「やってもらうことがある。こっちへ――」

デヴォンを従えて、コンピューターが置いてある小ぶりの机のところへ行った。マットから来たメールを開いて、ファイルをダウンロードした。

「これは十八件の窃盗に関する警察の調書と保険金の支払い請求書だ。ファイルを開いて印刷しておいてくれるかな」

デヴォンはうなずき、興奮がもどってきた。

「もちろん。やり方はわかってる」

「ファイルを見れば名前と住所はわかるだろうけど、知りたいのはこの人たちの背景だ。なにをして生計を立てているか、逮捕歴はあるかどうか、そういったこと。それを調べないといけない。その調査を頼めないだろうか、わたしがアンバーのほうを確認しているあいだに」

デヴォンはわたしを押しのけてコンピューターに向かった。

「任せて」

「意味がありそうだと思ったことは全部印刷しておいてほしい」

「任せて。あなたはタイソンを見つけて」

わたしはロフトに駆けあがり、シャワーを浴びて、服を着た。スニーカーの紐を結んでいたとき電話が鳴った。シンディだ。シンディは探偵事務所のお隣さんで、美容用品を扱っている。何度かデートをしたが、自宅にいるときに電話がかかってきたことは両手で数えるほどしかなかった。わたしは携帯電話を拾いあげた。

「どうした？」

「最近はとんとお見かけしないけど、もしもオフィスに来るつもりなら、お客さんがたが引きあげるまで待ったほうがいいかもしれないわよ」

「依頼人？」

「警察。あなたはいつここに来るかって訊かれたわ。わたしを妊娠させて以来ここには来てないって言っといた」

「刑事？」

「バッジにはそう書いてあったけどね」

「ふたり組の男？　でかいのと、ばかでかいの？」

「ふたり組の男、でもそこまで大きくはなかったわ。わお、濡れちゃう、ってほどじゃなかったもの」

「だれもそんなことは訊いていない」

「わたしがいやらしいこと言うとうれしいくせに。まあそれはともかく、なにか伝言はあるかしらって訊いたのね。そしたらないって」

「そのふたりはうちのオフィスにはいった？」

「はいってないと思う。ドアノブをいじってる音はしたけど。廊下の端まで歩いていって、またもどってきて、エレベーターのあたりをうろついてた。たぶんもう引きあげたと思うけど、断言はできないわ」

「ありがとう、シンディ。そっちには近づかないでおこう」

「賢明ね。大きいより賢いほうが濡れるわ」

靴の紐を結び終えて、きょうの衣裳を眺めた。色あせたストーンウォッシュのジーンズ、青いメッシュのスニーカー、青と白のレーヨンのアロハシャツにはしゃれたトロピカルな図柄。探偵仕立てだが、しかるべき付属品が足りない。〈ビアンキ〉のスエードのショルダー・ホルスターとダン・ウェッソン三八口径リボルバーを加え、薄手の紺色のジャケットをはおって拳銃を隠した。デヴォンは引き続きコンピューターに向かっていた。プリンターがすでに印刷をはじめている。

デヴォンが言った。「あら。素敵じゃないの」

わが家で一夜を過ごしたわたしたちは、古き良きアメリカの仲良し夫婦、オジーとハリエットだった。

「どれくらいかかるかわからないけど、きみは囚人というわけじゃない。出かけたかったら出かけてかまわない、でもそのときは知らせるように」

「家にいてこれを印刷するわ。職場に連絡してきょうは休むと言うつもり」

「万一タイソンから連絡があったら、電話してほしい。なにかあったときも、電話を。なにか必要なときも、電話を」

「そうします。ありがとう。じゃあ、仕事にもどらせて」

オジーは会社へ出かける。ハリエットは家事にいそしむ。ここはデヴォンの頬に軽くチュッとやる場面のような気もしたが、そのままアンバーをさがしに出かけた。

曲がりくねったローレル・キャニオンを平地まで下って、サンセット大通りで西に折れ、海を目指す。パシフィック・パリセーズはその道のほぼ突きあたりにあり、サンセット大通りはそこで海にぶつかるのだが、結局わたしは自宅の界隈から出られなかった。黒っぽいセダンがタコス屋のトラックを追い越してきて後ろに張りつき、バンパーにぶつかりそうなほど接近してきたのだ。なかの人間がはっきり見えるほどに。

ふたり組の男。

でかい男たち。

26

わたしはアクセルを踏みつけることも、あわてて対向車線にはみだすことも、タイヤから煙をあげて車の尻を左右に振ることもしなかった。気づかないふりをした。正しい車線にとどまり、そのまま走り続けた。ダン・ウェッソンを隠し場所から引きだし、両脚のあいだに置く。なに食わぬ顔で。車間距離数センチで後ろにつけられるのは日常茶飯事だとばかりに。

デヴォンの隣人は黒い車を見たと言っていたが、車は簡単に替えられる。あのお隣さんは高齢だから、濃い灰色の車が黒に見えたのかもしれない。

それから二ブロックほど先で、左車線を走っていたコンクリート・ミキサー・トラックと並んだ。さりげなくトラックの少し前に出て、ウィンカーを出し、車線を変更した。灰色の車はめげなかった。トラックの前に割りこみ、かろうじて衝突を回避しながら、わたしのすぐ後ろの位置を保った。トラックの運転手はブレーキを踏みつけてクラクションを盛大に鳴らした。

わたしはまたウィンカーを出して、ラ・シエネガ大通りで左折車線に移った。左折の信号は赤だった。そこで停止したかった。車のなかの男たちがどうするかたしかめたかった。

ダン・ウェッソンを握り、ブレーキに足をのせて、ゆっくりと停止した。灰色の車もいっしょにとまった。バックミラーで男たちがよく見えた。ふたりとも赤ら顔で、人相が悪く、恐ろしく無表情。ジャケットにネクタイ、サングラスというでたちは、いかにも〈セントラル・キャスティング〉から派遣されてきましたという風情だった。〝刑事役〟として。このふたり組がネフとヘンスマンであってほしい。車から降りてきてほしい。ふたりは降りなかった。

さっきのトラックが灰色の車の隣にやってきた。トラックのクラクションが轟き、運転手が大声で悪態と脅しの言葉を吐いた。ふたり組のどちらも、反応も反論もしなかった。まっすぐ前方を見ていた。わたしを。

信号が赤から青に変わると、わたしは南に折れてラ・シエネガ大通りにはいった。濃い灰色の車もいっしょに曲がり、フジツボよろしく、こちらの尻にくっついてきた。停車させるでもなく、運転を妨害するでもなく、道路から押しだすでもなければ、銃撃するでもない。隠れる気がないことは明々白々だった。ただ尾行し、ひたすら後ろについてくる。

この連中がなぜ張りついてくるのか、それをどうしたものかと思案していたとき、電話が鳴った。発信者名に驚いた。かけてきたのは〝エルヴィス・コール〟だった。だれかがわたしのオフィスからかけている。

応答した。

「だれだ?」

女性の声が答えた。

「コール?　こちらカセット刑事。けさのご機嫌はいかが?」

陽気だ。

「わたしのオフィスでなにをしている」

「あなたを待ってる。話があるの」

南に向かいながらも、片目は背後の男たちから離さなかった。

「いま取りこみ中だ、カセット、それに人のオフィスに押し入るのは感心しないな。予約を取ってもらわないと」

「バックミラーに車が見えてる？」

わたしは男たちをちらりと見た。

「もちろん見えている、カセット。錆（さび）みたいに張りつかれている」

「うちの人間。特殊捜査班（SIS）の車も二台張りついてるけど、そっちはたぶん気づかなかったでしょうね。灰色の車はまだ後ろにいる？」

もう一度ちらと目をやった。

「いる」

「手を振ってバイバイして」

濃い灰色の車は転がる石のようにわたしから離れ、消えていった。

「用件は？」

「言ったでしょ。わたしはいまあなたのオフィスにいて、あなたと話がしたいの。時間を作ってもらえたらありがたいんだけど」

下手に出てはいるが、それは自分の力を誇示したあとだからだ。

「灰色の車に乗っていた刑事たちの名前は？」

「クワークマイヤーとベインズ」

「そのふたりをきょうわたしのオフィスに行かせた？」

「ええ。あなた隣の会社の女性を妊娠させたって本当？」

カセットは茶化しているつもりだったのかもしれない。親しみをこめたつもりだったのかもしれない。わたしは笑わなかった。

「時間を作って、コールさん。大事なことなの。ここに来てくれたら説明する」

「五分で行く」

八分後、駐車場ビルに車をとめて、オフィスのある四階まで階段をのぼり、廊下を歩いていった。エレベーターもあるが、タフガイは階段をのぼる。想像してほしい、男らしさ全開のわたしを。ついでにいらだちも。シンディのオフィスのドアは閉まっていた。向かいの小さい保険代理店のドアも。うちのドアは開いていた。

はいっていくと、カセットがいた。

事務所には部屋がふたつあり、大きいほうの部屋には小さいバルコニーがついている。大きいほうはわたしのオフィスだ。奥にあるのがパイクの部屋だが、オフィスは必要ないと言うので、そこは空っぽのままになっている。その空っぽのところがパイクの神秘性を高めているのかもしれない。わたしの部屋には、机がひとつ、依頼人との面談用にディレクターズ・チェアが二脚、カウチが一脚。カウチと向き合う位置に小型の冷蔵庫、カウチの上部の壁にはピノキオの掛け時計。ピノキオの目はチクタク時を刻みながら部屋を見まわしている。

カセットはひとりでカウチにすわり、その目をじっと見ていた。

わたしは訊いた。「リヴェラは？」

カセットは立ちあがったが、握手も笑顔もなし。

「非公式に話がしたかった。それにはあなたのオフィスがいちばんいいと思って」

わたしはパイクの部屋を調べた。空っぽ。バルコニーも調べた。空っぽ。リヴェラは机の下かもしれない。

「電話をかけて、どこかで落ち会おうと言えばすむだろう？　なにもこんな芝居がかったことをしなくても」

考えこむような顔でカセットはわたしを凝視し、それからカウチの同じ場所にもどって、脚を組み、冷蔵庫に目をやった。

「水のボトルがはいってたりしない？」

「はいっているが、人のオフィスに押し入るような連中に飲ませる水はない」

カセットは苦笑した。

「穏やかに話を進める気はないということね」

「話というのを聞かせてもらおうか、カセット。わたしは忙しい。マニキュアとペディキュアの予約を入れてある」

カセットは組んでいた脚をほどいて、体勢を変え、反対の脚を組んだ。

「嘘つき」

「そうだ。マニ・ペディの予約はしていない」

「あなたがあちこち嗅ぎまわっているのは、お金のためなんかじゃない。そんなのは世間のエルヴィス・コール評にそぐわない」

「世間はわたしのクレジットカードの明細を見たことがないんだ」

「それはどうかしら、コール。なにをしているにしろ、あなたは仕事としてやってる。この件に首を突っこんでるのは依頼人のため」

カセットはじわじわとなにかに近づきつつあり、その方向がわたしは気に入らなかった。

「たしかに、カセット、そのとおり。依頼人はわたしだ。前に言ったとおり」

「話を聞かせてくれた人たちは、あなたを嫌ってる連中までが、こう言ってるの、こと守秘義務に関して、あなたは本物だって。その点について考えれば考えるほど、そうとしか思えなくなった。あなたは依頼人をかばうために嘘をついてる」

「わたしのオフィスから出ていってくれ、カセット。頼むから」

カセットは両のてのひらをこちらに向けた。

「あなたを責めてるんじゃない。法に違反してるとか不正にかかわってるとか、そんなことを言ってるんじゃない」

「じゃあ、なんだ？」

「わたしには理解できるということ、あなたがどうしてこれまで真相を知られないようにしてきたのか。わかるわ。本当に。でも事態はどんどん悪化していて、たぶんあなたはわたしよりずっと多くのことを知ってる、だからここへ来たの——」

両腕を広げた。

「——あなたのオフィスで、ふたりきりで、あとはピノキオだけ——」

時計のほうに向けて両手をあげ、奇妙な表情をしてみせた。

「——あなたがまだ話してないことを話してもらう必要があるから。少しは誠実さを見せてもらう必要がある。助けが必要なの、たとえあなたが守秘義務を破るはめになったとしても」

わたしは冷蔵庫から水のボトルを二本出してきて、一本をカセットに渡し、もう一本を持って自分の机についた。ふたりで同時にふたをひねり、同時に飲んだ。

「話を聞こう」わたしは言った。

「ルイーズ・オーガスト」

「それが?」

「あれから調べてみた。おかしい、あなたが彼女の名前を口にするなんて」

「わかったことがあると言っただろう?」

「ルイーズは殺された、そのことをあなたが知っていたのはたしかよ。頭をたたき割られていて、おそらく強盗事件と思われる」

「思われる」

「ルイーズが殺された理由は別にある、あなたはそう考えてるんでしょう?」

「一連の窃盗事件のうち少なくとも一件に関して、なにか情報を持っていた可能性がある。だとしたら、情報の内容まではわからないけど、それを訊きだそうとした人間、単数もしくは複数の人間がルイーズを殺したのかもしれない」

カセットはわたしのほうへ身を乗りだし、顔をしかめた。

「一連の窃盗事件の犯人たちをさがしだそうとして？」

「そうだ」

「なんのために？」

「わからない」

「あなたはほかにもふたりの名前を口にした。ネフとヘンスマン。そのふたりがルイーズを殺したの？」

「わからない」

「そのふたりがあなたに、ルイーズが情報を持っていると言ったの？」

「その部分は嘘だ。そのふたりには会ったこともない」

「じゃあ、どうしてそのふたりから聞いたと言ったの？」

「きみがそいつらを知っているかどうかたしかめたかった」

「どうしてわたしが知ってるの？」

「そいつらはクレンザ一家に、きみの部下だと言った」

「マーティンとマージに？」

「バッジを見せて、警官だと名乗って、しかもきみの捜査班で仕事をしていると言った。クレンザ一家に訊いてみるといい。ルイーズ・オーガストのことを」

カセットはかなり長いあいだわたしの顔を凝視していた。なにを考えているのか、その顔は無表情だった。それからようやく椅子の背にもたれた。

「ほかに言うことは？」

「ない」

「あなたがどうかかわっているのか、まだわからない」

「それは言わなかったから」

さらにしばらくわたしを見つめた。

「まあよしとしましょう。きょうのところは」

カセットは腰をあげ、水のボトルでピノキオを示した。

「壁にあんなものを掛けてる人の話をみんながまじめに聞いてくれるなんて、よく思えるわね」

「彼はわたしのためにあそこにいるんだ、カセット。人がどう思うかは関係ない」

カセットはわたしを見て、にやりと笑った。

「ええ。あなたはそういう人だって聞いてる」

水のボトルをわたしに向かって放り投げ、カセットは出ていった。わたしは遠ざかる足音に耳を傾け、それからドアを閉めて鍵をかけ、机を調べた。いじられた形跡も、なくなっているものもなかった。

27

パシフィック・パリセーズは世界の果てにあり、そこはロサンゼルスが海と接するところだった。南はサンタモニカ、北はマリブ、東はブレントウッドに守られているので安心かつ安全、パリセーズは裕福なロサンゼルス人にとって好ましい地域となっている。〈リヴィエラ・カントリークラブ〉がこの地をいっそう好ましいものにしていた。金持ちはゴルフが大好きだ。

ノーラ・ガーウィックの住所に向かうと、瀟洒な家の立ち並ぶ閑静な通りから、海の見える山の手の住宅地へとはいっていった。その一帯にあるのは、完璧に手入れの行き届いたスペイン風もしくは地中海風の別荘のような邸宅がほとんどで、古き時代を偲ばせる優雅で上品な雰囲気に満ちていた。レイモンド・チャンドラーというよりはロス・マクドナルド。

ノーラ・ガーウィックの家は袋小路の途中にあった。購入価格は相当なものだろうが、優雅でも上品でもなかった。新築で、不細工で、大理石と花崗岩と鋼鉄でできたその家は、この素敵な通りでは完全に浮いていた。ジュースに浮かんだ蠅なみに。

袋小路の突きあたりまでゆっくり走って、タイソンの車をさがしたが、古ぼけた茶色のボルボは見あたらなかった。

膝丈のパンツにライディングブーツをはいた年配の女性が、ベビーカーを押して私道から通りに出てきた。彼女が通りを渡れるように、わたしは停止した。感謝の笑顔が返ってきた。わたしも笑顔で、ごゆっくりと言った。ベビーカーから伸びた小さな手が空に向けて振られた。

女性と赤ん坊が通りを渡りきると、わたしはのんびりとノーラの家まで引き返した。

ちょっとしたパティオほどもある大きな黒いコンクリートの階段をのぼった先に、巨大な鋼鉄のドアのついた中庭の入口があった。中庭の内側のあざやかな緑の竹がドアと家を見おろすようにそびえている。いくつもの黒いドーム形のカメラが、白い大理石の壁から通りと中庭を見張っている。やはりドーム形のカメラを上部に備えたコールボックスがドアの横で待機していた。わたしは階段をのぼっていき、呼び鈴を押して、待った。スローソン家にもどってきたような錯覚を覚えた。何度も呼び鈴を押したが、だれも応答しない。

「彼女、お留守よ」

ベビーカーの女性が通りの反対側にいた。

「ノーラが?」

「たしかバンフにいるはずよ。それともアスペンだったかしら。しょっちゅう旅行してるから」

そう言いながら薄笑いを浮かべた。わたしはその薄笑いが気に入った。その薄笑いはほかにも言いたいことがある証拠で、水を向ければぺらぺら話してくれるかもしれない。

わたしは特大のコンクリートの階段を降りて、女性のそばに行った。赤ん坊が背中をそらしてにっこり笑った。

「じつに愛らしい赤ちゃんだ」

女性は赤ん坊の毛布を掛け直した。

「孫娘よ。三人めで、四人めがいまおなかのなか」

「すばらしいニュースですね。おめでとうございます」

わたしは指をくねくね動かして、おかしな顔をしてみせた。赤ん坊は足をばたつかせてけらけら笑い、祖母とわたしもつられて笑った。みんなで幸せな気分になったところで、アンバーのことを訊いてみた。

「じつは、ノーラに会いにきたわけじゃなくて。アンバーをさがしています。最近見かけませんでしたか？」

笑い声と笑顔がゆっくりと消えた。

「かわいそうに、またなにか問題を起こしたの？」

問題。

「ええ、彼女の友人が。男の子です。アンバーが力になれるんじゃないかと思いまして」

「あの母親にしてこの娘ありね。ひどい話」

わたしは自己紹介をし、名刺を一枚差しだした。

レイ・ブラッケンの握手は力強く、その態度はごく自然でざっくばらんだった。自分に満足している人間らしく。

レイは名刺をじっくり見て、返してきた。

「私立探偵にお目にかかるなんて生まれてはじめてよ」

わたしは謙虚な態度を装った。

「ほかの同業者たちはあまり景気がよくないので」

レイは目をぱちくりさせ、それから笑った。

「おもしろい人ね。おもしろいのは大好き」

「よかった。女の子のはじめては特別でないと」

笑いが満面の笑みになった。

「お世辞もね。あなたのこと、ますます気に入ったわ」

ミスター・愛嬌。

「最近アンバーを見かけませんでしたか？　ちょっと訊きたいことがあるんです」

レイは〝さあ、どうかしら〟顔になった。

「かわいそうなアンバーはもう何カ月も見かけないわね。来るとけんかになるから」

「アンバーとお母さんが？」

「三人とも。ここのうちはテレビのリアリティ番組みたいな感じでね、元夫が何人もいるようなどうしようもない母親、こんなアヒル口で――」

片手を口元から大きく突きだしてみせた。

「――次から次へとドラマみたいなことが起きて、けんかしたりののしりあったり、そりゃもうひどいもんよ。娘たちが荒れるのも当然だわ」

娘たち。

「アンバーには姉妹がいるんですか？」

「ジャジー。ジャジーは姉さんよ。あの子はさっさと逃げだしたの。無理もないわ、あんなにけんかばっかりしてたんじゃ」

「ジャジーの苗字はガーウィック？」

「リード。アンバーと同じ。リードっていうのは最初のご主人の苗字よ」

眉を吊りあげ、家のほうに頭を傾けた。

「ディックは五人め」

「ディックというのはノーラの夫？」

「だった。過去形ね。きっとあの唇に嫌気がさしたのよ」

赤ん坊がぐずりはじめた。レイは赤ん坊を抱きあげて揺すった。

「アンバーはジャジーのところじゃないかしらねえ。けんか騒ぎがあんまりひどいとき、アンバーは姉さんのところに泊まりにいってたから。もっと早くに引っ越すべきだったのよ、あたしに言わせれば。そしたらあそこまで荒れることもなかったでしょうに」

アンバーが荒れると聞いて、最初にレイが口にしていたことを思いだした。

「さっきアンバーが問題を起こしたと言ってましたね」

レイは家に向かって顔をしかめたが、しかめ面の原因がなんであれ、それは大理石と花崗岩の向こうに隠されていた。

「次々とね、ノーラが言うには。ドラッグ、男の子、いろんな問題行動、乱暴なふるまい」

「逮捕されたことは？」

「ないと思うけど、どうかしらね。この一家がここに住みはじめてまだ三年だから」

レイは孫娘の頭をなでた。赤ん坊をぎゅっと抱き寄せながら、わたしを見た。

「あの子、自殺しようとしたのよ。二回、あたしが知ってるだけで」

「アンバーが？」

うなずいた。

「救急車に起こされたわよ。警察が来てるのを見たときは、あの子がまたやったのかと思ったわ」

そう言いながら家のほうをちらりと見たので、わたしもつられて目を向けた。

「警察がここに来たんですか？」

「きのうね。だれかが押し入ったらしいの」

「きのうの日中に？」

「だと思うわ。あたしは納屋にいたの。うちにもどろうとしたら通りが封鎖されてて、ああ、どうしよう、アンバーがとうとうやっちゃったんだわって思った。警察の車がいて通れなかったのよ」

「怖いですね。警官たちはなにがあったか教えてくれましたか？」

「だれかが押し入って、でも心配はいらないって、それだけ。警報が鳴ったんでしょうね。詳しくは話してくれなかったわ」

「最近、黒いセダンを見かけませんでしたか、この袋小路のなかで」

「リムジンみたいなの？」

「そうかもしれません。4ドアのセダンで、黒っぽい窓のついた車。黒の」

レイはあいまいに肩をすくめた。

「車は車でしょ」

「ジャジーの電話番号か住所はわかりませんか？」

「いいえ、でもノーラが携帯電話の番号を置いていったわ。もしディックがトラックで現われたらすぐに知らせてって言われてるの。信じられる？　まるであたしがあの夫婦の離婚に興味津々みたいじゃないの」

「ドラマですね」

赤ん坊が足をばたつかせてぐずったので、レイはまた揺すったが、このときは効果がなかった。

「ちょっとこの子を家政婦に預けてくるわね、そしたらノーラの電話番号を持ってもどってくるから」

レイ・ブラッケンは孫娘を抱いて揺すりながら自宅にもどり、わたしはノーラの家にもどった。家のあちこちにカメラが設置されているからには、ノーラ・ガーウィックはまちがいなくどこかの警備会社と契約しているはずだ。ガレージのそばでその会社の標識を見つけた。〈ホワイト・シールド・ホーム・プロテクション〉。二十四時間監視。武装対応。ノーラの家に設置されたドーム形のカメラを観察し、その光景にわたしは気をよくした。スローソン家の監視カメラはタイソンの映像をとらえていた、ということはノーラのカメラも労に報(むく)いてくれるかもしれない。この家に押し入った単数もしくは複数の人間が録画されていて、ことによると〈ホワイト・シールド〉が快くそれを見せてくれるかもしれない。

　数分後、レイ・ブラッケンがノーラの電話番号を持ってもどってきた。電話をかけると、当然のように留守番電話につながった。

「はい、こちらノーラ。メッセージをどうぞ、のちほどかけ直します」

　ノーラの留守番電話のメッセージは意外だった。ごく普通に聞こえた。

　わたしは自分の名前と電話番号と、ノーラが抗えないことを意図したメッセージを残した。

「レイ・ブラッケンから電話番号を聞きました。ディックに関してあなたのお役に立ちそうな情報を持っています」

　電話をおろして、〈ホワイト・シールド〉のことを考えた。面識のない私立探偵に情報を明かすようなことはおそらくしないだろうが、デイヴ・ディートマンならわたしより運に恵まれるのではないか。わたしはデイヴに電話をかけた。

「〈ホワイト・シールド〉のある顧客について情報が必要なんだ。あの会社にコネはないかな」

「ひとりふたり、いなくもない。なにがほしい?」

　ノーラの住所を教えて、説明した。

「家のそこらじゅうにカメラが設置されているから、ビデオがあるはずだ。侵入した連中の映像がほしい。表側の二台のカメラで通りも監視しているようだ。黒いセダンが通り過ぎるのが映っていたら、それもほしい」

「スローソンの件と関係あるのか？」

「映っているのがこっちの思っている人物なら、関係ある。ティーンエイジの女子の一団が侵入してパーティーをしてたのなら、関係ない」

デイヴは二、三分待ってくれと言ったが、電話がかかってくるまでに二十分近く待った。

「女子の一団じゃなかった」

「ふたり組の男か？　でかい男たち？」

「ビデオがない。なにも映ってなかったよ、相棒」

「ちょっと待った。いまその家の前にいる。カメラを見てるんだ」

「だれかがカメラを眠らせた。〈ホワイト・シールド〉が言うには、だれかがＷｉＦｉ経由でその家のシステムに侵入したらしい、そう簡単にできることじゃない」

「警報は？　警察が出動した」

「プール係の少年が通報した。犯人を知ってるのか？」

「いや」

「本当だろうな」

「犯人がわかったら知らせよう」

「なかにはさぞかしすごいものがあったんだろうな」

「どうして？」

「特注の装備と特殊な技能がないと、こういうことはできない。この連中はまぎれもなく本物だよ。だれにでもできることじゃない」

わたしは電話を切り、家をつくづくと眺めた。

でかい男と、ばかでかい男、抜け目がなく、特殊な技能がある。

ふたり組の男はわたしより優に丸一日早くノーラの家を見つけた。わたしより早くクレンザ一家を見つけ、わたしより早くルイーズ・オーガストを見つけ、わたしより早くアレックを見つけた。もしわたしより早くジャジーを見つけたら、向こうが勝つ流れはこのまま続くだろう。もうすでに見つけていて、ひょっとしたらタイソンとアンバーは死んでいる可能性もなくはないが、そうは思えなかった。

抜け目があって特殊な技能のないわたしにとって、解決策は明白だった。タイソンを見つける方法はひとつ、本人の助けを借りるしかない。

なにを言うべきか考えて、わたしはメッセージを打った。

《アレックを殺した男たちの狙いは、きみが盗んだノートパソコンだ。彼らはきみを見つけるためにルイーズ・オーガストという女性を殺した。グーグルで検索してみろ。彼らはきみとアンバーの名前を知っている。きみがどこに住んでいるかも。すでにきみの家を家探しした。もしお母さんが家にいたら、いまごろは死んでいただろう。きみはその連中から逃げも隠れもできない。ターミネーターを覚えているか？　やつらはあのターミネーターだ。きみとアンバーを見つけだす。きみがやつらのパソコンを持っているかどうかは問題じゃない。どういうことかきみにはわかるはずだ、そうだろう？　やつらは目撃者を残さない。きみは賢い。考えろ。連絡を待っている》

メールを送信して、待った。
電話は鳴らなかった。
タイソンは返信してこない。
しばらくたつと、自分が愚かに思えて腹が立ち、電話を脇へ押しやった。
〝だれにでもできることじゃない〟
わたしは車を発進させ、狩りに出かけた。

28

タイソン・コナー

ふたりはウェスト・ハリウッドにある人気のヴィーガン・カフェのテラス席にいた。周囲の常連客は、みな若くてかっこよく、気取ったポーズでペルーのハーブティーだのスペインのソイ・ラテだのを飲んでいる。タイソンは動物園に来た子供みたいな気分で、風変わりな動物たちをこっそり観察したが、向こうはタイソンなど眼中になかった。ふたりがこの店に着いたとき、歩道は席に案内されるのを待つ人たちで混み合っていたが、アンバーはタイソンの手をつかんで人ごみを抜け、クリップボードを手にした女の子のところまで行った。二分後、ふたりはテーブルに案内された。

「この店、大好きなんだ。素敵でしょ?」アンバーが言った。

「うん」タイソンは答えた。

携帯電話のカバーを閉めたとき、ウェイトレスがふたりの食事を運んできた。アンバーには野生キノコのトーフ・スクランブル、タイソンにはアボカドのトーストにブラックビーン・ソーセージのカシューナッツ・クリーム添え。すべてオーガニックで、植物性由来で、動物性食品はいっさい含まれていない。タイソンはあまりそそられなかった。

ウェイトレスがアンバーに話しかけた。

「ご注文は以上でよろしいですか？」

アンバーはあの輝くばかりの笑みを浮かべた。

「とってもおいしそう。どうもありがとう」

ウェイトレスはタイソンにちらりと目を向けた。

「そちらの方は？」

「だいじょうぶ。ありがとう」

アンバーが言った。「そのイヤリングすっごくいいね」

ウェイトレスが目をくるりとまわす。

「彼氏にはいい薬よ」

「やっぱり、だよねー！」

ふたりは長年の親友同士みたいにいっしょに大笑いした。アンバーのこうした魔力を何度も目の当たりにしてきたけれど、タイソンはいまだに畏敬の念を覚える。だれもがアンバーのとりこになる。

ウェイトレスが立ち去ると、タイソンは電話のカバーを開き、アンバーにも見えるように向きを変えた。

「この女の人、知ってる？」

アンバーは写真をちらっと見た。

「どっかで見たような気もする」

「ヴェニスに住んでたんだ、あのフリーマーケットの近く。常連だったって。きみとアレックはこの人に会ってるかもしれない」

アンバーは写真をよく見て、ゆっくりとうなずいた。見覚えはあるけれど、自信がないみたいに。

「もしかしたらね。この人だれ？」

「名前はルイーズ・オーガスト」

タイソンはネットで見つけた写真と記事に目を向けた。

「殺されたんだ。アレックと同じ」

アンバーは顔をしかめて、タイソンの電話を押しのけた。

「お願いだからこんなの読まないで。悲しくなる。悲しくなって動揺する、あたし動揺なんかしたくない」

アレックに関する投稿はフェイスブック上でも見られるようになり、そこへコールがルイーズ・オーガストのことに言及した。タイソンはグーグルで検索し、ルイーズが七十六歳の女性で、手作りのクッションや人形やぬいぐるみをフリーマーケットで売っていたことを知った。隣人たちに愛され、優しい人として知られていたルイーズが、殴り殺されたのだ。

タイソンは周囲に聞こえないよう声をひそめた。

「アレックのことは母さんの言うとおりだった。この件とつながりがあるとしたら？」

「彼女の言うとおりじゃない。あんたが言ってるような意味では」

「アレックは撃たれたんだよ！」

近くのテーブルの男がこっちを見て、タイソンは顔が赤くなるのを感じた。

アンバーが言った。「そう、たしかにあたしは動揺してるけど、でもソフィアが、あれは運転中にもめただけだって言ってた。ほら、アレックってそういうやつでしょ。どっかのいかれたギャングに中指でも立てたんだろうね」

ソフィアはアレックがウェイターをしていた店の同僚だった。ゆうべアレックのフェイスブックのページに載っていたソフィアの投稿を見て、ほかにも情報がないか調べてみた。投稿者のだれも窃盗（せっとう）事件のことには触れていなかったけれど、タイソンは心配だった。見つかった事実は、母親とコールの言っていることと一致していた。こっそり自宅にもどって本当に家探しされたのかどうかたしかめようかとさえ思ったが、それはまずいと判断した。警察が網を張っているかもしれない。あるいはコールが。

タイソンは言った。「運転中にもめたっていうのは単なる仮説だよ。なにがあったのか警察はわかってない。ニュースでそう言ってた。まだ捜査中だって」

アンバーはトーフの上に身を乗りだした。目をまん丸に見開く。言うまでもないことだと目で語るみたいに。

「だれも。知らない。あたしたちの。正体は」

コールが知っている。そしてコールによれば、アレックを殺した男たちも知っている。

「だといいけど」

「そうに決まってる。警察が知ってたら、あたしたちは刑務所にいるはず」

「わからないっていうのも善し悪しだよ」

アンバーは首を振り、両手を横に広げた。

「わけわかんない。それどういう意味?」

タイソンはいちだんと声をひそめた。

「ぼくたちはだれから盗んだのか知らない。いろんな家にはいりこんだ。だれが住んでたかわからない。もし盗んだ相手がゴッドファーザーだったら? ゴッドファーザーは警察に通報したりしない。ルカ・ブラージを送りこむんだ。殺し屋を」

アンバーは身を起こした。唇を引き結ぶと、きれいな顔が険しくなった。

「あんたね、だんだん感じ悪くなってきてるよ」

「そんなつもりじゃないんだ」

アンバーはマッシュルームをつついて食べた。

「そもそもあんたがはじめたんだからね。あんたとばかな母親が」

タイソンはまた顔が赤らむのを感じ、自分の料理に目を落とした。アンバーを怒らせたくなかった。アンバーはこれまでの人生で起こったいちばんいいことなのだから。

ふたりは黙りこみ、タイソンが自分の料理を見ていると、ようやくアンバーが口を開いた。

「このマッシュルーム、すんごくおいしい」

タイソンはブラックビーンのソーセージを味見した。奇妙な食感で、カシューナッツ・クリームは口のなかに薄い膜が残った。

「このソーセージもすんごくおいしいよ」

「ゴッドファーザーがアレックを殺したんじゃない、わかった？　あれはあんたの母親が息子に自白させるためにでっちあげた作り話。あんたは彼女のために台本を書いたの」

タイソンは気恥ずかしくなったが、少し怒ってもいた。

「わかってるよ。たぶんそうなんだろう」

「あわてちゃだめ、わかった？　そうやってみんなつかまるんだから」

「別にあわててないよ」

「殺し屋がどうとか、あわててるとしか思えない。殺し屋だなんて」

目玉をくるりとまわした。

「アレックの身になにが起こったのかたしかめるべきだって、そう言ってるだけだよ。それ以外のことも、母さんの言うとおりなのかどうか」

アンバーはフォークを置いた。

「いいえ、あんたが言ってるのは、ママのいるおうちに帰って自首したいって、そういうこと」

タイソンは〝ママ〟という言葉が嫌いだった。大人には母親がいる。子供にはママがいる。

アンバーは自分の母親をノーラと呼んでいる。親子ですらないみたいに。

「うちには帰りたくない」

「へえ、そうなんだ。じゃあなにがあったのかたしかめる方法がほかにある？　あんたのうちはほんとに家探しされたの？　帰ってたしかめなよ。ゴッドファーザーがアレックを殺したって？　うちへ帰ったら。そしたらママといっしょに警察に訊けるし」

「うちには帰らない」

「だったらもうこの話は終わり」

アンバーはフォークを取り、ためらって、結局またおろした。

「あんたにはがっかり」

突然のアンバーの言葉に、タイソンは動揺した。

「どういうことさ。ぼくはなにもしてないよ」

「信じてたのに、あんたはあたしを裏切った。あたしたちみんなを裏切った。白状したときに」

恥ずかしさのあまり、タイソンは顔も首も真っ赤になった。

「きみのことは言ってないよ。アレックのことも」

「あたしたちの秘密だったのに、あんたはしゃべった。だれにも言わない約束だったのに、あんたはしゃべった」

「きみのことはしゃべってないよ。絶対に」

「しゃべった。あたしの名前は出さなかったとしても、あんたはしゃべった。わかんない？　あたしたちは最高に幸せなんだよ。お金があって、楽しい仲間がいて、有名クラブに行って、毎日愉快に暮らして、だれにもばれてなかった。なにもかも順調だった。言うことなし。なのにあんたがしゃべって、あたしたちは姉さんちに隠れてて、あんたは殺し屋にびびってパンツにおもらし」

隣のテーブルの男がまたこっちを向いて、今度はじろじろ見た。

アンバーが気づいて、じっと見返した。おもむろに立ちあがり、視線をその男にすえたまま、骨がないのかと思うほど深く相手の上に身をかがめた。

「あたしうるさかったかしら？　ほんとごめんなさいね。どうかそのウーロン茶をゆっくり味わって、あたしたちのことはほっときやがれっての」

男は椅子の向きを変えた。

アンバーは席にもどり、タイソンだけ見えるように〝オエッ〟顔を作り、トーフをひと口かじった。

「ごめんなさい」タイソンは言った。

「わかってる。あんたを責めてるんじゃないよ、ぼうや。彼女の不意打ちだったんだから。あんな男を雇ってあんたを混乱させて」

「うん」

ほかになんと言っていいかわからなかった。

「あたしたち、楽しくやってるよね？　それをぶち壊したりしないで」

「しないよ」

「朝ごはん食べなかったね」

「あとでタコスでも食べるよ」

アンバーはにっこり笑った。

「じゃあ、支払いして、カウボーイ。あたし買い物に行きたいな。途中においしいタコス屋があるの。きっと気に入る」

そう言うなり立ちあがった。

「駐車係のとこで待ってて。おしっこしてくる」

アンバーが席を離れると、タイソンはテラス席にいる人たちを観察した。いくつもの頭が回転する。女の子たちはアンバーを値踏みした。隣のテーブルの男はアンバーのお尻をじろじろ見た。

タイソンはウェイトレスに合図して会計を頼み、コールからのメールを読み返した。アンバーにもその文面を見せたかったけれど、この話題になると態度が豹変するので見せなかった。コールのことも、母親からのメールやメッセージのことも、まだ話していない。アンバーに古い携帯電話を使うなと言われたので、ふだんは隠すか電源を切っておくかして、見るのはひとりきりのとき、たいていはトイレにはいったときだった。たまに母親が残した留守番電話のメッセージを聞いて、タオルで顔を覆った。アンバーに泣き声を聞かれたくなかった。

アレックのことや彼が死んだ状況についてもアンバーは話そうとせず、タイソンが殺し屋のことを口にすると逆上したが、ルイーズ・オーガストの顔は覚えていて、そのおばあさんはアレックが殺される三日前に殺されていた。

《彼らはきみを見つけるためにルイーズ・オーガストという女性を殺した》

アレックとそのおばあさんの記事を読めば読むほど、コールと母親の言うとおりだと思えてきた。アレックを殺したのは、自分たちが盗んだノートパソコンの一台を取りもどしたがっているふたり組の男で、そのふたりがいまタイソンとアンバーをさがしている。

《すでにきみの家を家探しした。もしお母さんが家にいたら、いまごろは死んでいただろう》

ウェイトレスが伝票ののった皿をタイソンの脇に置いて、立ち去った。三十四ドル。

タイソンはコールのメールを読み返した。何度も繰り返し読んだのでもう暗記していたが、そのメッセージを読むことで強くなれる気がした。

《きみとアンバーを見つけだす。きみがやつらのパソコンを持っているかどうかは問題じゃない。きみは賢い。考えろ》

すでにさんざん考え、いまも考え続けていた。その男たちが一台のパソコンを見つけるために何人も殺しているとしたら、そのパソコンには想像を絶するほど価値のあるものか、もしくはとてつもなく危険なものがはいっているということだ。いずれにしろ、パソコンの持ち主は、中身がなんであれ、それをだれかに見つけられることを死ぬほど恐れている。

タイソンは古い携帯電話をポケットにしまい、支払いをしようと席を立った。

隣のテーブルの男がちらりとこっちを見た。そいつの顔に浮かんだ表情から、考えていることはわかった。負け犬。ださいやつ。どうせあの女の弟だろう。

タイソンは丸めた札束を取りだし、百ドル札を一枚抜いて、伝票の下に置いた。

薄ら笑い野郎はじっと見ていた。その目がお金に釘づけになる。

ださいやつ。

タイソンは二枚めの百ドル札を、さらに三枚めを抜いて、その二枚を最初の紙幣の上に重ねた。薄ら笑い野郎を一瞥(いちべつ)して、歩き去る。

お釣りはとっとけ。

負け犬め。

29

ハーヴェイとステムズ

ステムズはきのう電話をかけた。ハーヴェイはけさ早く、法律事務所の始業時間から二十分後にかけた。いずれのときも、デヴォン・コナーは電話に出られないと受付係は言った。

〈クリンガー&クリンガー法律事務所〉は、エンシーノのヴェンチューラ大通りにある小さな三階建てビルの全体を占めていた。パートナー弁護士が六名、アソシエイト弁護士が四名、そしてスタッフ。ビルの地下にある平面駐車場は、通りからもロビーのエレベーターからも直接はいることができる。ロビーと駐車場は防犯カメラに監視されているが、ステムズはきのうロビーをぶらつき、駐車場を確認した。十分前にはハーヴェイが再度確認した。いずれのときも、デヴォン・コナーのアウディはとまっていなかった。息子の茶色のボルボは学校の駐車場になかった。

ハーヴェイとステムズは〈クリンガー&クリンガー〉のビルの前に車をとめていた。ハーヴェイが助手席から見張り、ステムズが電話をかけた。

女の声。若くはないが、年寄りでもない。

「クリンガー・アンド・クリンガーです。どちらにおつなぎしましょうか?」

ステムズは答えた。「えーと、きょう熱帯魚の贈り物をお届けする予定になってます。そちらの住所と営業時間を確認したいんですが」

「熱帯魚?」

「ええ、はい。そうなんです。テトラが三匹、チェリーバルブが一匹、エンゼルフィッシュが二匹」

「それ、生きてる魚ですか?」

ハーヴェイが首を振る。

「ええ、はい。それで確認が必要なんです。お留守だったら困りますからね、でしょう?」

ステムズは親しげに小さく笑った。

「贈り物の宛先は?」

「えーと、依頼されたお届け先は、あー、ミズ・デヴォン・コナーですね。デヴォンは女性の名前ですよね? ミズと呼んでいいのかわからないけど」

「コナーさんならきょうはいません」

「なるほど、そうですか。代わりに受け取ってくれる人はいませんか?」

「その魚は生きてるんですね?」

「小さい鉢のなかで。生きたままお届けする約束です」

「すみません。こちらでは受け取れません」

「わかりました。あしたの何時ごろなら都合がいいでしょう」

「こちらでは受け取れません」

「わかりました。でも贈り物はミズ・デヴォン宛で、生き物なんですよ。じゃあきょうがだめなら、あしたの何時にお届けしたらいいですかね」

「コナーさんはあしたもここにはいません」

「なるほど。わかりました。あしたもだめなら、いつ魚を持ってきたらいいんです？　なにしろ生き物ですからね」

「コナーさんはしばらく来ない予定です。こちらでは責任を負えませんので」

「わかりました、そういうことなら。魚が死なないことを祈りましょう」

ステムズはハーヴェイに向かって片目をつぶってみせ、電話を切った。ハーヴェイがいきなり大声で笑いだす。

「生き物の贈り物だって？　アホか！　魚が死なないことを祈りましょう？　よくもおれのことをアホ呼ばわりできたもんだ！」

ハーヴェイはげらげら笑い転げた。

ステムズは気に入らなかった。

「なにかあるな。母親はしばらく仕事に来ない」

「子供を助けようとしてるんだ。気をつけないと、たぶん息子を国外に逃がすつもりだろう」

「ふたりともここにいる。子供が逮捕されそうになったわけじゃない。逮捕状も出てない。どうして国外に逃げるんだ?」

「ちょっくらあのうちまで行って、どうなってるのかたしかめよう。案外ふたりでテレビでも観てたりして。いい考えだろ?」

「偉そうに言うな」

「まじめに言ってんだよ。ふたりでマンシュウに高飛びしたんじゃなかったら、うちにいるはずだろ? もしいなかったら、ちょっとした仕掛けをすりゃいい」

ステムズはうなずいた。しぶしぶ。

「筋は通ってる」

「当然、筋は通ってるさ。おれはその筋のマスター・アンド・コマンダーだぞ。そしたらおれたちはあの箱をさっさとダウンタウンに渡して、かわい子ちゃんたちの仕事にかかれるってわけだ」

あの箱とはノーラ・ガーウィックの家から持ってきたノートパソコンのこと、かわい子ちゃんたちとはアンバーとその姉のジャスミンのことだった。ジャスミンは新たな発見で、これは成果がありそうだった。

きのうはタイソン・コナーの学校を確認したあとパリセーズまで車を走らせた。アンバーが見つかることを期待していたのだが、代わりに見つかったのは寝室が五つある趣味の悪い家で、そこでアンバーにジャスミンという名の姉がいることが判明したのだった。

パリセーズの実家にはアンバーとジャスミンそれぞれの部屋とバスルームがあったが、汚れた衣類やリネン類はなく、クローゼットと引き出しはほぼ空っぽで、バスタブにうっすらほこりが積もっていたことから、姉妹がどこかよそで暮らしているのはあきらかだった。ハーヴェイとステムズはふたりの現在の住所をさがしたが、なにも見つからなかった。

　コナー家のぼうやの母親とはちがって、ノーラ・ガーウィックは財務関係や請求書類をほとんど保管しておらず、つまり会計士が請求書の支払いをしているということだろう。ノーラが保管しているのはポスター大の自分の写真で、家じゅうにべたべたと貼りまくっていた。ビキニあり、ヨガパンツあり、銀色のぴちぴちドレスがあまりにも短いので裾が尻っぺたまでずりあがりそうになっている写真もあった。偽物のおっぱい、スプレーを噴きかけた小麦色の肌、唇を突きだしたアヒル口、どこから見ても三流のショーガールだ。

　ハーヴェイはなかの一枚をしげしげと眺めて、首を振った。

「これは自尊心の低さを表す写真かなんかか？」

　ふたりはノーラのナイトテーブルからコカインのはいった小瓶二本をちゃっかり手に入れ、三本めはウォークイン・クローゼットから、ほかにもアデロールを二本、ハーヴェイがエクスタシー（MDMA）にちがいないと確信した薬剤を二錠いただいた。キャンドルだのクリスタルだのプリズムだのがやたらと置かれたヨガ・ルームで見つけた医療用のマリファナは当然のこと。

　母親の寝室からはノートパソコン一台を盗んだ。それが家のなかで唯一見つかったコンピューター機器だった。回収を依頼されたノートパソコンではないが、そこから娘に通じる手がかりが得られるかもしれない。

実際の手がかりはアンバーの部屋から得られた。それとジャスミンの。引き出しにあった数枚の写真、いくつかの名前、ゲロ吐き女が通いそうなバーやダンスクラブのブックマッチ。

ステムズはジャスミンの古いスナップ写真を何枚か見つけた。歳はアンバーより三つ四つ上に見える。きれいな娘だ。ポニーテイル。高校時代にサッカーをしている写真。なかの一枚がとりわけ気に入った。

いま法律事務所の前で、そのジャスミンのことを考えていると、ハーヴェイが思考に割りこんできた。

「同感だな」

ステムズはクライスラーのエンジンをかけた。

「なにが同感なんだ?」

「おれにはあんたの心が読めるんだ、ステムズ。スワミみたいに。同感だ」

ステムズは歩道脇から車を出した。

「もう一度訊く。なんの話だ?」

ハーヴェイは後ろにもたれて腕を組んだ。

「ジャスミン。あんたはジャスミンが有力な手がかりだと思ってる」

ステムズはうなずいた。感心して。

「やるな、ハーヴェイ。正解だ」

「じゃあ、この別件を早いとこ片づけて、ジャスミンをさがしにいこう」

ステムズはちらりとハーヴェイを見て、にんまり笑った。

「すばらしい名案だ、ハーヴェイ。すばらしい」

ステムズは北に折れてコナー家に向かいながら、デヴォンが欠勤し、息子が欠席していたことを考えた。母親は息子の逮捕状が発行されたのかどうか知りたいはずだ。ふたりはおそらくどこかに身を隠していて、逮捕状の件がわからないうちは出てこないだろう。

コナー家は無人だろうとステムズは思いこんでいたが、それはまちがいだった。

コナー家は無人ではなかった。

待ち伏せしている者がいた。

30

ジョー・パイク

黒いセダンは十時五十五分に現われた。つやのある4ドアのクライスラーに黒い窓。その車は背後から近づいてきたので、パイクが気づいたのは、車がRV車の横を通過してデヴォンの家のほうへ向かったときだった。ブレーキランプが光った。ナンバープレートはなし。代わりに販売代理店名の書かれた厚紙のカードがついているが、遠すぎて読めない。

車は家の前を通過するとスピードをあげ、次の角を曲がった。そして消えた。

RV車のなかは暖かく、しかもどんどん暖かくなっていた。フロントガラスと窓に厚く積もったほこりが車内に黄土色の光を投げかけている。パイクは顔の汗をぬぐった。いまのがデヴォンの家を荒らした男たちだとしたら、もどってきたからには家の前を通過するだけではすまないだろう。ゆっくりと通り過ぎたのはおそらく下見だろうとパイクは判断した。反対側ののぞき穴へ移動し、ボトルの水を飲んだ。

二分後、黒い車はふたたび現われた。運転席に男、助手席にも男。顔は判然としないが、ジャケットとネクタイだ。車の前部にプレートはなし、後部も同様。フロントガラスの左下の隅に白い長方形が見えた。これが車の登録証となる。警官ならだれでも、こういうナンバープレートもついていない新車に乗りたいと思うだろう。

パイクは急いで反対側ののぞき穴へ移動した。

今度の通過は、速度を落としたのろのろ運転だった。デヴォンのガレージの扉が開いて、半分あがったところでとまり、そして閉まった。パイクはその先見の明に感心した。連中はリモコンをガレージの扉の開閉装置と連動させていたのだ。これでガレージが空っぽであることがわかる。

車は通りの角まで行き、ふたたび曲がった。

パイクはジープにもどろうかと考えたが、空っぽのガレージにはほとんど意味がない。そこで待つことにした。

四分後、黒い車はパイクの意表をついた。最初の二回の通過のときと同じく、後ろから近づいてくるとばかり思っていたら、さっき曲がった角からふたたび登場したのだ。車が停止し、助手席からジャケットにネクタイ、スラックスの男が降り立った。車はそのまま交差点を横切り、降りた男は通りをデヴォンの家のほうへ歩いてきた。

パイクはカメラを構えた。

男は長身で、パイクより大きいが、人目を引くほどでもない。鍛えている。黒っぽい髪はごく短い。こけた頬と広い肩。パイクは望遠レンズで写真を三枚撮り、焦点を確認して、さらに二枚撮り、カメラをしまった。

男はデヴォンの家の私道まで来ると、ビニールの手袋をはめた。ガレージの扉があがる。男があがっていく扉の下をくぐると、扉はまたがらがらと閉まった。パイクはコールに電話をかけた。

「やつらが来た。ひとりは家のなか、ひとりは車」

「車のナンバーは？」

「ない。新車のようだ。４ドア、黒、黒い窓」

「警官だろうか」

「どっちでもいい」

コールは口ごもった。

パイクは言った。「写真を撮ってくれ。向こうの出方を見るとしよう」

パイクは電話をしまった。

「覆面車じゃない」

ガレージの扉が少し開いたのはその三分後だった。男は扉の下をくぐって出てくると、ガレージの横手にまわった。だれにも見られていないのを確認して、ポケットからなにか取りだし、それをガレージの横窓のそばの高い位置に取りつけた。窓のそばになにを設置したのか知らないが、それを調節してから、通りに向かって引き返したとき、例の黒い車が角に現われた。

パイクがバックパックを肩にかけてＲＶ車から降りると、でかい男がセダンに乗りこむのが見えた。車が角を曲がるまで待って、パイクは自分のジープへ走った。ぎりぎりでＵターンしてアクセルを踏みこみ、通りの角まで行くと、黒いセダンが三ブロック先に見えた。パイクは距離を縮めた。それが容易にできたのは相手のおかげだった。

男たちは特に急ぐふうもなかった。制限速度内で走り、黄色信号で停止し、ウィンカーはきっちり出す。パイクは一度だけ至近距離まで近づいた。ナンバープレートの代わりについている販売店のカードを望遠レンズで撮影するためだ。

男たちは南に向かってハリウッド地区にはいり、ハリウッド大通りのショッピングモールにあるタイ料理屋に寄った。パイクは通りの向かいにあるコンビニエンスストアの前に車をとめた。四十分後、ふたりが出てきて、運転席の男が見えた。助手席の男よりは小さいが、それでもでかい。角張ったあご、鋭い目、頑丈な首。ばかでかいほうが笑ったが、運転手のほうはいっしょに笑わなかった。その顔は無表情で、感情を表に出さない男のようだ。パイクはその男の写真も撮ったが、角度があまりよくなかった。運転手が車に乗ろうとして向きを変えたとき、ジャケットの前が開いた。ベルトにつけた金色のものが光った。バッジのようにも見えたが、確信はなかった。

男たちはハリウッド大通りを東に向かってサンセット大通りまで行き、シルヴァー・レイクとエコー・パークを抜けてチャベス峡谷を過ぎた。街を通過するあいだは適当に走っている感じだったが、ダウンタウンの一方通行の迷路にはいると、目的地に近づきつつあることがわかった。パイクは距離を詰めた。過密状態の道路と、タイミング悪く横断歩道を渡って車の通行を遮断する歩行者の群れが、尾行をむずかしくした。

黒いセダンはついに、パーシング広場にほど近い堂々たる高層オフィスビルの前の駐車禁止区域に停車した。パイクは通りの反対側の荷積み用エリアに車を入れ、カメラを構えた。

黒い車がそこにとまって動きがないまま十分近くたったころ、助手席のドアが開き、ばかでかいほうが降りた。ドアを閉めたとき、男がノートパソコンを持っているのがわかった。グレーのビジネススーツの男が、ビルに出入りする人の流れをかき分けて近づいてきた。大男が大きな笑みを浮かべる。ビジネスマンがノートパソコンを受け取って小脇にかかえた。パイクは写真を撮った。

男ふたりが立ち話をしているあいだに、交通課の巡査が黒い車の後ろに来てクラクションを鳴らした。大男とビジネスマンは巡査をちらりと見やり、大男が車に向かって小さく手を振った。黒い車はその場を離れ、大男とビジネスマンは話を続けた。パイクはクライスラーがそのブロックを一周してもどってくると踏んだ。

大男とビジネスマンはそれからさらに数分話して、ビルのなかに消えた。

胸騒ぎがして、なにかがおかしいという気がしてならなかった。はじめから建物のなかにはいるつもりなら、あれほど長く歩道で話しこむ必要はなかった。なかにはいったということは、予定を変更したということだ。

パイクは苦労して車線を横切り、通りの角を曲がってビルの裏手にまわった。最初の玄関とそっくりの第二の玄関を大勢の人間が出入りしている。巨大なビルなので表と裏の両方の通りに面して玄関があるのだ。ばかでかい男はロビーを突っ切ってビルの反対側で待っている友人を見つけた可能性もある。
黒いセダンは消えていた。
男たちも消えていた。
パイクは思った。チャンスがあったときにやつらを始末しておけばよかった。

31

エルヴィス・コール

パリセーズ・ヴィレッジは、丘のふもとのサンセット大通り沿いに控えめな店や気取らないレストランが立ち並ぶ、気持ちのよい地区だった。ビーチがすぐ近くにあって都心から離れているおかげだろう、わたしの好きなのんびりした田舎町の風情がある。ノーラ・ガーウィックの家から曲がりくねった道を下るドライブはのぼりより長く感じられたが、トパーズ色の青い空ときらめく陽光に元気づけられた。

小学校の向かい側に車をとめ、アイスクリーム屋でコーヒーとジェラートを買い、小さな公園に腰をおろした。番号案内のオペレーターは、ロサンゼルス郡のどこの電話帳にもアンバー・リードもしくはジャジー・リードの名前を見つけられなかった。自動車局の友人は登録簿のなかにアンバー・リードの名前を見つけたが、登録されているのはガーウィック家の住所だった。

ジャジー・リードに関する調査の成果はそれよりさらに少なかった。自動車局にはこの名前の記録がいっさいなく、つまりジャジーにカリフォルニア州の運転免許証が発行されたことはないという意味で、それは考えにくい。あるいは別の名義で免許を取ったのかもしれない。

　わたしは訊いた。「この郡にリードは何人いる?」

「二百人余り」

　リード全員に電話をかけるには多すぎる。

　ジェラートを食べ終えて、コーヒーを飲み、ノーラ・ガーウィックから折り返しの電話はかかってこないだろうと判断した。それが世の常、だからこちらからまたかけて、また空振りに終わった。二度めのメッセージを残した。テレパシーというのは特殊な技能だろうか。ネフとヘンスマンはきっと電話ではなくテレパシーを使ったのだ。だから折り返しの電話を待つ必要がなかった。有利なはずだ。

　探偵稼業をやめてジェラート屋を開こうかと考えていたとき、パイクから電話があった。

「現在地を言え」

　やあ、でもなく。どんなようすだ、でもなく。いつでもどこでもパイク。

「パリセーズ。ジェラート屋を開こうかと考えているところだ。どうして?」

「コナーの家に近づくな。なかにはいった男が、帰りしなにガレージの外になにか仕掛けた」

「なにかというのはどういうたぐいの?」

「人感センサー、十中八九、だれかが帰宅したらわかるように。これから装備を整えて確認しにもどる」

　これは朗報だった。タイソンを確保したのなら、自宅に仕掛けをする必要はない。

「ふたり組はどこへ行った？」

「ダウンタウン。オフィスビルの前である男に物を渡した。ビルの住所はわかる。距離があって断定はできないが、ノートパソコンに見えた」

「写真は？」

着信音が鳴り、同時に返事があった。

「いま送った。書き取れるか？」

「頼む」

パイクは金融街にある比較的新しいオフィスビルの住所を口にし、それからふたり組の人相、彼らがデヴォンの家に着いてからの状況を説明してくれた。

「そいつらは警官に見えたか？」

「聞いてた人相と合致する。両方でかい、片方はばかでかい。それ以外はすべて見方による」

これがパイク。

パイクが送ってくれたのは、ふたり組とその車、ふたりが会っていたビジネスマンの写真だった。いちばん鮮明に写っているのはデヴォンの家にはいった男だ。相棒の写真は光があたってかすんでいるし、焦点がぼやけていたが、アレックのルームメイトかクレンザ一家がどちらかをネフかヘンスマンだと証言してくれたら、カセットがこの写真をばらまいて、街じゅうの警官にこのふたりをさがさせることもできる。ビジネスマンの写真はわたしにも取り組むべき仕事を与えてくれた。

四枚めの写真はクライスラー、五枚めは販売代理店のカードをクローズアップで撮った写真だった。〈エゼキアン・モーター・クラフト〉。インターネットでざっと調べてもなにも出てこなかった。〈エゼキアン・モーター・クラフト〉は実在しない。驚くべきところだが、驚きはなかった。この男たちの芸の細かさは感心するほどだ。徹底している。

写真をじっくり眺めていると、メールの受信音がした。短いメッセージだったが、写真が届くよりはるかにときめいた。

ジェイムズ・タイソン・コナーからの返信だった。

タイソン：そのノートパソコンにはなにがはいってた？

わたしはコーヒーをベンチの横に置き、両手で電話を支えた。ずっと消息不明、音信不通だったタイソンは、またあっさり消えてしまうかもしれない。要求や質問や警告は彼を遠ざけてしまう恐れがあるので、あっさりした返信を打った。

エルヴィス：わからない。

何秒かが経過し、その一秒一秒が自制心との闘いだった。タイソンからまた返信はあるのか、ないのか。画面をにらんでいると、ついに着信があった。

タイソン：そのパソコンの機種は？

すぐに返信した、ただし注意は怠らず。とりあえず会話は続いている。

エルヴィス：わからない。連中がさがしているパソコンの機種も、さがしている理由も、わからない。わかっているのは、ノートパソコンをさがしていることだけ。

タイソン：ＯＫ。

また時間が経過し、電話は黙ったままだった。質問は脅しになりかねないが、意見なら返信する気になるかもしれない。音信を断ってほしくなかった。怖がらせて逃げられたくないし、わたしと接触したことを後悔させたくもないが、警告はしなければ。わたしはなんの説明もつけず、男たちの写真を送った。即行で返事がきた。

タイソン：これがその男たち？

エルヴィス：そうだ。

時間が経過するのに任せた。タイソンはわたしが送ったメールを読んで、その内容について考えた。アレックの死や、ルイーズ・オーガストの死、そのほかのことについても、できる範囲で調べたのだろうが、情報にはかぎりがある。いまなにが起こっているのか、自分はどうしたらいいのか、それをたしかめようと、助けを求めて接触してきたのだ。

エルヴィス：きみに言ったことは全部本当だ。アンバーにも読ませてほしい。この男たちを見たら、逃げろ。なるべく人のいる開けた場所に常にいること。身の安全を確保しろ。

タイソン：こいつらの正体は？

エルヴィス：わからない。

タイソン：パソコンの持ち主は？

エルヴィス：わからない。

タイソン：本物の刑事の知り合いはいないの？

生意気なやつだが、生意気なのはいいことだ。わたしたちは関係を築きつつある。こちらが強く押しすぎたら引かれてしまうかもしれないが、タイソンには生きていてほしかった。

エルヴィス：きみがそのパソコンを持っていれば、そこから連中の正体がわかる。

応答がなかった。この子たちは盗んだ品を売っていたから、問題のパソコンはおそらく手元にはないのだろう。

エルヴィス：きみがそのパソコンを売るか手放すかしたのなら、わたしが取りもどせるかもしれない。

返事なし。

エルヴィス：手元にないなら、ないでいい。わかった。それでもきみを助けることはできる。

さらに時間が過ぎた。自分たちが盗んだノートパソコンをどう処理したか、必死に思いだそうとしているのだろう。タイソンはどこにいて、なにをしているのか、ひとりきりなのだろうか。五号線を車で北上しているのか、飛行機に乗るところなのか、テレビを観ているのか。キャンピングカー〈エアストリーム〉のなかに隠れているのか、ラスベガスに向かう道中なのか、もうラスベガスにいるのか。いま彼は怯えているだろうか。怯えるだけの知恵はあるだろうか、そんなことをわたしは考えた。

ふたたび着信があった。

タイソン：ぼくはだいじょうぶだと母さんに伝えて。

エルヴィス：自分で伝えろ。

タイソン：もう行かないと。

エルヴィス：お母さんに連絡しろ。

両手がじっとりと汗ばんでいた。

エルヴィス：きみが直接言わないとだめだ。連絡しろ。

返信はなかった。

エルヴィス：無事なのか？

エルヴィス：無事なのか？

タイソンの次のメールはぶっきらぼうだった。

タイソン：ああ。

どう言ったらいいか必死に考え、慎重に言葉を選んだ。

エルヴィス：わたしが必要なら、いつでも待ってる、タイソン。

両手で電話をつかんで、それから十分ほどベンチにすわっていたが、タイソンはもどってこなかった。コーヒーとジェラートのカップをごみ箱に捨てて、わたしはアイスクリーム屋のトイレを使った。デヴォンは安堵し、感謝するだろうし、息子が生きていることを知る権利は充分にある、それでもわたしは知らせなかった。母親にメールを送ることもできたのに、タイソンが連絡してきたのはわたしだった。これがなにを意味するのか定かではないが、もう一度連絡してきたら、それを足掛かりに話を進めることはできる。

アイスクリーム屋を出て、不動産屋の前を通りかかったとき、そこの看板が目にとまった。その不動産業者は、パリセーズの物件を専門とする地元の会社だった。窓に貼られた家々の写真はそれぞれ小さなラベルによって分類されている。《抵当流れ》《破産》《離婚による強制処分》

とっさに電話を取りだした。ノーラは必要ないかもしれない。ジャジーとアンバーを見つけるのに協力してくれる人間がほかにいるかもしれない。

ノーラ・ガーウィックの住所の不動産情報を急いで調べると、所有者はディック・L・ガーウィックとノーラ・A・ガーウィック。リード姓は郡内に何百人もいるが、ガーウィック姓はわずか三人。ディック・Lは、サンタモニカにパティオ用家具のショールームを持っていた。電話はかけなかった。そこの住所を携帯電話に入力し、海岸沿いをサンタモニカに向かった。

32

〈ガーウィック・パティオ・ライフスタイル〉はブロードウェイの南にある脇道の丸々一ブロックを占めていた。屋外用家具と大型のガーデンパラソルが、通りの角から次の角までの巨大なショールームを埋めつくして美しく配置されている。そのパラソルのあいだに、普通の人が家のなかに作るキッチンよりも凝った屋外用キッチンが設置されているので、見てまわる客は家族や友人たちをもてなす自分の姿をイメージすることができる。キャデラックの代理店のショールームでもここより狭いところはいくらもあった。

わたしはいちばん近くにいた販売員のところへ行った。

「どうも。ディック・ガーウィックはいますか？」

「はい。お名前をおうかがいしてもよろしいですか？」

名刺を一枚差しだした。

「ノーラの件で」

販売員は名刺を一瞥（いちべつ）して、眉を吊りあげ、歩き去った。離婚はおおごとだ。

数分後、販売員が別の男を連れてきてわたしを指さすと、ディック・ガーウィックがこちらへやってきた。

ガーウィックは長身痩せ形の男で、地元の日焼けサロンの常連客と思われた。不自然に黒っぽい髪を後ろに引っつめてまげに結っている。この歳の男がやると滑稽な感じだった。握手は求められなかった。

「ディック・ガーウィックだ。また召喚状の配達か？」

「ノーラに雇われたわけじゃない、離婚とは無関係です。じつはアンバーとジャジーを見つけたくて」

ガーウィックが顔をしかめると、大きなしわが何本もくっきりと刻まれた。

「あの子たちはわたしの子じゃない。そのことは知ってるんだろう？」

「知ってます。ノーラに会おうとしたら、旅行中で。バンフだかアスペンだか。携帯電話にかけたんですが――」

ガーウィックがさえぎった。

「あの性悪女め、旅行三昧か。猿がゲリするみたいに金を使いやがる」

わたしは無難に肩をすくめておいた。

「アンバーとジャジーを見つけるのに力を貸してもらえませんか」

ますます顔をしかめてそっぽを向いた。

「どうかな。ジャスミンなら。奥まで来てくれ」

ガーウィックのあとについて廊下を進み、商品カタログの積まれた棚の列を過ぎて、窓のない散らかったオフィスにはいった。安っぽい内装の予備室といった感じで、莫大な財をなした人物のオフィスにはとても見えないが、これが成功の秘訣なのかもしれない。この男にとってオフィスは作業場なのだ。

ガーウィックは机の向こうにすわって読書用眼鏡をかけ、傷だらけのスチール製ファイルキャビネットへと椅子を滑らせた。引き出しを開閉しながら、なにか特定のものを念頭においているようだが、どこにしまったかわからないらしい。

眼鏡の縁の上からこちらを見た。

「あの子はどういう厄介ごとに巻きこまれているんだ?」

「妹のほうです、アンバー。実家でもめたときは、よくジャジーの部屋に泊まっていたと聞いたので」

ガーウィックはうめき声をあげ、引き出しの開閉を続けた。

「そのとおり。無理もないね、ノーラみたいないかれた女が母親じゃ。われながらどうかしていたとしか思えないよ」

わたしはうなずき、相手に不満をぶちまけさせた。

「わが人生で最悪の三年間、たったの三年、なのにあの性悪女がわたしからどれだけの金をむしり取ろうとしてるか、聞いたら驚くぞ」

次の引き出しを開け、ファイルを指で繰っていき、黙りこんだ。眼鏡をかけ直し、つかのまなにかを読んで、椅子を机にもどし、メモ用紙に書きこんだ。

「いまもいるかどうかはわからない。二年前はここにいた」

メモ用紙を破り取ったものの、すぐには渡してくれなかった。浅黒い顔をしかめていたが、そのしかめ面がやわらいだように見えた。

「ノーラが家をほしがった、だからわたしは家を買った。彼女でなく、わたしが。そして気がついたら毒を含んだ大きな渦にのみこまれていたんだ。女三人が、明けても暮れてもくだらない口論。わたしは子供たちに同情したよ。あの三人との暮らしは地獄だったが、それでも同情はしてた」

そこで間があり、しわが深くなった。

「わたしは仲裁を試みた。そこがまちがいだな、われわれ男の。こうした機能不全に陥ってるくだらない口論を仲裁できると思うなんて。アンバーは手に負えなかった。残念だが、手に負えなかった。ジャスミンは、少しは大人だった。たぶんあの子のほうがタフで、賢かったんだろう。母親の元にいたら自分も毒されるとわかるほどに」

ガーウィックはジャスミンと呼んだ、ジャジーではなく。

「ジャスミンとは親しいのですか？」

メモ用紙をひらひら振った。

「いや。住む場所を見つけるのを手伝った。そしてこう言った。最初の半年分の家賃はわたしが払う。返す必要はないが、それ以降は自分で払うようにと」

メモ用紙を見ながら、わたしはうなずいた。

「気前がいい」

「いわば救命具を投げるようなものだった。だれかが溺れていたら、そうするしかないだろう?」

メモ用紙をわたしのほうに近づけ、受け取らせた。

「そのジャスミンもいまは客室乗務員だ。まだここに住んでいるかどうか、わたしは知らない。自家用ジェットに乗って世界じゅうを飛びまわってる」

メモ用紙に書かれていたのはウッドランド・ヒルズの住所だった。

「恩に着ます、ガーウィックさん。ジャスミンの電話番号もわかりますか?」

ガーウィックは椅子に背中を預けて肩をすくめた。

「あの子たちとはもうなんのかかわりもない。わたしの子供でもないし」

机の向こうで虚空を見つめているガーウィックを残して、わたしは部屋を出た。

急いで車にもどり、ヴァレーに向けて疾走した。セプルヴェーダ峠はかすんでいた。ヴェンチューラ大通りまで行ってエンシーノとターザナを猛スピードで通過し、地図に従って、フリーウェイの三ブロック北にあるこぢんまりとしたモダンなアパートメントに行った。消火栓のそばに車をとめて降りると、三台前に駐車してあるタイソンのボルボが見えた。確認するために近づいた。ナンバーは一致する。車内はごみ溜め。タイソンだ。

建物を眺め、通りを渡って、間近でよく観察した。

錬鉄製のゲートの横に屋根つきの玄関があり、その下の壁に郵便受けとオートロックの操作盤がはめこまれている。郵便受けは六部屋分の六個。五号室がリードだった。操作盤のボタンには番号がふられている。五号室のボタンを押した。応答がないので、もう一度。若い女性の声が応じた。アンバーだろうか。

「はい？」

「〈ＵＰＳ〉です。ジャスミン・リードさんにお荷物です」

「そこに置いといて、ありがとう」

ジャスミン宛ての荷物なのだから、本人なら出てくるはず。声はアンバーだ。

「歩道に？」

「そう。そこでいい」

「サインがいるんです。かなり大きい箱で。〈ニーマン・マーカス〉から」

アンバーはためらった。

「わかった。ちょっと待って」

わたしは小走りに通りを渡り、車のなかに隠れた。

タイソン・コナーがゲートを開けた。宅配便のドライバーがいるものと思って、歩道まで出てきた。それからドライバーが荷物を置いていったかもしれないと思ったのか、ゲートの周辺をきょろきょろ見まわし、最後に通りの両方向を確認して配達トラックをさがした。

緊張したようすはなく、落ち着いていて、けがもないようだ。そのふるまいを見るかぎり、アンバーもタイソンも、ジャスミンのアパートメントで殺し屋たちに銃口を向けられていたわけではなさそうだった。タイソンは存在しない〈ＵＰＳ〉のトラックを待って、歩道脇に二分近く立っていた。やがて待ちくたびれてなかにはいり、ゲートを閉めた。

車のなかで、わたしはその瞬間を楽しんでいた。

やあ、タイソン。やっと見つけたぞ。

デヴォン・コナーに電話をかけ、彼女の息子が行方をくらました夜からずっと言いたかった言葉を口にした。

「彼は無事だ。タイソンは無事だよ。やっと見つけた」

33

デヴォンはまずすすり泣き、心臓がふたたび動きだしたことで息をあえがせ、そしてひと息ついた。

「あの子を電話に出して。話したいの」

「まだ本人には接触していない。まずは無事でいることを知らせたかった」

「いまのうちにせいぜい楽しんでおくといいわ。うちへ連れて帰ったら、ただじゃおかないから」

わたしは黒いセダンが来るのではないかと通りを警戒した。ジャスミンに関してはふたり組の男を負かしたかもしれないが、大差をつけたわけではないだろう。やつらはいまにも現われるかもしれず、ひょっとしたらもう到着しているかもしれない。わたしを見張っている可能性もある。わたしはタフに見えるようがんばった。

「タイソンをうちへ連れて帰るわけにはいかない、デヴォン。きみの家を荒らした男たちがまたやってきた。やつらはまだタイソンをさがしている」

沈黙が何拍分か続いた。デヴォンは、こちらがタイソンを見つければそれで終わりと考えていたのだ。また元の生活にもどれると思いこんでいたのだろう。わたしは車から降りて、ドアにもたれた。通りを見張ったほうがいい。タイソンは三十メートルほど離れた建物のなかにいる。いまなにを考えているのだろうか。

「わかった。あの子はいまどこ？」デヴォンが言った。

「ウッドランド・ヒルズ。ふたりでアンバーの姉のところにいる」

「あの女の子といっしょなの？」

「アンバーにはまだ会っていない、でも姉といっしょに住んでいるから、ここにいるはずだ。その姉のほうは、どうかな。仕事であちこちに行っている」

「わかった。すぐに向かう。あなたはいまどこ？」

「まだだ。これからふたりを移動させる」

「移動させるって、どこへ？　どうして移動させるの？」

「例の男たち。やつらがやってくる」

「脅かさないで」

「タイソンを隠れ家に連れていく。ジャスミンともアンバーともきみとも無関係な場所、やつらに見つからない場所に」

「息子に会いたい」

「隠れ家で会える。ジョーから連絡がいく。彼が場所を教えてくれる。書類の印刷は終わった？」

「ええ。あなたに言われた調査も。すごい量」

「それを持ってくること」

わたしはデヴォンにダウンタウンの住所を教え、ほしい情報を伝えた。

「オフィスビルだ。そこの開発業者と賃貸の仲介業者を調べてほしい。テナントのリストも確認して。見つかった情報は印刷する」

「了解。すぐやる」

「荷物をまとめて、いつでも出られるようにしておくんだ。隠れ家にはなにもないだろうから、タオルとかシーツとか洗濯用品とか、必要なものも袋に入れて。シンクの下と洗濯機の隣にごみ袋があるから」

「ええ。持っていくものはわかってる」

強いて自分を落ち着かせ、なにも見落としがないようにした。

「あとひとつ」

「なに？」

「タイソンに警告しないこと。電話もメールもしない。見つかったことを本人には知られたくない」

「じゃ、あとで会いましょう」

次はパイクに電話をかけ、タイソンとアンバーのことを伝えた。

「もうデヴォンの家に着いたのか？」

「もうじき」

「代わりにこっちへ来てくれ。あの子たちを移動させる必要がある」

不動産業界にいるパイクの友人の協力で何度か隠れ家を用意してもらったことがあった。

「急な話だけど、彼女は協力してくれるだろうか」

「急に必要になるのが隠れ家だ。電話しよう」

「デヴォンに隠れ家の住所を知らせてくれ。わたしはここに張りついて、ふたり組の友人たちが来ないか見張る」

ジャスミンの住所をパイクに伝え、急いで通りを渡った。

ゲートか駐車場からアパートメントにはいる者を見落とすことはないが、建物の壁の向こうはよく見えないし、裏口から侵入が可能かどうかもわからない。錬鉄製のゲートの前まで行ってみたが、視界はかぎられていた。建物に沿って作られた美しい花壇には、シュロチクやユッカ、あざやかなオレンジ色のジンジャー・リリーなどがすらりと背を伸ばしていて、一階の部屋と敷地の裏手の目隠しになっている。このブロックを一周してくれば疑問は解けるだろうが、この場を離れることは論外だ。ネフとヘンスマンが現われたら、ひとことあいさつしたかった。

車にもどりかけたとき、タイソンからまたメールがきた。

タイソン：ぼくが持ってるかもしれない。

そのメッセージに衝撃を受け、通りの真ん中で足がとまった。問題のノートパソコンをタイソンが持っているとはとても思えなかった。

エルヴィス：かもしれない？

タイソン：何台か残しておいた。どれがそいつらのか、どうやったらわかる？

わたしはアパートメントを見つめ、タイソンがパソコンの山を前にしてすわっている姿を思い浮かべた。デヴォンの調査を待つまでもないかもしれない。自分でドアを蹴破るべきかもしれない。

エルヴィス：いま手元にあるのか？

タイソン：ない。

車が一台近づいてきたが、黒いセダンではなかった。わたしは通りの端に寄り、その車を見送った。女性が運転していた。ふたり組の男ではなく。

エルヴィス：どこにある？

タイソン：ははは。もう行かないと。

質問したのは失敗だった。

エルヴィス：訊きたかったのは、特定するために手元にあるパソコンを持ってこられるかってことだ。

待ったが、タイソンは返信してこない。

エルヴィス：ふたりで相手の正体を早く突きとめれば、それだけ早く連中を阻止できる。

わたしが、ではなく、ふたりで。協力してくれ、ぼうず。

返事なし。

わたしは車にもどった。タイソンは考えている、考えているということは、前進だ。なんとかしてこの窮地を脱する方法を探ろうとしており、協力する気になっているようだ。残しておいたノートパソコンは全部で何台あるのか、そしてそのなかにふたり組が取り返そうとしているものはあるのか。現金やロレックスを隠したように、パソコンもどこかに隠したのだろうが、自分の部屋ではない。それならデヴォンが見つけていたはずだ。

車のなかにもどり、黒いセダンが来ないか見張っていると、ジャスミンの駐車場のゲートが開き、明るい水色のミニ・クーパーが傾斜路から鼻先をのぞかせた。オープンカーの幌がおろされ、運転席の女の子と助手席がよく見えた。タイソン。ふたりがパソコンを取りにいくことを期待して、わたしもエンジンをかけた。

ミニが右折し、距離が空いた。ふたりが尾行されていないかたしかめるために待ったが、黒いセダンは現われなかった。その通りの突きあたりでミニのウィンカーが点滅したので、わたしも角を曲がってあとに続いた。

ミニは南に折れてフリーウェイに向かった。わたしもいっしょに南に折れ、ふたりを先に行かせた。てっきりフリーウェイに乗るかと思ったら、そのまま南に向かい、ヴェンチューラ大通りへと曲がった。二ブロック先でまたウィンカーが点滅し、車は〈スターバックス〉の前にとまった。盗んだノートパソコンを取りにいくための外出ではなさそうだ。

駐車禁止区域に車をとめて、急いでパイクに最新情報を知らせるメールを送り、歩道をのんびり歩いていった。ミニのナンバープレートの写真を撮ってから〈スターバックス〉の店内をのぞいた。

テーブルは満席に近く、受け取りカウンターで待っている客が何人かいる。注文の列はくねくねと曲がって、ペストリーのショーケースから、コーヒー豆のパッケージやステンレスのカップ、デザイナー・マグなどが積まれた商品棚まで続いていた。アンバーは店の片隅で張りぐるみの椅子にすわった老婦人を相手に立ったまま話をしている。老婦人は毛がぼさぼさの白い犬を膝に抱いていた。タイソンは店の反対側で注文の列に並びながら、携帯電話に没頭している。なにをしていたにしろ、その作業が終わると電話をしまい、両手をポケットに入れた。ばかなことをしていたのでなければいいが。

わたしの電話にメールの着信音が鳴り、タイソンの名前が表示された。

店内から姿を見られないよう、わたしは来た道を引き返した。

タイソン：パソコンを取りにいける。どれがそいつらのか、どうやったらわかる？

わたしは返信を送り、のんびりと〈スターバックス〉へもどった。タイソンはさっきと同じ姿勢で両手をポケットに入れていた。

エルヴィス：パソコンの中身を確認しろ。やつらの正体を教えてくれる情報があるはずだ。それをさがせ。

タイソンはアンバーのほうをちらっと見てからポケットの電話を取りだし、さりげなくメッセージを読んだ。もう一度アンバーのほうを見て、すばやく返信を打ち、また電話をしまった。

タイソン：言うのは簡単だ。なにをさがすのかわからないと、中身を全部見なくちゃいけない。なにをさがせばいい？

列が前に進んで、次はタイソンが注文する番だった。急いで返信した。

エルヴィス：怪しげなもの。

タイソンはアンバーをちらっと見て、また電話を取りだした。わたしの返信に顔をしかめたとき、アンバーが老婦人と犬のそばを離れた。アンバーが向きを変えたので、タイソンがあわてて電話をポケットにもどす。歩道から見ていても、電話を隠すときのあわてぶりからはっきりとわかった。タイソンはこの対話を秘密にしている。

ふむふむ。

わたしが店にはいっていったとき、アンバーが列の先頭でタイソンに合流した。タイソンの腕をつかんで、これみよがしに犬を指さしてみせた。

「あのわんちゃん、かわいくない？　あの子ね、すーーっごくかわいいんだよ。あたしもあんな犬が飼いたいなあ」

アンバーの声は大きく、その身振りは大仰で、舞台女優が観客に向かって演じるような感じだった。

「かわいい犬だね」とタイソン。

これまでにタイソンを直接見たのは一度だけで、それも一ブロック離れた場所からだった。端整な顔立ちの少年だが、おどおどしているみたいに身をすくめている。アンバーのほうは正反対だ。ほっそりとして、きれいで、屈託のない笑顔は自信にあふれたエネルギーに満ちている。クリーム色のゆったりしたオフショルダーのトップからなめらかな肌がのぞき、すらりとした長い脚を見せる白い短めのショートパンツは、ルーズだがだらしなくはない。グッチのサングラスがよく似合っている。

アンバーはスキニー・キャラメル・マキアートのグランデサイズをミルク多めで注文した。タイソンはバニラ・フラペチーノのベンティサイズをバニラ多めで。アンバーが、注文するタイソンの肩に腕をまわして、バリスタににこやかな笑みを向けた。

「バニラをうんと多めにしてあげて、お・ね・が・い。甘くないと、だって彼とってもスイートなんだもの」

バリスタとタイソンがにっこり笑う。列に並んでいる客も近くのテーブルの客もつられてにっこり。

タイソンが現金で払い、飲み物の受け取りカウンターに向かう。アンバーは犬連れの老婦人のところにもどり、犬に向かってきゃーとかいやーんとか言っている。

タイソンは受け取りカウンターの奥まで行き、不安げな目でちらちらとアンバーを見ながら、ほかの客の陰に隠れた。アンバーがついてこないのを確認して、電話を取りだす。

わたしはすかさずタイソンの隣に行った。間近で見るといっそう幼く見え、険がなく優しげで、一心に電話を見ている顔は、十二歳の子供のようだった。こうして〈スターバックス〉のなかでようやく会えた。十二歳に見える少年と、顔に黄色いしみをつけた犬にきゃーとかいやーんとか言っている女の子、重罪にあたる窃盗(せっとう)事件を十八件も起こしたふたりと。

「きみの友だちは仔犬をほしがってる」

タイソンはびくんとして、電話をポケットに突っこんだ。

気さくに、愛想よく、わたしは笑いかけ、アンバーに目を向けた。

「かわいい子だね。きみの彼女？」

タイソンはじりじりと数センチ離れ、視線を合わせてから目をそらした。気まずそうに、もしかしたら怯えて。

「どうも」

「犬をプレゼントするといい」

「そうだね」

「彼女、どこかで見たような気がする。女優かな。テレビに出てた？」

タイソンはわたしを見ようとせず、バリスタが飲み物を作るのを見守っている。バリスタをじっと見ていれば隠れられる、そうすれば見知らぬ男も離れていくと思っているみたいに。

「いや」

タイソンの背後からアンバーが飛びはねるようにやってきて、波のようにまとわりついた。

「飲み物はまだ？　なんでこんなに時間がかかんの？」

カウンターに身を乗りだし、機関銃のようにまくしたてた。

「スキニーキャラメルマキアートグランデサイズミルク多めとバニラフラペチーノベンティサイズバニラ多め。まさかほかのお客さんに渡しちゃったんじゃないよね？　あたしたちいますぐカフェインがいるんだから！」

アンバーの性格がその場とタイソンを圧倒し、ふたりの力学を決定づけた。アンバーに触れられたことでタイソンの背筋が伸び、おどおどしたようすがいくぶん消えて、大きくなったように見えた。アンバーの怖いもの知らずの強烈な自信がパチパチはじける静電気となって、火花を散らしながらタイソンのなかに流れこんだみたいに。タイソンの幻想と欲求にアンバーが餌を与え、彼のもっとも弱い部分を強くなったように感じさせたのだ。アンバーの望みがなんであれ、タイソンはそれを実行しただろう。アンバーの注目が彼に力を与えた。アンバーに認められることがなによりも大事なのだ。

タイソンが言った。「いま彼女が作ってるよ。ぼくがカップを見張ってるから」

「ああ、ありがと、よかったあああ！」

芝居がかっていて大げさ。アンバーの手首の内側の傷が目についた。はっきりと目立つピンクの光沢のある線。その傷を見たことで、レイ・ブラッケンとディック・ガーウィックから聞いた痛ましい話を思いだした。わたしはその場を離れて車にもどった。

数分後、タイソンとアンバーがそれぞれの飲み物を手に店から出てきて、明るい水色のミニは走り去った。

タイソンは盗んだパソコンを取りにいくのだと自分に言いきかせたが、八百メートルほど走ったところで、ふたりは〈イン・アンド・アウト・バーガー〉のドライブスルーの列に並んだ。タイソン。絶え間なく食べている。パソコンを取りにいく前に栄養が必要なのかもしれない。

数分後、ふたりが出口から出てきたので尾行を続けると、結局ジャスミンのアパートメントにもどった。

黒いセダンも刑事風の男たちも現われなかったが、パイクの赤いジープ、チェロキーが通りの向かい側でアイドリングしていた。ミニがジャスミンのアパートメントの地階に消えると、わたしは車を前に進めて、消火栓の横にとめた。

パイクがジープから降りてきて、わたしたちは路上で落ち合った。

「ここを離れていた時間は？」

「四十五分、長くて」

「おれは十分前に来た」

三十五分。ふたりで建物と通りの両方向を観察した。その三十五分のあいだに男たちがここへ来て網を張っている可能性はある。どちらかが車から降りて部屋のなかで待ち伏せしているか、あるいは近くに車をとめてふたりで待ち構えているかもしれない。

わたしは言った。「決行しよう」

34

動きながらプランを練った。

わたしは言った。「全部で六部屋。二階に三、一階に三。ふたりがいるのは二階の真ん中の部屋だ」

「ゲートは？」

「なかから開く。わたしは駐車場を見てくる」

パイクが小走りで入口ゲートへ向かうと、わたしは身をかがめて傾斜路を降り、駐車場を確認しにいった。とまっているのはアンバーのミニ・クーパーとシルバーのＢＭＷのＳＵＶ車だけ。ほかの居住者は仕事に行っているのだろう。

パイクが壁を乗り越えてゲートを開けてくれていた。なかにはいる前に郵便受けを再度確認した。ジャスミンの部屋は五号室だ。真下の部屋は二号室。二号室に書かれた名前はスタイナー。

わたしはゲートを抜けてプランターの列を通過した。建物のなかは静かで、遺体安置所なみに森閑(しんかん)としていた。通路はきれいで、ちりひとつなく掃除が行き届いている。一階の各部屋にはさらに個別のゲートがあり、プランターから元気に生い茂るあふれんばかりの緑が目隠しになるよう設計されていた。プライバシーが最大の売りだったのだろう。吹き抜けの階段が二階の各部屋へと通じている。

ふたりでジャスミンの部屋の踊り場までのぼり、耳をすます。なにも聞こえない。パイクがパイソンを抜いて脇に立った。わたしはのぞき穴に唾をつけて、呼び鈴を押した。応答は期待していなかったが、ドアの向こうからアンバーの声がした。

「だあれ?」

「やあやあ、どうも、スタイナーです、下の部屋、二号室の。うちの天井から水がぽたぽた落ちてるんだけどな。トイレが詰まった?」

ミスター・友好的、これ以上ないくらい愛想よく。

アンバーは返事をしなかった。なかで相談しているのか、それともネフとヘンスマンがふたりの頭に銃を突きつけているのか。

わたしはノックをした。

「もしもし? 聞こえた? 下の部屋で溺(おぼ)れかけてるんだけど」

「わかった。ちょっと待って」

鍵がまわり、アンバーがドアを開けた。わたしはそのままドアをアンバーに押しつけて腕をつかみ、自分のほうへ引き寄せながらなかにはいった。パイクがすばやくあとに続き、左手の広い居間に突入して銃を上下させる。パイクが安全を確認すると、わたしはドアを閉めて鍵をかけた。

驚きがフラッシュのようにアンバーの顔を火照らせた。

「ちょっと！　勝手にはいんないでよ！」

タイソンはハンバーガーを手にしたままキッチンの入口に突っ立っている。テーザー銃で撃たれたみたいに、がくんと揺れて、叫んだ。

「やつらだ！　例のふたり組！　逃げろ！」

踵を返したタイソンは顔からパイクに突っこんだ。パイクがタイソンをわたしのほうへ押しやり、キッチンを抜けて裏へと消えた。

わたしはアンバーをドアから引き離した。

「人ちがいだ。こっちは別のふたり組」

アンバーは身を引きはがそうとしたが、無理だった。

「放せ！　放せったら！　こんなことして――」

わたしはアンバーを無視して、タイソンに集中した。

「きみとアンバー以外にだれかここにいるか？」

タイソンは無言で立ちつくし、目を異様に大きく見開いて、恐怖のあまり声も出せずにいた。

アンバーのほうは激しく抵抗した。

「出てって！　こんなふうに人んちに勝手にあがりこんだりできないんだからね。あんたにはここにいる権利なんかない」

よく言うよ。

「あいにくわたしはこんなふうにあがりこんで、現にここにいる」

もう一度タイソンに集中した。

「エルヴィスだ。きみのお母さんに雇われた」

タイソンの身体がしぼんで、いっそう幼く見えた。顔がまだらになり、いまにも吐きそうな感じだった。

アンバーがわたしの指をこじ開けた。

「だれに雇われてようと関係ない。出てって！」

わたしはアンバーの腕をぎゅっとつかんだ。注意を引ける程度に。

「ジャスミンの部屋にきみやタイソンといっしょにいるわたしが見えるか？　わたしが実在しているのがわかるか？　わたしはきみの想像の産物じゃない」

アンバーはさらに強く身を引いた。

「なにわけわかんないこと言ってんの。いったいなんの話よ」

「わたしはきみたちを見つけた。わたしにできたんだから、アレックを殺した男たちもきみたちを見つける、そしてきみたちを殺す、だからここにいるのはまずい。みんなでここを出るんだ」

アンバーは身をよじってもがき、ドアに向かって駆けだそうとした。わたしはぐいと引きもどした。

「もう！　痛いじゃない！」

タイソンは根が生えたように立ちつくし、目をまん丸にして怯えている。

「やめろ、こら」わたしは言った。

アンバーが悲鳴をあげた。わたしはその口をふさいでしっかり身体をつかんだ。アンバーが足を蹴りだして暴れた。

「もうがまんできない」

タイソンが言った。「アンバー、やめて。頼むよ。もう見つかっちゃったんだ」

アンバーは徐々におとなしくなり、ようやく力を抜いた。わたしは口から手を離した。

タイソンに向かって訊いた。

「アレックがどうなったか彼女は知らないのか？」

「信じないんだ」

「なんのことだかわかんない。あたしたちなにもしてないのに」

「法廷で信じてもらえることを祈ろう。それまでは、とにかく死なないように」

パイクがもどってきて、玄関ドアのほうへ引き返した。

「だいじょうぶだ」

パイクが少しだけドアを開けてのぞき穴をきれいにし、鍵をかけ直した。

わたしはタイソンに目を向けた。

「パソコンはここにあるのか？」

「いえ、ありません」

やけにしおらしい。怯えている。

「荷物をまとめるんだ。たくさんはいらない、二、三日分でいい。これからきみたちを安全な場所に連れていく」

アンバーはむくれた。

「あたしの意思に反して連れていくのは無理だよ。それは誘拐。あんたはあたしを誘拐することになる」

「いいや、アンバー、無理じゃない、でもそこまでする必要もない。きみは自分の自由意思で行くんだ。きみはどうしても行きたい。どうか連れていってくださいとわたしにお願いして、協力することになる」

「いいえ、あたしはそんなことしないし、ここを離れるつもりもない！」

「なぜなら、それがいやなら本当にきみを誘拐するつもりだから。粘着テープでぐるぐる巻きのミイラにして警察に突きだす。警察はきみの指紋を採って、きみが盗みを働いた家に残っていた指紋と照合するだろう、そうなったらきみには留置場でお泊まりというお楽しみが待っている」

アンバーの視線が、パイクからタイソンへ、またわたしへともどってきた。

「タイソンだって面倒なことになるよ」

「いずれにしろ、ふたりとも面倒なことになっている。でもタイソンの身は安全で、きみは留置場に行くことになる。きみがタイソンのことを警察に密告するかどうかは、きみの自由だ」

アンバーはタイソンをちらっと見て、ますます不機嫌になった。

わたしは言った。「隠れ家に行けばやつらに見つかることはないだろう。きみたちは安全だ。みんなで連中の正体を突きとめて、やめさせよう」

タイソンに顔を向けた。

「きみのお母さんもそこにいる」

アンバーを見た。

「きみのお母さんは旅行中だ。電話しておいた。お母さんが帰ってきたら、ふたりでどうするか決めるといい。行くなり、とどまるなり、好きにしてくれ」

アンバーは顔をしかめ、不意に歳より幼く見えた。

「あの人、帰ってくるって?」

「メッセージを残しておいた。まだ直接話してはいない」

ますます顔をしかめたが、今度は思案しているようだった。

「このままだとぼくたち殺されるよ、アンバー。頼むよ」とタイソン。

アンバーはパイクをちらりと見て、それから虚空(こくう)を見つめた。最後にやっとわたしに視線をもどした。

「あんたたち、本物の私立探偵?」

「すごいだろう?」

またパイクをちらり。

「あの人、探偵っぽくない」

パイクの頭が動いた。いまの言葉が聞こえたことがかろうじてわかる程度に。サングラスが真っ黒なので、どこへも通じていない両開きのドアのように見える。パイクはアンバーを凝視し、だがなにも言わなかった。のぞき穴に顔をもどした。

アンバーがにかっと笑った。

「これってなんかかっこいいよね、あたしたち映画に出てるみたい」

話に乗ってしまえば、アンバーは協力的で、タイソンは従順だった。タイソンはバックパックと洗面道具を持ち、アンバーは着替えを少しと洗面道具をトートバッグに入れた。わたしはふたりの荷造りを見守り、それぞれのバッグを確認した。作業に取りかかるとアンバーはてきぱきと動き、泣きごとも不平も言わなかった。タイソンは無言で、目を合わせるのを避けていた。わたしは出がけにアンバーのバスルームからタオルを二枚つかみ、一枚をパイクに渡した。パイクはそれを拳銃の上からかけた。

準備が整うと、わたしはふたりの携帯電話と車のキーを没収した。

みんなで動きだしてからはじめて、アンバーが不満を見せた。

「なんであたしのキーまで取りあげるわけ？　それ必要なんだけど」

「きみたちの車は置いていく。タイソンはわたしの車に。きみはジョーの車に乗る」

アンバーはパイクをまじまじと見た。矢のタトゥー、筋肉、無情な黒いサングラス。にやにや笑いが満面の笑みになる。

「ちょ、ねえ、これめっちゃすごいんだけど。こってこて」

わたしはパイクににやにや笑いかけた。

「めっちゃすごいんだけど」

にやにや笑いは返ってこなかった。

わたしはダン・ウェッソンを抜き、タオルで包んだ。

「ジョーが先に行く。きみたちはわたしのそばにいろ」

アンバーがタイソンの腕につかまって、その陰に身を隠した。目が爛々と輝いている。

「これってすごくない？　ねえ、これまじ？　やつらが表にいるかも。あたしたち撃たれるかも！」

タイソンにはアンバーのわくわく感が伝わらず、たぶんこの状況をすごいとも楽しいとも思っていないのだろう。

わたしはタイソンの肩に触れた。

「だいじょうぶだ」

返事はなかった。

パイクがドアを少しだけ開け、階段の踊り場を確認して、足を踏みだした。わたしはタイソンとアンバーを後ろに従え、その場で待機した。

パイクが手すりの向こうをのぞき、階段のてっぺんまで移動した。一瞬振り返って、うなずき、階段を降りていく。わたしはタイソンとアンバーを連れて廊下に出ると、ドアを施錠した。

パイクが階下の通路まで降りて、合図を送ってきたので、わたしたちも急いであとに続いた。

ゲートにたどりついたパイクが通りを確認し、手招きした。三人でパイクのところまで走って合流し、すみやかに二手に分かれて、パイクはアンバーを自分のジープに引っぱっていき、わたしはタイソンを押していった。見通しのよい路上で無防備に身をさらしている気がして、皿にとまった蠅（はえ）のような気分だった。黒いセダンがやってくるのはわかっている。いまにも姿を現わし、こちらに向かって爆走してくるのではないか。タイソンを押す手に力がこもった。

「黄色のコルヴェットだ。急げ、タイソン。走れ」

タイソンは走った。わたしは通りに目を配りながら後ろから走った。

助手席にタイソンを押しこんでから運転席に乗り、エンジンをかけた。パイクはすでに走りだしている。

バックミラーで黒いセダンを警戒しながら車を発進させ、脇道を一本ずつ確認しつつフリーウェイに向かった。黒い大型車を目でさがしながら傾斜路をのぼり、フリーウェイの流れにのみこまれたあとも警戒を怠らず、やがて車は群れに合流した一頭のバッファローとなり、その他大勢のなかに紛れこんで、ようやく安全だと思えた。

35

肩の力が抜けるのがわかった。ここ数日ではじめて、ゆったりとした気分になってきた。タイソンを確保した。もう安全だ。金切り声のような風の音も、車のきしみも、徐々におさまってきた。

「だいじょうぶか？」

返事はない。

もう一度ちらりと見た。タイソンはバックパックをぎゅっと胸にかかえている。前方のフリーウェイを見ているが、その目はうつろで、眼前の道路は見えていないようだ。前より小さくなって、そして怯えているように見えた。

「お母さんはこれから行く隠れ家にいる」

タイソンはしがみつくようにしてバックパックを胸に引き寄せた。

「もうすぐ着く」

わたしは目の端でタイソンを観察した。視線は感じているのだろうが、なんのそぶりも見せなかった。

「お母さんはずっと心配していた」

タイソンはわずかに身じろぎし、窓の外に目を向けた。

「パソコンをどこに隠した？」

返事はない。

「聞こえなかった」

「ガレージ」

聞き逃しそうなほど小さい声だった。まだこちらを見ようとはしない。

「何台ある？」

「六」

「聞こえないな」

「六」

声は大きくなったが、まだわたしを見ようとはしない。

「全部ガレージにあるのか？」

「一台はぼくの部屋。あとはガレージ」

「ほかにパソコンの隠し場所を知っている人は？」

「いません」

「アレックは知っていた？」

「知りません」

幸いだった。アレックがやつらに教えることはできなかった。

「きみがパソコンを持っていることを知っている人は？」

「アレックは知ってた。アンバーも」

「そうか。よし。お母さんはきみに会いたがっている、だからこれから会わせる。そのあとでパソコンを取りにいく」

タイソンはうなずいたが、なにも言わなかった。ただバックパックにしがみつき、窓の外を見ていた。

そのようすをちらりと見て、なにを思っているのだろうと考えた。もう取り返しのつかないあれやこれやのことに思いをはせているのかもしれない、そんな気がした。

彼らのしたこと、彼らの暮らしには、なにひとつ現実感が伴っていなかったが、いまや状況は変わりつつある。タイソンはつかまり、恐れていた男に母親の元へ連れもどされようとしている。ようやくわかってきたのだろう。ものごとにはかならず結果が伴うのだと。

またこっそりようすをうかがうと、タイソンはいっそう小さく見えた。『オズの魔法使い』で〈西の悪い魔女〉がどんどん縮んでいってやがて消えてしまう最後の場面を思いだす。

「きみはたいへんなことをしでかした」

タイソンはうなずいた。

「自分のしたことの責任を取らなきゃならない。わかるか？」

またうなずいたが、それは見落としそうなほどかすかな動きで、両肩が小さく震えた。泣いているのだが、あまりに静かに泣くので、声が聞こえなかったのだ。

「タイソン」

タイソンはうなだれ、身震いが大きくなってぶるぶる震えだした。

「気分がよくなるまでにはもっと落ちこむだろうが、きみはかならずこれを乗り越える」

泣き方が激しくなった。

「とにかくこの状況を正す、それがきみのいまやるべきことだ」

いっそう激しく泣きじゃくった。

少したって、わたしはタイソンの肩をぎゅっとつかんだが、一度だけにした。この涙は彼のものだ。ずっと貯めこんでいたのだろう。

母親に会うまでの残りの行程を、わたしたちは無言で走った。

36

隠れ家の前に車をとめると、ちょうどパイクとアンバーがジープから降りてきた。デヴォンはすでに到着している。

隠れ家はスタジオシティの川の北にある寝室が二部屋の貸し家だった。家主は国外に住んでいる。長期間借りていた賃借人が最近引っ越したので、家主が家賃をあげられるよう補修と改築が進んでいるところだった。デヴォンがわたしたちを出迎えようと走ってきた。近づいてくる母親を見たタイソンは、どこかに隠れたがっているようなそぶりを見せた。

わたしは言った。「アンバーを降ろしたらすぐに出かける。ゆっくりはしていられない」

「母さんがいる」

「お母さんは激怒している。当然だ、気合を入れて行け。車から降りて」

デヴォンはランニングバックをブロックするラインバッカーよろしくタイソンを両腕でがっちりとつかみ、息子が墓からよみがえったかのように泣きだした。

パイクが家の鍵を開けたが、アンバーは後ろでぐずぐずしていた。デヴォンが襲いかかるようにしてタイソンを抱擁するのを見て、うんざりしているようだった。貸し家のほうを突然振り向き、声高に言った。

「窓に鉄格子がはまってるか、高い塀があるとばっかり思ってたのに。ただのちっちゃい家か。安全そうには見えないね」

タイソンは身をよじって身体を離そうとした。

「母さん、やめてよ。勘弁して」

デヴォンは息子の両肩をつかんで、一度揺すった。

「勘弁なんかしない。できるわけないでしょ。よくもこんな真似ができたわね。なにを考えてたの」

「ぼくはばかなんだ」

「あなたはばかじゃない。自分をばかなんて言っちゃだめ」

わたしは割ってはいった。さりげなく。

「デヴォン、家を確認したらどうだろう。車の荷物はタイソンとわたしで降ろすから」

デヴォンはなにか言いかけたが、自分が大騒ぎしていることに気づいて口をつぐんだ。キーをわたしに差しだし、私道をすたすた歩いていった。わたしはタイソンをアウディのほうへ誘導した。

「念のために言わせてもらうと、わたしはいまきみを大いなる窮地から救った。礼にはおよばないよ」

タイソンははじめてわたしの目を見たが、ほんの一瞬だった。

「ありがとう」

母親が歩き去るのを見送った。

「母さんはきっとアンバーのこと気に入らないよ」

「ああ。断言してもいい」

わたしはタイソンに母親のかばんを持たせ、そこにタオルやシーツやトイレットペーパーが詰めこまれた特大のビニールのごみ袋も追加した。嵩が大きく運びにくい荷物だが、さほど重くはない。わたしは石鹼や炭酸飲料や紙皿やプラスティック製品、それにデヴォンがうちの食品庫から見繕ってきた食料品のはいったスーパーの袋を四つ持った。ふたりで袋をなかに運び、キッチンに置いてきた。

狭い家で、家具類は最小限、使い古しの安物だった。小さいテーブルが一台と頼りない椅子が三脚。布のすり切れたソファと安っぽいメタルのコーヒーテーブル。寝室がふたつとバスルームがひとつ、そして居間があり、ダイニングエリアはキッチンではなく居間についている。先週ペンキを塗ったばかりで、塗料用シンナーのようなにおいがした。

デヴォンはダイニングエリアでアンバーからできるかぎり距離をおいていた。にらみつけている。アンバーはデヴォンの視線などものともせず、狭い居間のなかを歩きまわり、見るからに楽しげなようすでみすぼらしい部屋をしげしげと眺めていた。タイソンはなるべく人目につかないよう、わたしの背後に隠れた。

アンバーがタイソンを見て顔を輝かせた。

「ここまでひどいぼろ家って、逆になんかすごくない？」

タイソンは母親の視線を避けながら気まずそうにのろのろと進み出た。

こんな素敵な壁は見たことないとばかりに、アンバーは両手で壁をなぞった。

「なんか人がめった斬りにされてどんどん殺されちゃう気味の悪い家に閉じこめられてる感じ」

デヴォンがわたしの腕をつかんで脇へ引っぱった。

「あの生意気な小娘もここに置いておかないとだめなの?」

わたしはデヴォンをさらに遠くまで引っぱっていき、声を落とした。タイソンはこっそりこちらのようすをうかがいながら、怖くて動けずにいる。

わたしは言った。「アンバーの母親は家にいない。メッセージを残した。連絡が来たら、あの子は母親のところへ行ける」

「だれかいるでしょ。あの子の姉は?」

「姉は街にいない。話しただろう」

「ふたりとも好都合だこと。ひょっとしてあの娘から逃げてるのかも」

パイクが家の巡回からもどってきて、玄関に行った。

「トイレは使える。家じゅうの鍵もかかる。窓は安全。だいじょうぶだ」

わたしはデヴォンをさらに遠くへ引き離し、いちだんと声をひそめた。

「この状況は落ち着かないだろうけど、わたしはこれからタイソンを連れてノートパソコンを取りにいかないといけない。だからここはなんとかうまく対処してもらいたい」

背後からいきなりアンバーの声がした。

「うちの母親は電話してこないよ」

アンバーは腕組みをして壁に寄りかかっていた。顔色が悪く、たぶん疲れてもいるのだろう。

「電話なんかしてくるわけない、だから期待しないほうがいいよ。どうせ気にしちゃいないんだから」

わたしはデヴォンをちらりと見て、同情を覚えた。

「お母さんは電話してくる。かかってこなかったら、つかまるまでこっちからかけ続ける」

そんなの時間の無駄だと言わんばかりに、アンバーは肩をすくめた。

「そのうちわかるから」

デヴォンが唇を引き結び、いらだちの表情を見せた。わたしは眉を吊りあげてみせた。どうする？

デヴォンは目を閉じた。

「どれくらいかかるの？」

「二、三時間。随時、連絡を入れる」

デヴォンはしぶしぶうなずいた。背筋を伸ばして、アンバーに向き直る。

「デヴォンよ。タイソンの母親」

「知ってる。あたしアンバー」

パイクが黙って出ていった。わたしはタイソンの腕をつかんで、パイクのあとに続いた。

表に出ると、タイソンの背中をぽんとたたいた。

「まずまずだったんじゃないか？」

「不気味だった」

わたしはパイクに顔を向けた。

「上出来だったと思うけど」

「不気味だった」とパイク。

三人でパイクのジープに乗り、ノートパソコンを取りにいった。

37

タイソンの家の前を通過しながら、黒いセダンをさがした。例のふたり組が警報装置を取りつけたのだとしたら、この界隈を見張ってはいないだろうが、一応確認しなければならない。そのブロックを一周し、隣家の前に駐車した。

車が急にとまったので、タイソンがなにごとかと前方に首を伸ばした。

「うちはここじゃない。隣の私道に行って」

「やつらはきみの家になにかの装置を仕掛けた。パイクがたしかめてくる」

パイクが後部座席に手を伸ばした。

「床の上。黒いバックパックがある」

バックパックは重かった。タイソンが小さくうめき声をあげて、それを前に差しだした。

「装置って、爆弾とか?」

パイクがバックパックの中身をひっかきまわす。

「ガレージが開いたり、だれかが家にはいったりしたら、それを知らせてくれる装置だろう」

パイクが荷物のなかから濃い灰色の携帯用装置を取りだした。太くて短い角の生えた特大のウォーキートーキーといった感じだ。

タイソンが急に活気づいて身を乗りだした。興味津々。

「それ、RF探知機?」

監視装置は無線周波数信号を使ってデータを送信する。携帯電話をブルートゥースで自動車電話と組み合わせたり、WiFiでインターネットにつないだりするのと同じ方式だ。

パイクが首をひねり、サングラスにタイソンの顔が映った。

「興味あるか?」

「あります!」

パイクがタイソンにその装置を持たせた。

ソウルメイト。

「無線信号を探知して、発信元を特定する。それで装置の位置がわかる。そして、やろうと思えば周波数を合わせて送信信号を妨害することもできる」

パイクは装置を受け取り、電源を入れた。

「隠れ家にもどったら、どうやって使うか見せてやろう」

タイソンは夢中になり、すかさず次の質問を繰りだした。

「でもブルートゥースの周波数は変わるよ、接続が弱くなったときとか。全然ちがう周波数に飛んだら?」

ふたりの時間は続き、わたしとしては早いとこパソコンを取りにいきたかった。

「〈ミスター・ウィザード〉ごっこはあとにしたらどうかな?」

パイクはかまわずタイソンの質問に答えた。自分が言葉を発したと思ったのは気のせいだろうか。ふたり組の殺し屋がこの子を狙っているというのはわたしの妄想にすぎないのか。

パイクが言った。「問題ない。すべての領域、この一帯の全周波数を妨害するんだ。携帯電話、テレビのリモコン、ＷｉＦｉ――二十メートル以内にある無線装置はどれも機能しなくなる」

黒いセダンの男たちも同じような装置を使ってノーラ・ガーウィックの警報装置を解除していた。

タイソンが感心したような顔になる。

「こういうものを売ってるとは思わなかった」

パイクがドアを開けた。

「売ってない」

パイクは運転席から降りてドアを閉め、家と家のあいだに消えた。犬が吠えたが、ひと声だけ。

タイソンがわたしを見た。

「電波妨害装置は違法だと思ってた」

わたしはうめいた。

「どこで手に入れたの？」

「話したら、きみを殺さないといけなくなる」

タイソンはじっと見返し、それから自分の家を凝視した。

「そいつらがもし家のなかにいたら？」

わたしは座席にもたれた。

「気の毒なことになるだろうな」

タイソンが映るようバックミラーを調整して、わたしは電話を取りだした。ふたり組の写真をあらためてタイソンに見せた。

「この男たちだ」

タイソンは眉間にしわを寄せながら一枚ずつ見た。まずレストランの表にいる男、次にばかでかいほうの男。

「これはここで、うちの前で撮ったんだね」

「ジョーが撮った。わたしがきみをさがしているあいだ、ここを見張っていたんだ。ふたり組のどっちかに見覚えはないか？」

「ないです」

「この男はどうだ？」

ビジネスマンの写真を見せた。タイソンは首を振る。

「問題のパソコンはこの人の？」

「この男たちの正体はわかっていない。きみが問題のパソコンを持っているとすれば、そのなかにはいっているものが答えを教えてくれるかもしれない」

「怪しげなものだね。わかった」

携帯電話をしまって、わたしはもう一度タイソンを見た。デヴォンはタイソンを家庭内のIT専門家と呼んでいたし、どうやら知識はかなりあるようだ。

「パソコンにパスワードが設定されていたら、解除できるかな」

「手に入れたときにパスワードは全部リセットした」

わたしは身体をひねってタイソンと向き合った。

「パスワードを変えた？」

「友だちからもらったソフトウェアに入れ替えた。簡単だった」

〝ガール様〟だ。

「中身は削除してないだろうね」

「してません。RAMとグラフィックボードを確認したかっただけ」

RAMとグラフィックボードの確認が、わたしにとってもまずやるべき仕事らしいとわかってうめき声をあげ、それから家のほうに向き直った。パイクがなかにはいってからかなり時間がたっている。

「ガレージの五台は、どこに置いてある？」

「箱に入れて棚のいちばん上の段に。母さんは届かない。ぼくの部屋にあるケーブルとドライブも持ってこないと。必要になるかもしれない」

わたしはもう一度うなずいた。タイソンは世界一劣等生かもしれないが、IT用語は知りつくしている。

「お母さんによると、きみは熱心なゲーマーらしいね」

タイソンはそわそわして気まずそうな顔になった。母親の話題になると、自分がどれほど母親を困らせているか思いだしてしまうのだろう。

「だからノートパソコンを取っておいたのか？　ゲームのために？」

「ＰＣはね。マックのほうはちょっと古すぎるけど、そこが逆にかっこいい。ぼくが生まれる前に作られたやつなんだ」

「年代物だな」

「ＰＣのほうが画像処理は速いし、ドライブは超高速。いつでもＲＡＭを増設できる、でもグラフィックボードが難点なんだ。ぼくはＲＡＭをいちばん速いＧＰＵに合わせたいんだよね」

「つまり、別々のパソコンのパーツを組み合わせて性能をあげるということ？」

「そう。デスクトップのほうが簡単だけど、ノートパソコンならどこででも遊べるからね」

「きみとカールが遊んでたように」

「母さんからカールのこと聞いたんだね」

「ああ。会いにいった」

タイソンは黙りこみ、家を見つめた。考えこむように、ぼんやりとして、また少し小さくなったかもしれない。

「わたしのメールに返信するのは勇気がいっただろう。ありがとう」

タイソンはバックミラーでわたしと目を合わせ、またうなずいたが、このときのうなずき方には希望が見えた。

二十三分後、隣家の庭からパイクがもどってきて、運転席に乗りこんだ。

「装置は二カ所、ひとつはガレージの外側の横窓の上、もうひとつは居間。ガレージのなかの送信機に信号が送られる。高性能のやつだ」

「ガレージのなかにはいれるか？」

「キッチンから。人感センサーとカメラの裏をまわって、必要なあいだだけ信号を切っておけばいい」

わたしはタイソンをちらりと見て片目をつぶった。

「仕事にかかるぞ、相棒。悪党どもをやっつけよう」

タイソンはにやりと笑ってジープから降りた。

パイクの来た道をたどって隣家の庭を通り抜け、塀を乗り越えて、キッチンからタイソンの家にはいった。パイクが先頭に立ち、例の妨害装置にその魔力を発揮させながら、三人でタイソンの部屋まで行った。

床に散らばったゲーム機やモニターを見てタイソンが眉をひそめた。

「うわあ。めちゃくちゃだ」

床に散乱するもののあいだをタイソンは爪先立ちで進み、机の下を見た。

「ない。机の上にあったのに、なくなってる。だれかが持ってったんだ」

「やつらが持っているとしたら、それは目当てのパソコンじゃなかったということだ。必要な道具をまとめて」

タイソンは机からメモリースティック数本と外付けハードドライブ、ごちゃごちゃの床からケーブル数本をかき集めた。パイクがそれをバックパックに入れ、わたしたちはガレージへと向かった。居間まで行くと、パイクが足をとめた。

「魚」

水槽が台の上で泡立っていた。

「魚がどうした?」

タイソンが答えた。「餌をやらなきゃ」

パイクが魚に餌をやるのを待ち、それからあとについてガレージに行った。壁ぎわにグレーの金属の棚がずらりと並んでいた。棚にはいろいろな大きさの箱と、長年のあいだに少しずつたまっていったがらくたがぎっしり詰めこまれ、棚の前の床にも箱が積みあげられていた。手書きの文字で中身が記されている——《クリスマス/装飾品》《クリスマス/電飾》《タイソン・ベビー服》《ママのランプ》。

パイクがガレージの扉のレールの外側、天井近くの見えにくい高い位置にクリップで留められた黒い小箱を指さした。

「送信機」

わたしはタイソンを棚のほうへ軽く押した。

「パソコンを持ってくるんだ」

タイソンは箱の山のあいだをすり抜けて、アルミ製のはしごを棚に立てかけた。棚の最上段に置かれた箱に手を伸ばす。段ボール箱にはほこりが積もり、はがせるテープがべたべたと貼ってある。側面にはかすれたマーカーの文字で《ゲーム》と書かれていた。

わたしは手を貸さなかった。タイソンは段ボール箱を棚の端まで引き寄せ、ゆっくりとはしごを降りてきた。

段ボール箱のなかには、ゲームのコントローラー、古いゲームソフト、キーボード、モニター、コードやケーブル、そしてノートパソコンが五台はいっていた。タイソンがパソコンを一台ずつ取りだしてパイクに手渡す。光沢のある高級PCが四台と、四角い箱のようなマッキントッシュ・パワーブックが一台。たとえるなら、火を吹くフェラーリ四台の隣に五八年型フォードのトラックを並べたような感じだ。

わたしは訊いた。「これで全部？」

「はい。この五台」

パイクがパソコンをバックパックに押しこみ、それからはしごをガレージの中央に持っていって、扉の開閉装置のカバーをはずした。

「なにしてるの？」タイソンが訊いた。

「やつらはガレージの扉を開けられるようにリモコンをこの開閉装置に連動させた。これでやつらのリモコンは使えない」

パイクはカバーをぱちんと閉め、送信機のところへ行って、わたしを見た。

「取りはずすか、無効にするか、そのまま放置か、好きなのを選べ」

しばし考えて、ひらめいた。

「信号の妨害を解除したら、また送信できるんだな？」

「そうだ」

わたしは携帯電話を取りだし、やつらの写真をじっくり見た。特殊な技能を持つふたり組の男。

「どうするの？」タイソンが訊いた。

わたしはにやりと笑い、扉のほうへ行った。

「メッセージを送る」

パイクが首をかしげ、わたしの目つきから意図を読み取った。口の端がわずかにゆがむ。これがパイクの大笑い。

ふたり組の男。

特殊な技能を持つ。

38

ハーヴェイとステムズ

〈イン・アンド・アウト・バーガー〉の特大サイズのカップが、ジャスミン・リードのキッチン・カウンターの水たまりに置かれていた。ハーヴェイがカップを揺すると氷がからから鳴った。

「あわてて出ていってから一時間もたってないな。もうもどってこない」

「車を二台とも置いてか？」

コナーのガキのボルボは通りの反対側にとまっていたし、女のミニはガレージのなかにあった。

ハーヴェイは肩をすくめた。

「あれだけの現金を盗んだんだ、ポルシェだって買えるさ。問題は、なんでこんなにあわてて出てったのかってことだ」

ハーヴェイとステムズがジャスミン・リードのアパートメントのなかで見つけたのは、キッチンの床でぐしゃっとつぶれた食べかけの〈イン・アンド・アウト〉のダブル＆ダブルバーガーだった。ふたつめのダブル&ダブルとシングルひとつは、カウンターのカップの横に置かれ、そっちはまだ紙に包まれていた。

ステムズは落ちたバーガーのそばに身をかがめ、丸く広がったソースとそのまわりのレタスをよく観察した。

「こういうのは気に入らないな、ハーヴェイ。バーガーを床に落としてそのままにはしておかないだろう、いくら生意気な恥知らずのガキどもだって。普通は拾う」

「言っただろ、やつらはもういない」

「床に食べ物を落としてそのままってことは、追われているか、つかまったかだ」

途方に暮れてしばらく顔を見合わせたあと、ふたりは急いでノートパソコンをさがした。

家を出るとき、ステムズは不機嫌だった。

ハーヴェイがドアの上部にちょっとした仕掛けを施したが、自分たちの優位が失われてしまったことをステムズは確信した。問題のパソコンがこのアパートメントにあったのだとしても、いまはもうないし、ジャスミンが手がかりとして使えなくなったのなら、新たな作戦が必要だった。クライスラーにもどると、ステムズのいらだちはつのり、ハーヴェイの携帯電話が派手に鳴りだしてコナーのガキの家からの警報を着信したときにはむかついた。

ハーヴェイの設定した着信音は、よくあるピーやブーや振動音ではなかった。ハーヴェイの携帯電話が発するのは管楽器の甲高い音で、ヒッチコックの『サイコ』で使われている曲、ジャネット・リーがシャワーを浴びているところへナイフが振りおろされる場面の曲だった。弦楽器が金切り声のような短いスタッカートを繰り返し、一台のヴァイオリンがフェルマータを突き刺すようにグリッサンドで不協和音を奏で、そこへさらに複数のヴァイオリンが加わり、次に複数のヴィオラの牙が加勢して、やがて怒り狂った弦楽器の群れと化し、さながらオーケストラの鮫たちが血祭りを繰り広げるような音になる。

ステムズはこれが大嫌いだった。

「とめろ、ハーヴェイ。頼むから。シャワーの音まで聞く必要はない」

ステムズがとめなければ、ハーヴェイはその曲をいつまでも鳴らし続け、第三楽章では、音が次第に弱まってシャワーの単調な水音になり、ジャネット・リーの血が排水口のまわりをぐるぐるまわる。

「どうしたっていうんだ？　あんたもこの曲は大好きだろう」ハーヴェイが言った。

「あの場面は嫌いなんだ、わかったか？　あの場面も嫌いだし、あの曲も嫌いだし、あの映画のなにもかもが嫌いだ。もう二度と聞きたくない。不吉だ」

人感センサーからの警報はこの日すでに四回も送られてきているので、ハーヴェイとステムズは警報の引き金になったものをあわてて見にいくことはしなかった。これまでにコナー家を訪れたのは、〈エホバの証人〉の信者と思しき身なりのよいご婦人二名と、庭師と、ガス・メーターの検針員の男と、迷子になったらしく庭にはいりこんできたセントバーナード犬だった。

ハーヴェイは衝撃と不信の顔をステムズに向けた。

「でもこの曲は暗記してるだろ。得意げに演奏してたじゃないか！　どういうことだよ、これが嫌いって」

「演奏するから好きとはかぎらない。おれはあのガキのために演奏したんだ」

「わけがわからないよ、ステムズ。あんたの演奏は最高だったじゃないか！」

この曲を話題にしたことをステムズは悔やんだ。こんなことなら耳栓をしてすませればよかった。

六年前、アルバカーキでの任務が思わぬ展開となったため、ハーヴェイとステムズはエル・パソから五キロほど南にあるシウダード・フアレスへ逃げた。二日めの晩、腹が減っていたふたりは、ハイウェイ二号線でたまたま見つけたさびれた酒場にはいった。どう見ても地元の客向けの小汚い店で、ほこりまみれのブーツをはいた男たちと荒れた手をした女たちがいたが、生ビール（セルベッサ）は冷えていたし、焼肉料理（カルネアサダ）はスモーキーで炙った唐辛子が添えられていた。その店に十九か二十くらいの若造がひとりいて、メキシコのカウボーイの歌を演奏してチップをもらっていた。一杯めのビールを飲む前に、ステムズにはその若造に才能があるのがわかった。片隅のスツールにすわったこのメキシコ人の若造の仲間は、弦楽器だけだった——ちゃちなマンドリン、煙草の焦げ跡が無数に残る〈ギブソン〉の12弦ギター、しみのついたヴァイオリンは、あまりに傷だらけのひどい代物なので、この若造がねずみを殺すのにこの楽器を使ったことに自分の車のテスラを賭けてもいいとステムズが思ったほどだった。

ステムズは、若造の人なつこい笑顔や、常連客と気軽にしゃべりながらリフやむずかしいコード変化を難なくこなすところが気に入った。まるで音楽が指を勝手に動かしているような感じだった。彼らがなにを話しているのかステムズにはさっぱりわからなかったが、スペイン語を流暢に話すハーヴェイが通訳してくれた。

二時間と五、六杯のセルベッサで夜も更けたころ、若造がステムズの度肝を抜いた。客はすでにまばらで、リクエストもほとんど出てこなくなっていた。そこで若造は締めくくりとしてもう一曲、ランチェラの気だるいバラードを演奏し、マンドリンを12弦ギターに持ち替えて、マヌエル・ポンセの複雑な構成の曲『南国のソナチネ』の冒頭の旋律をピックで奏でた。

ステムズは驚きのあまりテーブルの下でハーヴェイを蹴った。

「おい嘘だろ」

「なにが?」

「マヌエル・ポンセ」

「あのガキか?」

「作曲家。いいから聴け!」

演奏が終わったとき、ステムズは椅子の端まで身を乗りだし、その夜はじめてのリクエストを叫んだ。

「ソナタ第3番!」

指を三本立てて、意味が通じることを祈った。『ソナタ第3番』は大好きな曲だった。

若造はにやりと笑い、もう千回も演奏しているように『ソナタ』を弾きはじめた。さらにカップルが何組か帰り、酔客たちの数が減った。若造は『ソナタ』のあとにポンセをもう一曲演奏し、その次がアンドレス・セゴビアの曲だった。その曲のなかほどで、ステムズは前に出てチップの瓶に百ドル札を一枚入れ、フィドルを弾いてもいいかと身振りで尋ねた。若造はうれしそうにうなずいた。

ハーヴェイが言った。「冗談はやめとけよ、ステムズ。なあ、おい」

ステムズは弦をゆっくりと爪弾き、チューニングをして、セゴビアが終わると、フィドルをあごの下にあて、バッハの『ヴァイオリン協奏曲第2番ホ長調』をなめらかに弾きはじめた。若造は歓喜に目をきらめかせて、すぐにギターで加わり、ヴァイオリンとともに急降下したり飛翔したりしながらみごとに合奏した。

ハーヴェイは思わず立ちあがって拍手していた。

「たまげたな、ステムズ！　なんかの冗談だろ？　まじかよ」

ステムズは第一楽章と第二楽章を演奏したが、第三楽章の出だしで弾くのをやめ、若造がけげんそうな顔になった。

ステムズは弓で若造をさし、その弓は〝おまえの番だ〟と告げていた。一瞬考えたあと、若造は酔っ払い特有のばか笑いをし、サーファリーズの『ワイプ・アウト』を弾きはじめた。

ステムズはまたハーヴェイを蹴って拍手した。演奏を終えた若造が、ハーヴェイにスペイン語で話しかけてきた。

ハーヴェイが通訳した。「リクエストしたい曲があるってさ」

ステムズは片方の眉をあげ、よし、なんでもいいから言ってみろ、と伝えた。

若造が言った。「『イン・ア・ガダ・ダ・ヴィダ』」

ハーヴェイがげらげら笑った。

ステムズはこのアイアン・バタフライの名曲を必死に演奏し、それからお返しとして若造にワーグナーの『ワルキューレの騎行』をリクエストすると、若造はさらにマイク・ポストの『ロックフォードの事件メモ』のテーマ曲で倍賭けしてきた。ステムズがヘンリー・マンシーニの『ピーター・ガン』で賭け金をあげると、今度は若造がラロ・シフリンの『スパイ大作戦』で切り返した。

そのころにはこのいかれた男たちに劣らず泥酔していたハーヴェイも、その遊びに加わり、声をかぎりに叫んでいた。

「トーキング・ヘッズ！『サイコ・キラー』！」

若造が受けて立った。

ふたりの応酬は続いた。ステムズがジミ・ヘンドリックスの『マシンガン』のリフをやり、これはフィドルで弾くには相当手強い曲だったが、そのあと若造がメタリカの『誰がために鐘は鳴る』で応戦し、12弦ギターで最高にえげつなく弾いた。ステムズはその熱気を『ハート』のジョニー・キャッシュ版で落ち着かせた。それはステムズが心から愛する曲で、あまりの痛ましさに聴くたびに泣けてしまうのだった。その歌詞を、ステムズはゆっくりとした悲しげなコードを軽く鳴らしながら歌った。〝おれは何者なんだろう　大切な友よ　知り合いはみんな最後には離れていくんだ〟。ハーヴェイまでが思わずもらい泣きした。あのハーヴェイまでが。

「ステムズ、あんたのせいで泣けてくるぜ、ちくしょう。そんな演奏いったいどこで習ったんだ?」

「どこでもない」

それからまたステムズの番になって、あの映画に出てくるハーマンの曲、『ザ・マーダー』という曲をやってほしいと若造に言われ、ここまでさんざんいっしょに演奏してきたあとで、断れる道理がなかった。ステムズはフィドルに向かい、楽器を拷問にかけた。

あれはたしか朝の三時か四時ごろだった。五人の荒くれ者が店に転がりこんできて、覚醒剤でぴりぴりしながら、偉そうに騒々しく、テキーラをよこせとどなった。ハーヴェイは拳銃をちらつかせ、ステムズに警告の視線を送った。麻薬密売組織（カルテル）のならず者どもだ。

若造はそそくさと楽器を片づけはじめ、バーテンダーは娼婦たちに警戒を呼びかけた。なかのひとり、鼻のつぶれた人相の悪いミドル級の男がつかつかと若造に歩み寄り、12弦ギターをひょいと手に取った。

椅子が床にこすれる音がしてハーヴェイが立ちあがった。

「見てろ」

ステムズはハーヴェイの腕に手をかけてとめた。

「やつはなんて言ってる?」

「歌がどうとか言ってる。なにか弾くつもりなんだろうよ」

男はギターを軽くかき鳴らしながら仲間のところへもどり、若造はどうしていいかわからず、不安そうな顔でその場にぼんやりと立っていた。

　ステムズは立ちあがった。

「行くぞ、ハーヴェイ。放っておけ」

「そうはいくか」

　ハーヴェイはジャケットの内側に手を入れた。大きな顔が赤黒くなっていた。

　ステムズは〈ハリスコ〉の空き瓶をつかんで、投げた。それが男の頭に命中し、耳にあたってはねた。男はなにが起きたのかもわからず、蟻でもいると思ったみたいに頭の横に手をやり、それから仲間といっしょに振り返った。

　ステムズは言った。「それはおれのギターだとそいつに言ってやれ。おれのモノをしゃぶれば持たせてやるって」

　ハーヴェイがガラガラ蛇のように身体を揺すりながら、その言葉を伝えた。

　するとその男、冷酷な荒くれ者のカルテル氏は、背中をそらしてギターを振りあげた。ステムズは男の胸に二発撃ちこみ、狭い酒場に稲妻のような光が炸裂して、雷鳴が四方の壁を揺るがした。

　あっけにとられたならず者どもはクソの塊のように凍りつき、いったいなにが、なぜ起こったのかわからずにいた。

「身体検査だ、ハーヴェイ。やってくれるか?」ステムズは言った。

　ハーヴェイは全員の拳銃とナイフと財布をカウンターの内側に放り投げたが、キーだけは手元に残してやった。これからどうなるかハーヴェイにはわかっていた。にやにや笑いが浮かぶのをとめられなかった。

ステムズは拳銃でドアを示した。

「ギター泥棒を外へ運べと言ってやれ」

ステムズは若造もバーテンダーも見ず、話しかけもしなかった。

外の駐車場に出ると、棺のかつぎ人たちは遺体をおんぼろのトヨタのランドクルーザーに積みこんだ。ハーヴェイが、まぬけな仲間を連れて帰って蛇にでも食わせろと告げた。ならず者どもは喜んで従い、折り重なるようにして車に乗りこむとエンジンをかけた。ハーヴェイとステムズは全員の頭に二発ずつ撃ちこんだ。ハーヴェイは運転席の男を引きずりだして後部座席の仲間といっしょに乗せ、ステムズの後ろについてハイウェイ二号線を走った。終わったときには全身血まみれだったので、服を脱いで、裸でモーテルにもどった。

ハーヴェイとステムズはそれから八日間シウダード・ファレスに滞在したが、その酒場には二度と行かなかった。以来何年にもなるが、ステムズは折々にあの若造のことを思いだし、どうしているだろうかと考えた。あの12弦ギターをいまも持っているだろうかと。

若造のためにハーマンの曲を弾いたステムズだったが、思いだせるかぎり昔から、映画のあの場面と曲は嫌いだった。それなのにハーヴェイは、あろうことかそれを着信音に使っているのだ。

「あれは暇つぶしにやっただけだ、ハーヴェイ。出来もよくなかった。とにかく、その着信音は別のに替えてくれないか。あの場面は苦手なんだ。頼む」

ハーヴェイはあきれ返ってぽかんと口を開けた。当然のように話を続けた。引きさがるわけにはいかなかった。

「なんでかわからないな。地球上のどこの映画学校だって、かならずあの場面で勉強するんだぞ。世界じゅうでみんながいちばんよく知ってる場面だろう」

「だからよけいにまずい」

「なにがまずいんだ?」

ステムズはじわじわと頭痛が襲ってくるのを感じた。

「女は突っ立ったままでただやられてるんだ、ハーヴェイ。それで筋が通るか? おれがあの場面のすばらしさに気づいてないだけか?」

ハーヴェイは困惑して首を振った。

「なんの話をしてるんだ?」

「おまえはシャワーを浴びている。いきなりナイフが現われて、どこかのいかれぽんちが切りつけてくる。一回どころか、何回も何回もだ。おまえならただそこに突っ立ってるか?」

ハーヴェイはますます困惑顔になった。

「女は油断してたんだよ」

「普通は逃げようとしないか? シャワーから飛びだすとか、相手につかみかかるとかしないか?」

「おれならナイフをつかんでそのくそ野郎のはらわたをえぐってやるよ、ステムズ、だけどあの女はおれたちとはちがう。ショック状態だったんだ」

「あの場面は嫌いだ。不愉快だ」

「なんて顔してるんだよ。ただの映画だろ」

「おまえはわかってない」

ハーヴェイは目をくるりとまわした。

「ああ、そうかい、じゃあこうしよう。おれを納得させてくれ」

「オスカーの四部門にノミネート。ゴールデン・グローブ賞。エドガー賞。世界じゅうで空前の大ヒット、しかも一九六〇年、いまより平和な時代だ、世の中が頭のいかれた連中だらけになる前の、そうだろ？」

「ああ。それで？」

「それがメッセージになるってことだよ、おれが言いたいのは。背後に隠された意味。あの場面は若い世代の女たちをまちがった方向に導いた。あのメッセージはまちがってる」

ハーヴェイは寝ぼけた牛のような目で見返した。ステムズは嘆息し、先を続けた。

「メッセージというのはつまり、女は無力ということだ。ある異常者がいて、女はそいつにめった刺しにされながら、なにをしていた？　あの映画のなかの女は。ただ突っ立っていた。それはなにを具現化しているか。男になにをされても、それをおとなしく受け入れるのが女だ。それがメッセージだ、ハーヴェイ。抵抗するな。逃げようとするな。どうせおまえにはなにもできない。若い女ならだれにとってもぞっとするようなメッセージじゃないか?」

ハーヴェイは咳払いをして、自分の電話に目をやった。

「警報を確認しよう。賭けてもいい、どうせまた犬だよ」

「とにかくだ、『サイコ』の曲はやめろ。頼むから」

ハーヴェイはステムズを無視して携帯電話の画面をたたいている。

「クール&ザ・ギャングの『ジャングル・ブギ』にしたらどうだ、出だしの〝ゲッダウン、ゲッダウン〟てところ、それかステッペンウルフの『マジック・カーペット・ライド』の出だしの〝おれは夢見るのが好き〟ってところか。ステッペンウルフはおまえも好きだろう」

ハーヴェイはため息をつき、画面をたたき続けた。

「ステッペンウルフにしろ、ハーヴェイ。そのほうが楽しい気分になる」

アプリがようやく開き、ハーヴェイはフィードにアクセスした。

「ちょっと見てくれ、ステムズ。なにかつかまえたぞ」

「なんだ?」

「巻きもどしてみる」

ハーヴェイは前かがみになり、電話を支えてふたりいっしょに画面を見られるようにした。

画像は高解像度テレビなみの超鮮明な画質で、広角レンズによるゆがみがある。男がひとり私道を歩いてきた。ハーヴェイはステムズをつついて、横目で見た。

「コルヴェットの男だ。またママと一発やろうとして寄ったんだな」

ただし、コルヴェットの男は玄関には行かなかった。まっすぐカメラの前に来て、レンズをのぞきこみ、携帯電話を持ちあげた。電話をレンズに近づけて、一枚の写真を見せた。

ハーヴェイが身をかがめ、しわがれた低い声で言った。

「おれだ」

静寂が広がるのがわかり、小さな敗北感がステムズの胸を満たして吐き気を催させた。

隣でハーヴェイが鼻息を荒くし、暑い日の大きな犬みたいに息をあえがせた。

「やつはおれの写真を持ってる、ステムズ。いったいどうやっておれの写真を手に入れたんだ?」

男が電話を下におろし、レンズに向かって手を伸ばした。その手がどんどん大きくなり、最後に画面が真っ暗になって、ハーヴェイの電話がまた警告メッセージの着信音を響かせた。

ハーヴェイは躍起になって音楽をとめた。

「システム障害。やつがカメラを切った」

『サイコ』の曲がふたたび鳴りだす。

「システム障害。居間」

ステムズは目を閉じた。ゆっくりと深呼吸をし、静寂を楽しむ。

「あのバーガー」

「え?」

『サイコ』の曲が三度(みたび)鳴りだした。ハーヴェイがダッシュボードをたたいて、警告メッセージを読んだ。

「システム障害。送信機が消滅」

「食べ物がそのままになっていたのはこいつのせいだ。先を越されたんだ、ハーヴェイ。こいつが先にあのふたりを見つけた」

ハーヴェイの顔が紫色になった。額に山脈のような血管が浮きあがる。

「ステムズ！　やつはおれの写真を持ってるんだぞ！」

ステムズはエンジンをかけ、車の流れに乗った。

「落ち着け、ハーヴェイ。息をしろ」

ハーヴェイは深呼吸をして、背筋を伸ばした。

「おれたちは面が割れてる。依頼人に報告して、新しいチームと交代してもらおう」

「よく考えろ」

「なにを考えるんだ？　依頼人が危険にさらされてるんだぞ。問題はおれたちじゃない、ステムズ。依頼人へのサービスが優先だ」

「考えろ。やつが来たのは偶然じゃない。あの家に仕掛けがあることを知って、センサーにひっかからずにあの装置を見つけた。おれたちがあの家にはいるのを見たんだ」

「ちょっと待て。写真に写ってるのはおれだ、おれたちじゃなくて」

「考えろ。おれたちはコナーの家に行った、だから次はジャスミンのところへ行くだろうとやつにはわかっていた。やつはおれたちが到着する前にふたりをさらい、今度はおれたちの正体

い、このパソコンを持ってるわけで、
を暴こうとしてるんだ」

「個人的にとるな、ステムズ。それは傲慢ってもんだ」

「あのガキどもがこの男といっしょにいるとしたら、この男が例のパソコンを持ってるわけで、言わせてもらえば、ミスター・依頼人サービス、その依頼人はパソコンを取りもどしたがっている。だから無事に届けるまでよけいなことは言わないでおく」

ビニール袋みたいに口をだらんと開けて、ハーヴェイはじっと見返した。

「あんた頭がいかれたんじゃないか?」

ステムズはハーヴェイの脚をぽんぽんとたたいた。

「まだだ、でも『サイコ』の曲をあと一回でも聞いたらそうなる。ステッペンウルフにしろ」

ハーヴェイは窓の外に目を向けて、首を振った。

「あいつはおれの写真を持ってて、あんたはステッペンウルフの話をしてる」

ひとしきり窓の外を見てから、ようやくハーヴェイは向き直った。

「あの若造はあれからどうしたかな、シウダード・フアレスの。あいつのことを思いだしたりするか?」

「いま思いだしてる」

「辺鄙な田舎の酒場にひとりの若造がいて、そいつはあきれるほど才能のあるやつだった。正真正銘の特別な人間だ。ああいう連中はどこから生まれてくるのかな」

「おまえやおれと同じ場所からだ」

ハーヴェイは黙りこみ、また窓のほうを向いた。

「あんたは、たぶんそうだ。おれはなにも特別じゃない」

ステムズはハーヴェイの後頭部を見た。こいつはなにを考えているのだろうと思いながら。

「おれの知るなかでおまえほど特別なやつはいない、ハーヴェイ」

ハーヴェイは悲しげなバセット・ハウンドの目で振り向き、それからいきなりにやりと笑って、眉をひくひく動かした。

「知ってるさ。ちょっとからかっただけだ」

ステムズは思わず噴きだした。ハーヴェイは昔からいつだって笑わせてくれる。

第四部　望むものを手に入れた少女

39

エルヴィス・コール

パイクは隠れ家でわたしたちを降ろして、デヴォンの家へ引き返した。残った者たちは居間の床で作業をした。電源コードとピザと紙皿に囲まれて。デヴォンがアンバーを連れて持ち帰りのピザを買いにいってくれたのだ。作業をしているあいだにカセット刑事から二回電話がかかってきたが、留守番電話に応答させた。

タイソンがノートパソコンを壁ぎわに並べ、電源タップにつないで、電源を入れた。年代物のパワーブックは待てど暮らせど立ちあがらず、ぜんまい仕掛けのおもちゃみたいにかちかち音をたてた。

デヴォンは数台のパソコンを疑わしげに見て、それぞれの画面を凝視した。フォルダーに写真に文書、そして意味不明の名前のついたアイコンがびっしり並んでいる。《ママの遺言》《契約改訂2》《ケニー》《コンテスト結果》《アローヘッド湖》。

「どうやってパソコンの持ち主を割りだすの？」

「デスクトップにあるものを片っ端から開く。まずは文書、手紙のファイル、人の名前が載っていそうなものならなんでも。同じ名前が何度も出てきたら、前後関係で持ち主がわかるだろう」

デヴォンは居心地の悪そうな顔になった。

「他人のメールを勝手に読むようなものね」

アンバーはパワーブックに魅了されているようだった。

「うわあ、あたしこれがいい。このちっちゃいボールはなに？」

タイソンがソケットのなかでボールをまわしてみせた。

「トラックボール。指でまわすとカーソルが動くんだ」

アンバーはボールを動かして、うれしそうに笑った。

「おもしろーい！　これすっごく気に入った！」

ノートパソコンのそれぞれの所有者を突きとめるのは拍子抜けするほど簡単だった。みんなでそれらしき名前を見つけだしては、デヴォンが警察の資料と突き合わせた。わたしが調べたパソコンは、カーラ・パール・スキルツェンというエミー賞を受賞した衣裳デザイナーのものだった。タイソンが調べたのは、ハリソン・ハーディー・フランクスという八学年の生徒のもので、その両親はディスカウント靴店のチェーンの経営者。デヴォンが調べたパソコンの持ち主はスティーヴン・ジョイスというインテリア・デザイナーだった。ジョイスもほかの所有者と同様、容疑者らしくなかったが、わたしは元ＫＧＢのスナイパーだったラ・ブレアの照明器具販売業者を知っている。

アンバーはまだ名前をひとつも見つけられず、不機嫌な顔でトラックボールをくるくるまわしている。

「これ、気持ち悪い。変なフォルダーが一個あるだけで、どっかの変なやつの写真しかはいってない」

わたしはアンバーの隣にすわり、デスクトップを確認した。がらんとしたデスクトップに《デリク》と書かれたフォルダーの中身は写真だった。ファイルがひとつもない《デリク》のフォルダーとハードディスクのアイコンがひとつあるだけだ。

「なあ、タイソン。これはどういうことだろう。ファイルがひとつもない」

タイソンも横にくっついてきて、画面を見た。

「ハードディスクになにかあるのかもしれないけど、わかんないな。古いから。捨てるつもりでファイルを消去したのかも」

わたしは《デリク》のフォルダーをもう一度開いて、スクロールした。特におもしろみもない緑色がかった写真で、写っている少年や赤ん坊や青年は、どれも同一人物の人生の折々の姿であり、単独で、あるいは友人たちと、学校や野球場やスキー場やビーチで撮影したものだった。写真の並び順に特に決まりはなさそうで、それぞれ意味のない数字がつけられている。

「ふーん。なんでこれが気持ち悪いの?」タイソンが訊いた。

「自己愛、すごすぎ」とアンバー。

デヴォンも寄ってきた。

「フォトアルバムね、全部同じ男の子の」

赤ん坊の写真があるかと思えば、次はタキシードの青年の写真、女の子みたいな白い顔にもじゃもじゃの髪をしてジョーカーみたいな狂気を秘めた残忍で不敵な笑みを浮かべたティーンエイジャーの写真もある。カセットからまた電話があり、今度も留守番電話送りにした。

タイソンが突然トラックボールに触れた。

「ちょっと見てみよう」

写真ファイルのリストが現われ、それぞれの画像が取りこまれた日付がわかった。

「すげえ。これ大昔からここにあったんだ」タイソンが言った。

「あなたと同じ歳ね。十七年前」とデヴォン。

スクロールすると、ふたつめのフォルダーが現われた。新しいフォルダー名は《裁判》とある。

「あたしちょっとおしっこ」アンバーが言った。

新しいフォルダーの中身は、『ロサンゼルス・タイムズ』『LAデイリーニュース』『LAウィークリー』からのニュース記事を取りこんだPDFファイルだった。最初の記事にはあっさりした見出しがついていた——《フープ釈放》

デヴォンが不意に声を張りあげた。

「フープ。被害者リストにその名前があったわ」

デヴォンが自分のファイルに向かった。

彼女が警察の資料を調べているあいだに、タイソンとわたしは記事を読んだ。

《昨年アデル・シルヴァーニ（二十五）の殺害容疑で有罪判決を受けたデリク・フープ（二十三）は昨日、地方検事がエロイーズ・ウォレス判事にフープの有罪を無効とするよう要請する書面を提出したことにより釈放された。

地方検事によれば〝新たに見つかった証拠により、フープ氏の事実上の無罪が証明され、彼の証言が直接裏付けられたことから、当局は殺人容疑に関して氏は無罪であると確信し、ウォレス判事に即時釈放を命じるよう要請した〟とのこと。

マーカス・ネルソン（二十五）がシルヴァーニ殺害の容疑で起訴され、目下勾留中である。著名な実業家アイヴァー・フープの息子であるフープ氏は、十五年から終身刑の判決を受け、八カ月間刑期を務めた。フープ氏は恋人が殺害された夜から一貫して無実を主張してきた。フープ氏の弁護士であるカルロス・フィリップは、氏の有罪判決が無効となったことから、犯罪記録を抹消するよう裁判所に要請した。

フープ氏は一家の代理人経由で、これで名誉は守られた、警察や検察を恨む気持ちはない、とのコメントを発表した。

〝ぼくに有罪を宣告した、その同じ人々がぼくを釈放してくれた。残念なできごとではあったが、すべてが終わっていまはほっとしている〟》

デヴォンが資料を見つけた。

「これよ。リリアン・フープ、ホーンビー・ヒルズ在住。リリアン・フープの通報を受けて警察官が自宅に出向いた。この女性をグーグルで検索したら——」

あとはわかりやすく言い換えた。

「夫はアイヴァー・フープ、〈フープ・テクノロジー〉の社長。一家は株式非公開の会社を九つ所有していて、資産の評価額は二十二億ドル」

「すげえ」とタイソン。

次のファイルはデリクの逮捕に関する『デイリーニュース』の記事だった。それを読みはじめた瞬間、また電話が鳴った。デヴォンとタイソンとアンバーがびくんとなった。わたしもつられて飛びあがった。今度はカセットではなかった。

ノーラ・ガーウィックがようやく折り返しの電話をくれたのだ。

「きみのお母さんだ」

アンバーの口がへの字になった。

わたしは立ちあがり、部屋の反対側へ行った。たった三、四メートル離れただけでアンバーに聞かれずにすむはずもないが。

ノーラ・ガーウィックが言った。「あなたなんなの？　新しい彼氏？」

「私立探偵です。わざわざ折り返しの電話をどうも」

「ディックが電話してきたのよ、絶対に電話してこない人なのに。あの子、今度はなにをやらかしたの？」

　わたしはアンバーの友人の母親に雇われていることを伝え、アンバーとその仲間が連続窃盗(せっとう)事件にかかわっていたのだと説明した。警察の包囲網が狭まりつつあるから、自首しなければ逮捕されることになる、と言った。実際に〝包囲網〟という言い方をした。ノーラ・ガーウィックは途中で口をはさんだ。

「わかったわ。だれかにあの子を引き取ってほしいわけね」

「そうです。それに弁護士も必要になります」

「あの子のせいでゆっくりする暇もありゃしない。せめて五分ぐらい、なにごともなくひとりでのんびり過ごせないものかしら」

　せめて五分、バンフで。今年のベスト母親賞。

「アンバーのお父さんが力になってくれるかもしれません」

「無駄よ。ジャジーはどこ？」

「留守です。アンバーをひとりにしてはおけません、ガーウィックさん。娘さんには弁護士が必要だし、今回のことを乗り越えるために支えてくれる人も必要です」

　アンバーは背を丸めてあぐらをかき、唇を読もうとするようにじっとわたしを見ている。

　ノーラが聞こえよがしにため息をついた。

「わかった、わかったわよ。了解。これから帰るわ。弁護士の件はたぶんディックがなんとかしてくれるでしょう。電話しておく。うまくいけばあの子を預かってくれるかもしれないし」

「できるだけ急いでください」

「あなたバンフに来たことある？　わたしがいるのはおっそろしく辺鄙な田舎なんだから」

「ディックにわたしの携帯電話の番号を伝えてください。直接電話をくれるようにと」

「あの子、そこにいるの？」

わたしはみんなのところへもどり、アンバーに電話を渡した。電話で話すアンバーの声は六歳児のように聞こえた。

「あたし困ってるの」

目の輝きは消え失せ、顔はうつろで、アンバーをアンバーたらしめていた部分は急速に色あせつつあった。

「わかってるよ、ごめん、あたしがばかだった、ただ――」

ノーラは娘の話を聞いているのだろうか、いや、いままで一度だって聞いたことがあるのだろうか。

アンバーの身体が揺れはじめた。

「ディックでいいよ。あたしなら平気。休暇からもどってくる必要ないから」

デヴォンがちらりとわたしを見て、さりげなくアンバーのそばへ行った。

アンバーの揺れが速くなる。

「もういいってば！　あたしがめちゃくちゃにしたの、それでいい？　あたしがなにもかもめちゃくちゃにした。ふん、わかったようなこと言わないでよ。自分だってろくでもない人生送ってるくせに！」

揺れがとまり、どなり声になった。

「サイテーの母親のくせして、人のことよく言うよ！　あんたなんか大っ嫌い。ジャジーも大っ嫌いだってさ。あんたなんか胸クソ悪い冗談といっしょ、みんなの嫌われ者なんだから！」

デヴォンがアンバーの腕に触れ、電話を取りあげた。

「デヴォン・コナーと申します。ごあいさつしておこうと思いまして。うちの息子も今回の事件にかかわっているんです」

デヴォンの声は低く冷静だった。数分後、通話を終えた。

わたしは「ありがとう」と無言で口を動かした。

デヴォンはうなずき、電話を返してよこした。

「いちばん早い便を予約して、到着時間がわかったら知らせてくれるって」

アンバーのほうを向いた。

「だいじょうぶ？」

「ひどいこと言っちゃったよね？」

タイソンが手を差しのべた。その目は、胸が締めつけられるような悲しみに満ちていた。アンバーはタイソンの手を取り、ぎゅっと握ってから放した。

わたしはトイレを使い、外に出て、留守番電話のメッセージを聞いた。カセットがけさ会ってから五回も電話をかけてきていた。

〝コール、こちらカセット刑事。大至急連絡して〟

〝クレンザ一家と話をした。いま似顔絵描きと協力して作業にあたってもらってるところで、もう少し訊きたいことがあるの。連絡して。大事なことだから〟

〝コール、電話に出る気はあるの？　例の男たちは警察官を騙ってる。話を聞きたいから、連絡して。この件をはっきりさせましょう〟

〝わかったわ、コール、ゲームがお望み？　その男たちがルイーズ・オーガストを殺したのなら、あなたは事後従犯だから、わたしがこの手でぶちこんでやる〟

最後のメッセージの声はそれまでより静かな調子だった。わたしのせいで疲れ果てているのかもしれない。

〝あなたはもう死んでるんじゃないかって気がしてきた。ネフとヘンスマンに殺された。いまだに連絡がない理由はそれしか考えられない。ルイーズがあの男たちになにを話したか、あなたは知ってる。犯人の若者たちの正体も知ってるんでしょう？　死ぬ前にわたしに話すべきだったわね、コール。わたしが彼らの唯一の望みなんだから〟

カセットのメッセージを消去して、パイクに連絡した。仕掛けをした男たちはもどってきていない。あきらめたのだと思いたかったが、そう甘くないのはわかっていた。

夜のとばりが降り、大気はぴりっと冷えていた。近くで聞こえる低いざわめきはフリーウェイの音だろう。わたしは深呼吸を繰り返し、冷気を味わった。天を仰いだ。星ひとつない真っ黒の天蓋。外にいるのはいい。冷たい空気はいい。できるだけ長くそれを楽しみ、それから家のなかにもどった。

「仕事にかかれ。だれかがきみたちを殺そうとしてるんだ」

40

隠れ家は静かだった。タイソンとアンバーはダイニングルームでパソコンに向かい、だれかが自分たちを殺そうとしている理由を探っていた。デヴォンは被害者たちのファイルを徹底的に調べ、わたしはさっきのPDFファイルに目を通した。『LAウィークリー』がデリク・フープの裁判についてもっとも詳細に報じており、三つの章からなる記事の冒頭には煽情的な見出しが躍っていた。《英雄の転落——富と麻薬と恩恵はいかにして殺人へとつながったか》

なんとえぐい。

フープは素行の悪い金持ちのどら息子として描かれ、私立学校の退学、飲酒運転による数回の逮捕、リハビリ施設への度重なる入所といった経歴が並んでいた。アデル・シルヴァーニのほうはドラッグ売買パーティーの常連として紹介され、百ドル紙幣で身体をふくような大金持ちの歳下の愛人を自慢していたとある。

なんと粋な。

アデルが殺された晩、デリクは終夜営業のコンビニエンスストアに血まみれの姿で駆けこみ、ガールフレンドといっしょにいるところを襲われたと叫んだ。

「テレビが観たい」とアンバー。

調査を続けろ、とわたしは言った。

デリクは駆けつけた警官たちを、アデルの遺体のある近くのエリシアン・パークへ連れていき、見知らぬ黒人男にナイフで脅されて、自分は腕時計と財布と携帯電話を、アデルはバッグを盗られ、そこにはヘロイン数袋がはいっていたと説明した。アデルが抵抗すると、強盗は彼女を刺して逃げていった、と。

アンバーがまた声をあげた。

「せめて音楽ぐらい聴けないの?」

「だめ」

アデルが以前からデリクにドラッグを提供し、その勘定が支払い不可能なほどたまっていたことがわかると、警察はデリクの話を疑いはじめた。アデルが殺された晩、ふたりが近くのバーでデリクの借金について口論している姿が目撃されていた。アデルは、金を払わないなら両親から集金するとデリクを脅し、今夜にも実行すると宣言していた。デリクは店を出ていくアデルを追いかけ、ふたりがデリクの黒塗りのポルシェに乗って走りだすところを見た者がいた。アデルを殺した凶器のナイフは発見されなかった。現場からも、アデルの着衣と遺体からも、第三者がいた証拠はひとつも見つからず、被害者から採取された本人以外のDNAは唯一デリクのものだけだった。この結末には拍子抜けした。先に読んだ記事で、デリクが有罪判決を受け、その八カ月後に釈放されてすべての容疑が晴れたことはわかっていた。ネタバレはすべてを台無しにする。

アンバーがわざとらしくため息をついた。

「もう飽きた」

わたしはキッチンへみんなの水を取りにいった。居間へもどる途中で、タイソンが自分のパソコンを閉じた。

「おなかすいたよ。スシを食べにいってもいい？」

水のボトルを一本タイソンの膝に置いた。

「水でも食え」

デヴォンとアンバーが笑った。

次の記事は思いがけないものだった。刑務所から釈放されて三年、デリク・フープはまたリハビリ施設にはいった。その十週間後、ハリウッド・ボウルの上のマルホランド・ドライブで、デリクはヘロインの過剰摂取により、自分の車のなかで遺体となって発見された。

わたしは椅子の背にもたれて首をまわした。タイソンはスシが食べたい。わたしはビールが飲みたい。服を脱いで、運動をして、長距離を疾走したかった。

携帯電話をスワイプしたりタップしたりしているデヴォンを観察し、それから彼女の息子とその隣の娘を観察した。ふたりはありふれた日常生活を送っているありふれたティーンエイジャーに見えた。実際はちがうが、この一件が片づいたときにはそうなれるかもしれない。ふたりがハリウッド・ボウルの上あたりの車のなかで死ぬようなことにはなってほしくなかった。

「彼は死んだ」

デヴォンはメモをとる手をとめなかった。

「だれ？」

「デリク。麻薬の過剰摂取で死んだ」

顔があがった。

「なんて痛ましい」

デヴォンは仕事にもどったが、突然その顔に緊張が走った。画面を凝視し、そのページを読み返し、それからまた電話をちらりと見た。

「この人だわ。アイヴァー・フープにまちがいない」

電話を差しだした。

「五番めを見て。これはダウンタウンの住所。例のふたり組の男が訪ねたのはこの住所よ！」

母親の興奮した声がタイソンの耳に届いた。

「なにを見つけたの、母さん」

タイソンとアンバーも急いで居間にやってきた。

デヴォンはあるビジネス・ネットワークのサイトでアイヴァー・フープの所有する九つの会社を洗いだしていた。そのリストの五番めの会社は〈フープ・セキュリティ・グループ〉と呼ばれ、本社の所在地はＬＡのダウンタウンだった。

「どういうこと？」タイソンが訊いた。

デヴォンがさらにページをめくった。

「テナントのリストもある。ほら！〈フープ・セキュリティ・グループ〉、三十六階と三十七階。これはあのビルよ！　この人にまちがいない！」

タイソンが床のわたしの隣にどすんとすわり、パワーブックをのぞきこんだ。なにか劇的なことを期待しているみたいに。

「なにか見つかった？」

わたしはぼんやりした写真の映っているぼんやりした画面を見た。

「デリクの写真。事件の顚末の記事。それだけ」

「なにかあるはずよ」とデヴォン。

アンバーがタイソンの後ろであぐらをかき、肩越しにのぞいた。

「手元に残ってる息子の写真がこれしかないのかもね」

タイソンがトラックボールをまわしてハードディスクを確認した。

「スキャンした写真だね。写真をスキャンして、残しておきたいものはパソコンに取りこんでおくんだ。この人の写真がこの世にこれしかないってことはないよ」

アンバーは肩をすくめた。

「そんなことわかんないでしょ。これしかないのかもしれないし。この人の両親が悲しい思いをしてるのかも」

デヴォンがテナントのリストを脇にぽんと置いて、おもむろに立ちあがった。

「古い写真帳のために何人も人を殺したりはしない。なにか裏があるはずよ。わたしたちのすぐ目の前にあるのに、まだ見つけられないだけ」

デヴォンは古ぼけたパワーブックをにらみ、ひとつの案を示した。

「ほしいのは写真じゃなくて、写真のなかにあるものかも」

タイソンが身体を起こしてわたしを見た。驚いて。

「暗号化？」

「暗号化するとか、埋めこむとか、なんらかの形でなにかを隠すことはある。わかるか？」

タイソンはキーボードから身を起こした。

「特殊なソフトウェアがいるね。どこから手をつけたらいいのかわかんない。ぼくの知識じゃ無理」

「カールの知識ならどうだい？」

タイソンはふと視線をそらした。超セクシーなポルノ女優のガールフレンドがいるとカールに大見得を切って自慢したことが脳裏をよぎったのだろう。

「カールはすごく頭がいいんだ」

「あなただって頭はいいのよ、ハニー」とデヴォン。

タイソンは顔を赤らめ、アンバーがその背中をばしんとたたいた。

「タイ、よかったじゃん！　そんないやそうな顔しないの」

デヴォンがわたしのほうを見た。険しい目。

「タイ？」

タイソンはトラックボールをくるくるまわし、かろうじてうなずいた。

「カールの知識は半端ないよ」

アンバーが訊いた。「まだほかのパソコンでなんかさがさなきゃなんないの?」

「いや。もう充分だ。ご苦労さん」

タイソンとアンバーはダイニングルームへもどり、壁にもたれてすわった。ふたりが話しているのを眺めて、わたしはアンバーのことを考えた。

デヴォンが言った。「ここでぼんやりすわってるわけにはいかないわ」

「ぼんやりすわってはいない。考えている」

「なにを考えてるの?」

「あれこれ」

「全然おもしろくない」

「もう一度カールの母親に電話してもらえないだろうか。カールにこれを見てもらえるかどうか」

「すぐかけるわ」

「朝いちでいい。フープ一家がなにを知っているのか、フープの会社の人間がこのパソコンを取りもどしたがっているのかどうか、それを突きとめないといけない」

「そうね」

「問題はどうやるかだ」

「たしかに。直接会社に行って質問するわけにもいかないし」

わたしはタイソンとアンバーをまたひとしきり眺めた。

「フープ家からの盗難品のリストはあるかな」

「あるわ！　もちろん！」

デヴォンがフープのファイルを見つけ、ふたりで盗難品リストに目を通した。リストに書かれた品は八点。損害リストにパワーブックは含まれておらず、申告されているのは、アンティークの指輪五個、アンティークのブレスレット二本、ブローチ一個、アンティークのネックレス一本だった。一点ずつ詳しい説明と保証書類の写真が添えられていた。

わたしはアンバーをじっと見た。

「今度はなにを考えてるの？」

「直接会社に行って、質問せずに質問する手もあるな、と」

わたしは立ちあがり、宝石の写真をアンバーに見せにいった。

41

タイソン・コナー

タイソンは買い物袋のなかをのぞき、母親に向かって叫んだ。

「食べるものを持ってきたんじゃなかったの。シリアルばっかり、それなのにミルクがないときてる」

母親が居間から叫び返した。

「別の袋にあるでしょ。見て」

「ちゃんと見たよ。どこ？」

アンバーがくすくす笑い、デヴォンに聞かれないよう小声で言った。

「ピザの箱でも食べたら。気に入るかもよ」

タイソンが顔をしかめたとき、母親がキッチンにはいってきて、ガスレンジの横にある袋のところへ行った。箱や瓶を取りだしてカウンターに積みあげる。

「ほら、ミスター・〝ちゃんと見たよ〟。チップス。フィグ・バー。ドライ・アップル。ヘーゼルナッツ・ココアクリーム。サルサソース。レーズン入りミックスナッツ。指まで食べちゃわないようにね」

タイソンは安堵の波が押し寄せるのを感じ、フィグ・バーの包み紙を破った。

母親の視線がちらっとアンバーに向けられ、表情がやわらいだように見えた。

「気分はどう?」

アンバーはいつもの癖で小さく肩をすくめた。

「うちの母親のせいでちょっといらついてる」

母親がアンバーの腕にそっと触れた。

「でしょうね。あとでちょっと話しましょうか、あなたさえよければ」

「警察のこと?」

「そうね、それ以外のことでもかまわない」

母親はコールのそばにもどってすわった。

アンバーが言った。「あんたのママ、けっこういい人だね」

タイソンはフィグ・バーを食べ終えて、トルティーヤ・チップスの袋を開けた。

「うん。ぼくがとんでもなく厄介なことになってるわりにね。ぼくたち刑務所に行かずにすめばいいんだけど」

「あたしたちはきれいだからだいじょうぶ。刑務所って不細工な人が行くとこだから」

冗談だとわかるようににやりと笑ったが、タイソンにはおもしろいと思えなかった。

「まじめな話。アレックを殺したやつらに見つかったら、ぼくたちどうなる?」

アンバーは目を大きく開いてみせた。

「あいつ、ジョーを見たでしょ？　矢のタトゥーの。まるで野獣だよね。おまけにちょっとセクシー」

タイソンはサルサの瓶を開け、チップスでソースをすくった。ジョーはどこから見ても凶暴な野獣だし、エルヴィスもタフガイに見えるけれど、アレックのことがどうしても気にかかり、刑務所にいる自分の姿が頭から離れなかった。少年院だってひどいところだ。自分は身体も小さいし腰抜けだから、ギャングのレイピストや殺し屋の餌食(えじき)にされてしまうだろう。タイソンはチップスでサルサソースをすくってがつがつと食べた。なにかほかのことを考えようとしたけれど無理だった。

「うちは高い弁護士なんて雇えないよ。きみのお母さんはお金持ちだけど、うちは今回のことで破産するだろうな」

「あんたは心配しすぎ」

「アンバー。これは現実に起きてることなんだ。ふたりともアレックみたいに殺されてたかもしれないし、どのみちきっとつかまってた。エルヴィスが見つけてくれて運がよかったんだ。これが状況をひっくり返すチャンスなんだよ」

アンバーがタイソンを肘でつついてささやいた。

「これでふたりとも有名人だね。ひょっとしてあたしたちのことが映画になったりして」

タイソンはむせてトルティーヤ・チップスのかけらをまき散らした。

アンバーがまたつついて、コールと母親のほうに目を向けた。ふたりは身をかがめてパワーブックをのぞきこんでいる。

「あれが例のやつだと思う?」

「例のやつって?」

「ふたり組の男がさがしてるノートパソコン」

「さあね。たぶんそうだろう」

アンバーがまたつついた。

「持ち主は億万長者。もしもそいつが、何人も人を殺してまで取りもどそうとしてるんなら、あれには莫大な価値があるってことだよね。そいつに買い取らせたらいいんじゃない」

てっきり冗談だと思ったが、このときアンバーは笑わなかった。本気だった。

「どうかしてるよ」

「警察がアレックを殺した犯人を逮捕するのに協力できるし、そしたらあたしたちヒーローになるんだよ。エージェントを雇って、うんと優秀なのをね、あたしたちを映画会社に売りこませるんだ。ふたりでスターになろうよ」

タイソンはアンバーの顔を、興奮に目を輝かせるようすを、じっと見つめた。

どう言ったらいいのか考えていたとき、コールが来て、アンバーに宝石の写真を見せた。

「これに見覚えは?」

アンバーは割れた風船みたいにしょぼんとなった。

「あるけど」

「きみが持っているのか？」

ばつが悪そうにぎこちなく肩をすくめた。

「ネックレスとブレスレット二本。ほかのは持ってない」

「どこにある？」

「姉さんのとこ。あたしのクローゼットのなか」

「隠したのか？　お姉さんに見つからないように？」

どうしてそんなことを訊くのかふしぎに思った。

「うん」

コールの思案顔に、なにを考えているのかタイソンは気になった。ようやくコールがうなずいた。

「そうか。それはいい。非常にいい」

ミックスナッツの袋とフィグ・バーを一本持って、コールは母親のいるところへもどった。

コールが立ち去るのを待ってアンバーが小声で言った。

「セレブは面倒なことになったりしないの、わかってないなあ。ますます有名になるだけ。あたしたちは泥棒から一躍ヒーローになって、みんなの人気者になるんだから」

タイソンはチップスの袋をのぞいたが、もう食欲は失せていた。

「そんなことにはならないよ」

アンバーが顔をしかめた。

彼女のきれいな目を探ると、そこには警戒と反感の色が見えた。

「ぼくたちは不法侵入した。盗みを働いたし、アレックは死んだ。ぼくたちは悪党だ。悪党はヒーローじゃないよ。わからない?」

アンバーは長々とタイソンを見つめ、それから離れていった。

「あんたこそわかってないし、わかってたためしがない」

アンバーはキッチンを出て居間へ行き、床にすわって壁にもたれた。タイソンは不安になって怯え、アンバーの言うとおりだと思った。自分はわかっていない。わかっていたためしがない。だけどいまは少しずつわかりかけてきた。

アンバーはいかれてる。

42

エルヴィス・コール

断続的な眠りのあいまに夜は更けてゆき、子守歌のようなフリーウェイの低いざわめきは、トラックの轟音(ごうおん)とときおり響く改造バイクの咆哮(ほうこう)に断ち切られた。四時十五分には眠るのをあきらめて、ふらふらとキッチンへ行った。床が汚れている。いまはじめて気づいた。

携帯電話を使って〈フープ・セキュリティ・グループ(HSG)〉をグーグル検索した。ＨＳＧは依頼人や共同事業者のみならず、フープの経営するほかの系列会社八社のために特殊なセキュリティ・サービスを提供し、データ損失やサイバー攻撃、社外の安全保障上の脅威に対抗する最先端の防護策を講じている。求人の応募者は、法執行機関や軍隊で勤務歴のある者、機密情報取扱の有資格者が優遇されていた。

この男はみずから警察部隊を所有している。

パイクに電話をかけて、わたしの立てた計画の概略を説明した。もう六十時間近く眠っていないというのに、パイクは最初の呼びだし音で応じた。いつでもどこでもパイク。

「おまえさんがひとりでやるのはどうかと思う」

「それはなにか、ひとりじゃ頼りないということか?」

例によって通話を切られたが、このおなじみのふるまいがなぜかわたしの顔をほころばせた。

最後のフィグ・バーをつかんで、それを食べながらパワーブックの前に落ち着いた。デリク・フープの母親か父親かあるいは両方が、この小さなマシンを息子の安住の地としたわけだが、デリクの人間性や喜びや関心ごとを示すものはなにひとつここには含まれず、両親の愛情は息子の人生ではなく、息子の最期へと通じるできごとに向けられているかのようだった。デリクの死を報じるたったひとつの短い記事が、文章を締めくくる終止符のように感じられた。

デヴォンがタイソンやアンバーといっしょに寝ている寝室にこっそりはいった。デヴォンの腕にそっと触れると、彼女はすでに目覚めていた。音をたてずに起きあがり、わたしのあとからキッチンにやってきた。

「これからカセット刑事と話をして、タイソンとアンバーの安全を確保してもらう。もしわたしがこの隠れ家にもどってこられなかったら、ひとりであの子たちを連れて警察に出頭してもらわないといけない」

「自首するということ?」

「カセットと話したあとでまた報告するけど、そういうことだ。向こうもそれを望むだろう」

「もし望まなかったら?」

「望むはずだ。だからきみが雇った弁護士にも準備をしてもらってほしい。まずは弁護士に電話すること。なるべく早めに子供たちを引き渡そう、悪党どもに行動を起こす暇を与えないために。連中はわたしのことを考えるようになるだろう」

「どうしてあなたのことを?」

「そうなるように仕向けるから。準備をして」

キッチンの薄明かりのなかで、デヴォンがわたしを見つめ、不意にキスしてきた。唇にほんの一瞬、ただそれだけ。

「あなたと別れた女性、ほんとにばかね」

タイソンとアンバーはわたしに起こされてようやく目覚め、のろのろと朝の支度をした。いつもとちがうことなどなにも起こっていないみたいに。

八時十分にデヴォンがカールの母親に電話をかけた。わたしはカールと話をし、パワーブックのことを説明して、試してみてくれないかと頼んだ。

〝カール様〟の声は冷笑的だった。

「やるかやらないか、だ。試しなどない」

ひゃっひゃっひゃっひゃっ。

『スター・ウォーズ』ファンだ。絶対に。

カールは運転しないので、こちらからパソコンを持っていくしかない。しかもカールは六百ドル要求してきた。わたしは同意し、ふたりで何時に行けばよいかと訊いた。

「ふたり? へっぽこランドの王様タイソンも来るのか?」

「そうだ。なにか問題でも?」

ひゃっひゃっひゃっ。

わたしが電話をおろすと、タイソンはむっつりした顔になった。

「ぼくも行かないとだめ?」

「気合を入れて行け」

アンバーによると、宝石はジャジーのアパートメントの自分用のクローゼットの奥にある派手な赤い靴箱のなかだという。いっしょに行きたいと言うので、断ると、女性差別だと非難された。

わたしはデヴォンを脇へ呼んだ。

「母親がもどってくることでいらついているんだろうか」

「ゆうべふたりで少し話したわ。あの一家は深刻な問題をかかえてる」

ノーラは飛行機の予約がとれたら連絡すると約束してくれたが、まだ連絡はなかった。ディックからも。

わたしは時間を確認した。頼むべきこともすべきことも全部すませ、あとはパワーブックをカールに届けて、リリアン・フープの宝石を回収し、うまく話をつけて〈フープ・セキュリティ・グループ〉の内部にはいりこむだけ。厄介なのはうまく話をつけて外に出ることだ。

車でカールの家に向かうあいだ、タイソンは情けない顔で、どちらも口数が少なかった。それぞれに理由があったのだが、その理由はちがっていた。

「怖い?」タイソンが訊いた。

理由はたいしてちがわないのかもしれない。

「ああ」

「くれぐれも気をつけて」

タイソンの頭に手をやりたかったが、しなかった。

ふたりでカールの家の私道を歩いていって、ゲートを通過した。おなじみのビジネススーツに蝶ネクタイの〝カール様〟が表で待っていた。タイソンをちらっと見て、そわそわした。もじもじと落ち着かないようすで、ほとんど目も合わせない。タイソンのほうも似たようなものだった。

「やあ、カール」とタイソン。

「やあ」とカール。

わたしはカールにパワーブックを渡した。

「なにをさがすかはタイソンが知っている。〝やるかやらないか、だ。試しなどない〟」

〝カール様〟は笑わず、タイソンも同様。

わたしは車でジャスミンのアパートメントに向かい、アンバーの鍵でゲートを通ってなかにはいった。派手な赤い靴箱はアンバーの言ったとおりクローゼットの奥にあったが、リリアン・フープの宝石を見つけるのに少し手間取った。靴箱のなかには、宝石箱かと思うほど宝石がどっさりはいっていたのだ。ようやく目当ての品を見つけだし、ジップロックに入れて、外に出た。

43

ハーヴェイとステムズ

ハーヴェイはジャスミンの写真を凝視し、冷笑を浮かべて目をあげた。その顔は嫌悪感にゆがんでいた。

「どうかしてるんじゃないか、ステムズ。むかつくやつだな」

ステムズは驚いた。

「このふくらはぎを見ろよ。いいだろう。ぐっとくる」

「まだほんの子供じゃないか、あんた変態か。サッカーしてる女の子だぞ。あきれるよ。むしずが走るぜ」

その写真は、お香とマリファナと不気味な唇だらけのとんでもない実家の、元ジャスミンの部屋からステムズが拝借してきたものだった。サッカーの試合中にジャスミンがキックをしようとボールを地面に置いたところをとらえている。じつにいい写真だ。短いショートパンツ、汗、筋肉の浮きでたふくらはぎの曲線。

ステムズは写真をしまい、ハーヴェイに見せたことを後悔した。

「おまえは大げさに騒ぎすぎだ。このときはもう十五か十六じゃないか?」

「でもむかつく」

「たかが古い写真だ、ハーヴェイ。いまやもう大人。法的に大人の女だ」

「彼女のパンティも持ってきたんだろう?」

ハーヴェイはにおいを嗅いでみせた。くん・くん・くん。

ステムズはいやらしくにやりと笑った。

「アパートメントから持ってきたパンティのほうが新しい」

ハーヴェイはしかめ面を保とうとしたが、がまんできずに噴きだした。

「どうせすぐうちに帰ってくる、そうしたら生のふくらはぎを楽しめる」

ステムズは舌なめずりをした。

「ふくらはぎ以外のところもな、兄弟」

ハーヴェイは不意に首を伸ばして前方に目をこらした。

「ここだ。出るぞ」

クライスラーはセプルヴェーダ峠のてっぺんで四〇五号線を降り、マルホランド・ドライブのほうへと向きを変えた。

ステムズはダッシュボードを軽くたたいた。

「いい車だ。別れるのが惜しい」

ハーヴェイは前方に目をこらしながら、交換場所をさがした。

「左側だ。いったん過ぎてからUターンしてもどろう」

車線をはさんだ通りの向こう側に〝パーク&ライド〟の小さな駐車場があった。ステムズはそのままマルホランド・ドライブを走り、Uターンしてもどると、クライスラーを駐車場の入口に入れた。最初に見つかった空きスペースに車をとめたが、エンジンは切らなかった。ふたりは周囲の車を観察した。

〝パーク&ライド〟はフリーウェイを利用する通勤者が相乗りをするときに自分の車をとめておくための小さな駐車場だが、街から離れていて、警備員もおらず、フリーウェイのランプに近いことから、もっぱらドラッグの受け渡しや、中年男女の逢引きや、オイル交換に都合のよい場所を必要とする庭師などに利用されている。

ハーヴェイが訊いた。「そっち側は?」

「プリウスのカップル、男と女。ピックアップ・トラックに男。全員ちがうな」

ハーヴェイがまず降りて、周囲の状況を確認し、車の屋根をぴしゃりとたたいて不審なものがないことをステムズに知らせた。

ステムズはエンジンを切り、座席の周辺をいま一度確認して、車から降りた。

「おまえと別れるのが惜しいよ」

キーを車の床に放り投げて、これが最後とクライスラーのドアを閉めた。

ふたりはこの場所にいるよう指示され、時間枠も指定された。つまり、自分たちの居場所も、そこにいる時間も、知られているということだ。この無防備な状態は、どちらも気に入らなかった。

ステムズは車の列に沿って歩き、メルセデスSクラスのセダンのまっさらな白い新車のところまで行った。ハーヴェイは拳銃に手をかけて周囲を見まわしながら、三メートル後ろからついていった。

メルセデスはロックされていなかった。

ステムズは運転席に乗るとキーを見つけ、すぐにバックで車を出した。ブレーキを踏むのと同時にハーヴェイが乗りこんできたので、アクセルを踏んだ。マルホランド・ドライブを走りだし、尾行されていないと確信したところで、ふたりはようやく肩の力を抜いた。

ステムズは少し時間をかけて車の乗り心地をたしかめた。

「悪くない。なかなかいい車だ」

「おれはクライスラーが好きだった」

ハーヴェイは車を乗り換えるたびに不満をもらす。愛着障害。

ミラーやシートの位置を調節して制御装置を確認するために、ステムズは高台で車をとめた。取扱説明書をめくっていると、ハーヴェイの電話から耳になじんだ軽快な曲が大きな車内に鳴り渡った。〝階段の下からのぞいてるのはだれ？　空気より軽い名前を呼びながら〟

ジャスミンのアパートメントに仕掛けた人感センサーからの警告。

ハーヴェイはステムズに不敵なにやにや笑いを送った。

「あんたのガールフレンドが帰ってきたようだな、この変態！　彼女が素っ裸かどうか見てみよう！」

ハーヴェイが身をかがめてジャスミンのアパートメントから送られてきた映像を見ようとするのを、ステムズが制止した。

「いまの曲、アソシエイションだ」

「そうだよ」

「おまえは『サイコ』じゃないとだめなのかと思ってた」

「意地悪言うなよ。おれたち相棒だろ」

「これはおれの大好きな曲だ」

ハーヴェイはステムズのほうを向いて、またにんまり笑った。その笑みは穏やかで、声は優しかった。

「知ってる」

ステムズは感激のあまり涙ぐんだ。

「うれしいよ、ハーヴェイ」

ハーヴェイが画面をタップすると、乗りのいいあの陽気な歌が車内を満たした。

〝階段の下からのぞいてるのはだれ？　空気より軽い名前を呼びながら〟

ステムズが冒頭のベースのパートを独学で演奏したのは、生まれてはじめて弦楽器を手にした七つのときだった。アパートメントの隣の部屋の女性がよくオールディーズ専門の局を聴いていたのだ。ステムズはこの曲のイントロで流れるベースの陽気で明るくて軽快なメロディを耳にした。ラジオでその曲が終わったあとも、『ウィンディ』はまた頭のなかで流れ、だれかが再生ボタンを押しているみたいに何度も繰り返されて、その日も、その晩も、次の日も延々と鳴り続け、楽しい気分は魔法のように心を満たしてくれた。『ウィンディ』。作詞作曲はルーサン・フリードマン。プロデューサーはボーンズ・ハウ。ステムズが生まれるずっと前の一九六七年にアソシエイションがレコーディング。自分が演奏したはじめての曲。音楽の喜びに胸を打ち震わせたはじめてのとき。

ハーヴェイは穏やかな笑みを浮かべ、優しい目をして、ただそこにすわっていた。

ステムズは腕を伸ばし、ハーヴェイの顔に触れた。ハーヴェイがその指に一度だけキスし、それから気を取り直して電話に目を向けた。

「階段の下にいるのがだれか見てみよう」

ハーヴェイは送られてきた映像を呼びだし、しばらくそれを見た。それからステムズにも見えるように電話を支えた。

「こいつ、いったい何者だ?」

コナー家の仕掛けを解除した例の男が、寝室から出てきて、居間を抜けて玄関に向かい、外に出た。

「巻きもどせ、ハーヴェイ。すぐに」

ハーヴェイはビデオをリセットした。無人のアパートメントで玄関ドアが開き、センサーが感知して、その瞬間から録画がはじまった。男は玄関のなかにはいり、振り向いてドアを閉め

「とめろ」

ハーヴェイは映像を一時停止した。

ステムズが顔を近づけた。

「鍵だ。こいつは鍵を持ってる」

「例の女だ。こいつといっしょにいるとしたら、こいつは彼女の鍵を手に入れられる。女と、それにコナーのガキもいっしょだ」

ビデオが再開された。

玄関ドアを閉めた男は、居間を抜けて最初の寝室にはいった。アンバーの部屋だ。

ステムズは時間に注目した。三分五十五秒後、男が出てきて、居間の反対側に目を向けた。

ハーヴェイはそこで一時停止した。

「なにも持ってない。なにか取ったとしたら、小さいものだ」

「続けろ」

ビデオが再開された。

男はまっすぐ玄関に向かい、外に出た。ドアが閉まると、室内のいっさいの動きがとまった。

ハーヴェイは言った。「目的があって部屋にはいった。まっすぐ寝室に行って、なんだか知らないけどなにかして、立ち去った。ここへ来たのにははっきりした理由があるはずだ。どう思う?」

「手袋はつけてなかったと思う」

そんなことは頭に浮かびもしなかったというようにハーヴェイは驚いた顔になったが、実際浮かばなかった。ビデオをリセットして、もう一度見た。男はアパートメントにはいって、玄関ドアを閉めた。立ち去るとき、玄関ドアを開けた。いずれのときも素手でドアノブを握った。ハーヴェイとステムズはどこへ行っても手袋をつける。

ハーヴェイはにやっとした。まちがいなくうれしそうな笑いだった。

「そうか、そうだよ。指紋」

ステムズは車の向きを変えて高台を離れ、フリーウェイに向かった。ハーヴェイは笑いだし、気がつくとげらげら笑っていた。ステムズも笑みを浮かべ、やがてつられてげらげら笑いだした。

44

エルヴィス・コール

〈フープ・セキュリティ〉は二百十八あるテナントのひとつで、三十三基のエレベーターを有する超高層ビルの二フロアを占めていた。ビル内で働く従業員の総数はおそらく三千人を下らないだろう。加えて一時間あたり千人以上の訪問者がロビーに出入りする。人が多いに越したことはない。それだけ安全になる。

三ブロック離れた場所に駐車して、拳銃を座席の下に押しこみ、カセットに電話をかけた。

「おはよう、カセット刑事。あの大量のメッセージを残してくれたのはきみかな?」

「このろくでなし。どこにいたの?」

「きみの事件を解決していた。一時間後に会おう、そこで状況を説明する」

「もっといい案がある。そっちがわたしのオフィスに来るの、弁護士を連れて」

「一時間後にグランド・セントラル・マーケット、はったりはいいから。ひとりで来ること。そっちの質問にはちゃんと答える」

電話を切って、何度か深呼吸をした。長くゆっくりと息を吸いこみ、長くゆっくりと吐きだす。軍隊時代、敵を見つけるために、ヘリコプターが着陸できない鬱蒼としたジャングルへ送りこまれた。パイロットが機体をホバリングさせると、わたしたちは着陸用のそりの部分に足を踏みだし、ロープを滑り降りて美しい緑の葉叢をすり抜けながら目に見えない場所へと向かった。下でなにが待ち受けているのか知るよしもない。ライフルを構えた屈強な男たちが見張っていたとしても知るすべはない。そりの上に立つたびに怖かった。あのときの気分をいまも味わっているが、それでも、当時もそうしたようにわたしは足を踏みだし、敵のビルまでの三ブロックを歩いていった。

ロビーは空港のターミナルビルなみに広く、空港よりはるかに騒々しく、ショッピングフロアに通じるエスカレーターがあり、床は大理石で、セキュリティの厳しいフロアへの入口を封鎖するように警備員の詰所があった。その詰所の前で立ちどまり、案内板を眺めた。三十六階へ行くかすでに知ってはいるが、警備員たちにわたしの姿を見せておきたかった。三十六階へ何階にあるエレベーターに乗るにはセキュリティ・カードがいる。来訪者は詰所の受付で記名しなければならず、警備員は来訪者名簿で面会の約束があるかどうかを確認したのち、磁気カードの通行証を発行する。約束がなければ、通行証もなし。

充分に姿を見せておいてから、受付に行った。

「電話をお借りしてもいいですか、三十六階の〈フープ・セキュリティ〉にかけたいので」

「お約束ですか?」

「いや、ちがいます。届け物ですが、だれに預けたらいいのかわからなくて」

「こちらで預かりましょう。あとでお届けします」

「困ったことに、だれに渡せばいいのかわからないんですよ。それを確認して、メモをつけて、それからおたくに預けましょう。それでいいですか？」

警備員は机の端のほうへわたしを誘導し、三十六階に電話をかけて、受話器を差しだした。

「どうぞ」

電話に応じた女性は受付係だった。

「こちらはエルヴィス・コール。フープ家の盗難事件の調査をしています。フープ夫人のものと思われる品を何点か回収しました。それをお返ししたいんですが、もしよろしければ」

「フープ社長のオフィスはロングビーチに、〈フープ・インダストリーズ〉のほうにあります。こちらにはおりません」

「困ったことに、わたしはここにいるんですよ、ロングビーチではなく。フープ夫人に渡してもらえるのなら、あなたに預けてもかまいません」

警備員を電話口に出すよう言われた。警備員は相手の話を聞き、写真つきの身分証を要求してきた。それから、わたしの探偵の免許証を記録に残して、通行証を差しだし、エレベーターの場所を指示した。わたしはボタンを押して、待った。両肩のこわばりがひどくなり、耳の奥で鼓動がどくどく鳴っていた。もう一度深呼吸をしたが、動悸はおさまらなかった。

エレベーターが開いた。なかに乗りこみ、通行証を機械に通した。

受付係は盗難事件のことなど知らないかもしれないが、フープ夫人の名前を出されたら聞き流すわけにいかないだろう。彼女は電話をかけて、指示を仰ぎ、フープ夫人のものを持った男が訪ねてきていると告げるだろう。盗難事件のことも口にするだろう。

扉が開いたらネフとヘンスマンが待っている、そんなことはありえないと自分に言いきかせた。〈フープ・セキュリティ〉は大企業で、大勢の社員が合法的な仕事をしている。ネフとヘンスマンのような男たちは、雨粒のあいだで暮らし、軒下で仕事をする。この男たちのことも、彼らがなにをしているかも、知る人間はひとりかふたりだけで、雇い主がだれにしろ、彼らが表に出ないよう抑えているはずだ。エレベーターの扉が開いた瞬間ショットガンで撃たれたりはしないと自分に言いきかせたが、石のような硬いこわばりは依然として両肩を締めつけていた。

受付エリアはすっきりとしてモダンでいかにも機能的だった。ネフとヘンスマンではなく、親しげな笑みを浮かべた若い女性が、すっきりとしたモダンな受付机の向こうで出迎えてくれた。ブロンドの巻き毛と大きな手をした長身の男が受付係と並んで微笑み、片手を差しだしてきた。

「コールさん?」

「エルヴィス・コールです。どうぞよろしく」

「スティーヴ・クライナーです。どちらの機関の方ですか?」

「どこでもない。フリーランスです」

わたしは名刺を渡した。片隅に硝煙のあがる四五口径の銃が描かれ、弾痕で名前が綴られている。気に入らなかったようだ。クライナーは眉をひそめた。

「LEOではない?」

法執行機関(ロウ・エンフォースメント・オフィサー)の捜査員。

「フリーランス。保険関係の回収とか。そういったことです」

ジップロックを取りだし、ブレスレットとネックレスを、もう一枚の名刺代わりに相手に見せた。

「フープ夫人のものと思われます。まちがいなくご本人に渡してもらえますか?」

わたしが袋を差しだすと、驚いた顔になった。

「このことは夫人もご存じですか?」

「いいえ。これがもどってきたら夫人も喜ぶだろうとわたしが思っただけです」

クライナーはビニールの上からなかの品を指でいじり、いっしょに来るようにと言った。

連れていかれたのは正方形のすばらしいオフィスで、整然と片づいた机と、すっきりした棚と、隣の超高層ビルの景色もついていた。その超高層ビルに眺望がさえぎられている。これが中間管理職。

クライナーはわたしにくつろいでくれと言って、机の向こうに腰を落ち着けた。

「なぜこれがフープ夫人のものだと思うんです?」

「写真や保険書類の説明と一致しています。警察の調書と盗難品リストも確認しました」

クライナーはもう一度ネックレスを指でいじった。さわればそれが本物になるかのように。

「しかしあなたは警察官ではない」

「名刺にあるとおり、フリーランスです。十八件の連続窃盗事件のことをいろいろ調べてましてね」

クライナーはまたうなずいた。

「で、どういう経緯でこれがあなたの手元に?」

「情報源、コネ、地道な労働。身を粉にして働くんですよ、スティーヴ。フリーランス。〝われわれは決して眠らない〟」

クライナーは笑ったが、ピンカートン探偵社の標語は耳を素通りしたようだ。ジップロックを机に置いて、わたしのほうへ押し返した。

「話はわかった。いいかね、これがフープ夫人のものかどうかわたしには判断できないが、しかし仮にそうだとしても、ここへ持ってくるのは筋ちがいだ。警察に持っていきたまえ」

「わたしは警察に雇われて仕事をしているんじゃない。フリーランスだ、お忘れなく」

お手上げだと言わんばかりに、クライナーは両手を広げた。

「むしろ、これが本当にフープ夫人のものなら、証拠品ということだ。言いたいことがわかるか?」

「警察がわたしの家賃を払ってくれるわけじゃない。言いたいことがわかるか?」

クライナーはまた声をあげて笑った。どうやら事情がのみこめてきて、いまごろになってやっと気づいたことを笑っているのだ。

「なるほど。話はわかった。そっちの望みは?」

「回収の謝礼を辞退するつもりはないが、ここへ来たのはそのためじゃない」

袋をゆっくりと押しもどした。

「ここにある品は夫人の母親のものだった。これが無事だとわかれば、そして取りもどせたら、きっとうれしいだろうと思ったからだ」

クライナーは袋を手に取り、軽く揺すりながらわたしをにらんで、いきなり立ちあがった。

「しばらく借りてもいいだろうか。ほんのしばらくでいい」

「どうぞ。好きにしてくれ」

「これが本物か、本当にフープ夫人のものか、たしかめよう。かまわないかね?」

「もちろん。言っておくが、もしちがうとわかったら、それは返してもらいたい」

「言うまでもない。コーヒーでもどうかな?　水は?」

「おかまいなく。景色を楽しむとしよう」

クライナーは袋を手にしてすみやかに立ち去り、話を広めにいった。

わたしは脚を組み、通りの向かいのビルを眺めた。反射ガラスの表面はメタリックブルーの鏡をのぞきこむような感じだった。携帯電話が振動したが、無視した。電話に出るところを見られたり口にする言葉を聞かれたりするのは避けたかった。このフロアのすべての部屋と廊下にはおそらく盗聴器と隠しカメラが設置されている。

もどってきたクライナーには連れがいた。パイクの写真に写っていたビジネスマンだった。

この男に会えるとは思わず、顔を合わせることも、ましてや名前がわかることも想定外だったが、ふたりがはいってきたのでわたしは立ちあがり、名刺を差しだした。

「エルヴィス・コールです。どうぞよろしく」

「ケネス・ローン、当社の副社長だ。どうぞ。かけて」

わたしが何者か知っているのだとしても、ローンはそれを顔に出さなかった。ズボンをぐいと持ちあげて、クライナーの机の端にすわり、さっきの袋を脚の横に置いた。ネフとヘンスマンは何人もの人を虫けらのように殺していて、この男は金曜の夜の立食パーティーに出ているシュライン会会員（フリーメイソンの外郭団体）のようにくつろいでいる。

「リリアンもさぞ喜ぶことだろう。心から感謝するよ」

「ちゃんと本人に渡してもらえますね？」

「当然だ。話がついたらすぐに電話しよう」

「受領書をもらえますか？　念のため」

躊躇（ちゅうちょ）するかと思ったが、しなかった。

「いいだろう。ちょっと待って――」

クライナーの電話の受話器を取って、ボタンに触れた。

「コールさんに受領書を作ってくれ。二点、盗難品リストの十三番と十四番だ」

受話器を架台にもどした。

「すぐに持ってくる」

「すばらしい。ありがとう」

ローンは腕組みをして、わたしをじっと見た。

「わかっているとは思うが、フープ夫妻は盗難品がもどってきたことを保険会社と警察に報告するだろう」

「でしょうね。わかってますよ」

「警察は疑問に思うだろう」

「こっちはかまわない。喜んで協力する」

「警察は知りたがるだろう、大勢の人間がずっとさがしまわっているものを、どうやってきみが見つけたのか」

「知り合いの故買屋が、ある故買屋と知り合いでね」

「その説明では通らないだろうな」

「情報源は明かさない。商売に差し障る」

「警察ならきみを追いこめる。捜査妨害、干渉、へたをすれば従犯でつかまるぞ」

わたしは肩をすくめた。

「フープ夫妻にとっては残念なことだ。こっちにはほかの盗難品に関する情報もある」

ローンの口の端をかすかな笑みがよぎった。真意を探ろうとしているのか、はたまたわたしを始末する決意を固めたのか、よくわからない。

ローンは机からするりと降りた。

「話は以上だ、コールくん。たわごとの許容範囲がもう限界に達している」

わたしはすわったまま宝石をあごで示した。

「その袋のなかにあるものはたわごとじゃない。フープ夫人に確認しろ」

ローンは反論しなかった。電話で警備員を呼ぶ気配もないので、わたしは先へ進んだ。

「フープ家をはじめとする金持ちの家に押し入った一味はまだほんの子供だ。あきれたことに、その盗品を彼らはフリーマーケットで売りさばいていた。ところがなにか事件が起こった。それがなにかはわからない。聞いた話では、彼らはプロをひとり仲間に引き入れたらしい。わたしの知り合いで、わたしにとてつもなく大きな借りのあるその紳士が、渡りをつけられると言っている」

「その一味と渡りをつけられるのか」

「あくまでも本人の弁だ。事実だと保証はできないが、それが――」

ふたたび宝石にちらりと目を向けた。

「それがここにあるのは事実だ。ほかの盗品も手にはいる」

「フープ家の所有品ということか？」

ワイシャツにネクタイをつけた細身の若い男がドアからはいってきて、一枚の紙をクライナーに手渡した。クライナーはその紙を一瞥（いちべつ）し、机の向こうから差しだした。

「さあ。受領書だ」

わたしはその紙を折りたたんでジャケットの内側にしまった。

ローンが言った。「その盗品だが、フープ家から盗まれたものなんだな?」

「そうは言っていない。見つけられるかもしれないということだ。なにか問い合わせてほしい特定の品でもあるのか?」

ローンはぼんやりと遠くを見る目になった。わたしは崖っぷちまで来てしまい、一歩まちがえば転落するかもしれなかった。

わが身を救おうと、クライナーに片目をつぶってみせた。

「当然、それ相応の仲介手数料はいただく」

クライナーがにやりと笑った。その言葉を待っていたみたいに。

「そうやってほかの連中もゆすっているのか?」

「話を持ちかけているだけで、これはゆすりじゃない。ひとつのチャンスだ」

ジップロックを手で示した。

「それはわたしからフープ家への贈り物だ、無料の。この先なにかが出てきて、その一味が電話を手に取らないともかぎらない。言いたいことがわかるだろうか」

「わかる」とクライナーは言った。

ローンが袋をポケットに入れ、唇の端をなめた。

「その情報源、窃盗犯一味の仲間だとかいう男に――」

「保証はできない」

「仲介手数料がほしいんだろう? その一味を連れてこい。引き渡してくれたら、あとはこちらでなんとかする」

わたしは腰をあげ、その言葉を歓迎するように片手を差しだした。

「了解。なにができるかやってみよう」

握手に応じることなく、ローンは出ていった。立ち去るその背中をにらみながら、わたしはアレックのことを、ルイーズ・オーガストのことを考えていた。《優しい人になろう》

わたしは笑みを浮かべていたにちがいない。クライナーが不安げにこちらを見ている。それは意地の悪い不敵な笑みだった。わたしが笑みを浮かべた理由を彼は知らない。この笑みの意味を理解してはいない。

45

カセット刑事とわたしは、市警の本部庁舎から二ブロックのところにあるグランド・セントラル・マーケットで落ち合った。マーケットは混雑していたが、カセットはテーブルをひとつ確保しており、それはタイ料理の屋台と、牛タン(レングア)や豚肉(カルニタス)を吊るして量り売りしている昔ながらの行商人とのあいだに置かれていた。先にわたしを見つけたリヴェラが、好奇心と愉快が微妙に合わさった顔つきで、カセットを肘で突いた。

ふたりの向かいの椅子に、わたしはどすんと腰をおろした。

「ひとりで来るように言ったはずだ、カセット刑事。わたしに見つけてもらえないとでも思った?」

「ネフとヘンスマンの件。六十秒で。はじめて」

さっさと終わらせたがっているので、さっさと取りかかった。まるでお見合いパーティーの警官版。

「三日前の晩にパコイマでアレック・リッキーという若い男が殺された。フリーウェイからはじきだされて銃で撃たれた。撃ったのはネフとヘンスマン」

リヴェラが手帳を開いてメモをとりはじめた。

「どうして知ってる」

「アレックが殺された翌日、ネフとヘンスマンは彼のアパートメントに現われ、警官を騙って、ルームメイトを尋問した」

クローディアの氏名と住所の書かれたメモ用紙をテーブルの向こうに押しやった。リヴェラがそれを自分の手帳に書き写す。

「そいつらはアパートメントにノートパソコンがないかさがした。アレックはきみたちがさがしている窃盗団のひとりだった」

カセットは椅子の背にもたれたが、リヴェラのほうは猛然とメモをとった。紙の上を走るペンの音は大きく、周囲を何百人もの人が行き交うなかでもはっきりと聞こえるほどだった。

わたしはネフの写真をふたりに見せた。

「この男を知っているか?」

ふたりいっしょに身を乗りだして見た。

「いいえ」とカセット。

「捜査会議に出ているかもしれない」

不快げな顔になった。

「いいえ」

「アレックのルームメイトはこの男がネフだと断言した。本名ではないと思うが、この男はそう名乗っていた。この写真をクレンザ一家に見せるといい。同じ男だと言うだろう」

カセットは電話を近くに引き寄せ、写真を凝視した。

「わたし宛てに送って。メールで」

ロサンゼルス市警の名刺が差しだされ、そこに市警のメールアドレスが書かれていた。わたしがカセットのアドレスを打ちこんで写真を送るあいだ、だれもしゃべらなかった。顔をあげると、カセットが待っていた。

「アレック・リッキーが一味のメンバーだとどうしてわかったの?」

「フリーマーケットで盗品を売っていたふたり組の片方だった」

「あのカメラを売った子たち?」

「そう。ネフとヘンスマンはクレンザ一家に、彼らがノートパソコンを売っていなかったかと訊いた。カメラのこともほかの品物のことも訊かなかった。訊いたのはノートパソコンのことだった」

リヴェラが手帳から顔をあげた。

「女のほうも名前はわかってるんだろう?」

「わかっている」

「さっさと言え」

「あとのお楽しみ」

リヴェラはペンでページをこつこつたたいた。

「捜査妨害と情報隠匿関係の罪名がいくつほしい? 幇助(ほうじょ)。共同謀議。従犯。楽しくなってきたぞ」

カセットがリヴェラの腕に手を置いた。ペンの音がとまり、カセットは椅子の背にもたれた。

「あなたの手腕は認める。うちは何週間も必死にこの事件を捜査してきて、このありさまよ。おみごと。いったいどうやって？」

「窃盗犯の男その二の母親が息子の部屋で腕時計を見つけた。どうしてそんなものを持っているのか調べるためにわたしが雇われた。棚ぼたというやつだ、カセット。幸運」

リヴェラのペンがこつこつ鳴ったが、今度は笑みが浮かんでいた。

「それがスローソン家の腕時計だったわけだ」

わたしはうなずいた。

「まったく、あきれるよ、あんたどこまで情報をつかんでるんだ？」

わたしはふたりにケネス・ローンの写真を見せた。

「この男は？　知り合いか？」

ふたりはひと目でケネス・ローンだとわかったらしく、それでも写真をじっと見ながら考えるための時間を稼いだ。リヴェラが先に動き、カセットをちらりと見た。カセットの顔があがり、舌先がのぞいた。

「知ってる。ケニー・ローン。古いつきあいよ」

リヴェラのほうが答えに慎重を期しているようだった。この先の悪い展開を見越しているかのように。

「うちの捜査会議に参加してる。それがどうした？」

わたしは写真を調整した。

「この男が手にしているものがわかるか？　脇にかかえている」

「わかる」

写真をさらに調整した。

「背を向けているが、ここに肩が写っているのがネフだ。ヴァレーからネフとヘンスマンを尾行したら、向かった先はローン氏の会社のあるビルだった。ネフはまさにこのノートパソコンをローンに届けにいったわけで、この写真はその直後に撮られたものだ」

次の写真を見せた。

「写りが悪いけど、こっちはヘンスマンの顔が少しは見える。ふたりは黒のクライスラーに乗っている。ネフは写っていないが、運転手だ」

カセットの唇がすぼまり、目が線のように細くなった。

「ネフとヘンスマンはケネス・ローンに雇われていると？　そこをはっきりさせて。あなたが言いたいのはそういうこと？」

「言いたいのは、このふたり組がある特定のパソコンを求めて狩りをしているということ。それを見つけるためにルイーズ・オーガストとアレック・リッキーを殺し、こうして、一台のパソコンをケニー・ローンに届けている。洞察力のある刑事なら、そこにつながりがあると考えるだろう」

リヴェラが椅子にもたれた。

「これが連中のさがしてるパソコンなのか？」

「いや。彼らがほしがっているパソコンはわたしの手元にある」

ふたりしてこちらを見た。

「で、ケン・ローンはどうしてその特定のパソコンを手に入れたがっているんだ？」

「さあ。そのパソコンにはいっていたのは、デリク・フープの写真だけだった。アイヴァー・フープの息子。ローンのボスの」

カセットの顔に不安が広がった。

「フープのことならわかってるわ、コール。知ってる？」

「金持ち」

「フープ氏は市警の超大口の支援者。寄付金がどれほどの額か勘定できないほど。警察の訓練のためにビルや地所を使わせてくれてるし、資金集めに協力してくれたおかげで特別な――」

わたしは途中でさえぎってパワーブックの写真を見せた。

「これをいま専門家に調べてもらっている。フープ氏の息子の写真以外になにか出てこないか。この箱のなかになにかがあるんだ、カセット。ネフとヘンスマンみたいな荒っぽい連中を送りこんだのは、ただ失われた写真アルバムを見つけるためじゃない。あの連中を送りこんだのは、隠しておきたいものを絶対に他人に見つけられないようにするためだ」

その専門家が蝶ネクタイを結んだティーンエイジャーで、三人称で話をするビデオゲームのハッカーだということは伏せておいた。

三人で顔を見合わせ、やがてリヴェラが沈黙を破った。

「ケン・ローンは元保安官だ。どういう経緯でフープ氏の会社で働くようになったか知ってるか？」

「さっぱり」

「マーカス・ネルソンという男を逮捕したんだ。ネルソンの自宅から、殺害に使われた凶器を見つけたのがローンだった。そのおかげでフープの息子は釈放された。ローンはネルソンの自宅からいくつかの品を見つけた」

カセットをちらりと見て、小さく肩をすくめた。

カセットは吐息をつき、テーブルを見つめた。気のすむまで見つめたあと、咳払いをした。

「ほかに持ってる情報は？」

「いろいろ。全部とは言わないが、二件の殺人事件と十八件の窃盗事件を解決するのに充分な情報だ。こっちが提供できるのは、窃盗犯の少年少女と、彼らの証言、それに盗んだ品で手元に残っているものすべて。ふたりとも協力する」

「その子たちのために取引しようというの？」

「容疑者はふたりとも安全な場所で少年の母親といっしょにいる。母親の雇った弁護士が子供たちを自首させるために待機している。ふたりを保護して、この件が落着するまで安全を確保したい」

「どうやって落着させる?」

ローンとの面会や宝石のこと、自分が演じた役まわりをふたりに話した。

「このまま作戦を続行させてほしい。裏で糸を引いているのがフープかローンかはこのさいどうでもいい、とにかく向こうは盗まれたパソコンを取りもどしたいんだ。だから手下の殺し屋どもを送りこんで、確実にわたしから奪おうとするだろう」

「連中は四五口径を使って奪うわよ、コール」

「わたしは子供たちの安全を確保したい。条件が整ったら、ふたりは出頭し、きみたちは署内でこのことを口外しない。捜査会議はなし」

カセットはうなずき、目がやわらいだように見えた。

「知っているのはわたしたちだけ」

「そういうこと。ふたりの安全を確保してくれれば、なにもかも引き渡そう」

カセットが名刺をもう一枚差しだし、今度はそこに私用の電話番号を書きこんだ。

「これをその弁護士に渡して。この件を担当する地方検事が決まったら、わたしに知らせてくれるようにと」

わたしはカセットの名刺をポケットにしまい、引きあげようとした。

「コール」リヴェラが呼びとめた。

片手を差しだしてきたので、握手を交わした。

疲れを覚えながら車に向かって引き返すあいだも、常に背後を警戒していた。車を出す前にデヴォンに電話をかけた。

「了承がとれた。カセットの電話番号を知らせておくよ」

連絡先の情報を読みあげた。

「弁護士に連絡して、カセットの電話番号を教えたら、手続きをはじめてもらってほしい。わたしはタイソンを迎えにいって、隠れ家に連れていく」

「よかった、これでやっと終わるのね」

わたしは電話を切って、車を発進させた。

46

デヴォン・コナー

ノーラ・ガーウィックがカルガリー空港から電話をかけてきたのは、エルヴィスとタイソンが出かけて二十分ほどたったころだった。デヴォンの電話が鳴りだすと、アンバーが飛びあがった。母親からだとなぜか察知したみたいに。アンバーの反応があまりに過剰なので、この少女はなにかトラウマをかかえているのかもしれないと思った。

ノーラが言った。「空席がひとつしか残ってなくて、それが機内をずーっと後ろまで歩いていったトイレの横、しかもいまいましいことに真ん中の座席なのよ。エコノミーの」

それを聞かされているあいだ、アンバーがこちらを見ているので、デヴォンはにこやかな表情を保った。

「それはよかったわ、ノーラ。その便は何時に着くの?」

「ラッシュアワー。いちばんいやな時間だわよ。アンバーはいる?」

「アンバーはいまシャワーを浴びてるの」

アンバーが祈るように両手を合わせ、無言で口を動かした。〝ありがとう〟

「わたしがわざわざ休暇を切りあげたことにあの子が感謝してるといいけど」

「きっと感謝するでしょう」

デヴォンは通話を切った。にこやかに。

「お母さんはきょうの夜には帰ってくるって」

アンバーはごろりと仰向けになり、天井を見つめた。

「帰ってこなくていいのに」

この少女の人生のことはなにも知らないのに、母親の愛情についてあたりさわりのない言葉をかける気にはなれなかった。

「残念ね」

「きっとあたしがおなかにいるときドラッグをやってたんだ。だからこんなできそこないができちゃった」

やれやれ。

「あなたはどうだか知らないけど、わたしいますごくコーヒーが飲みたい気分」

アンバーががばっと起きあがって顔を輝かせた。

「コーヒー!」

ふたりはノンファットミルクとバナナを入れたシリアルを食べ、三ブロック先にある地元の小さなマーケットでいれてもらったコーヒーを飲んだ。コーヒーポットがないので、たっぷり飲めるようにラージサイズのコーヒーを四杯買ってきた。コーヒーは苦くて、木の皮みたいな味がした。

　アンバーがひと口飲み、渋い顔になった。

「げっ！」

　デヴォンも飲んで、鼻にしわを寄せた。

「ココアがあればよかったんだけど。ココアを入れたらましになるのに」

　アンバーが目を閉じてうっとりとした表情になる。

「ココアを入れたらなんだっておいしくなるよね」

「そうそう」デヴォンは言った。

　また電話が鳴ったが、アンバーはもう飛びあがらなかった。エルヴィスからだ。

「了承がとれた。カセットの電話番号を知らせておくよ」

　デヴォンはアンバーに向かって親指を立て、電話番号を書き取った。エルヴィスが状況を説明し、弁護士に連絡するようにと言った。

「わかった。すぐ電話する。よかった、これでやっと終わるのね」

　通話を切ったデヴォンは、大きな安堵のため息をついた。

「合意に達したわ。弁護士に条件を詰めてもらわないといけないけど、カセット刑事は事情をくんでくれた。長くはかからないはずよ。うまくいけばきょうのうちに」

　アンバーはなにか考えているようだった。

「あたしはうちへ帰ることになるのかな、どう思う？」

デヴォンにはよくわからず、嘘はつきたくなかった。

「わからないわ。弁護士と話をするときに訊いてみましょう」

デヴォンも同じことをずっと危惧していた。タイソンが未成年者用の施設でひと晩過ごすようなことにはなってほしくなかった。うちへ連れて帰りたかった。

「あなたもいっしょにうちへ来ればいいいわ、許可が出たら」

アンバーは驚いたようだ。

「それすごい名案」

驚きは思案と、もしかしたら困惑に変わった。

「あたしのこと恨んでる？」

どう答えたものかわからず、自分の気持ちを言葉で表現するのはさらにむずかしかった。タイソンの心の葛藤（かっとう）や、ここ数日間の自分の内省について語るつもりはなかったけれど、この少女に対しては率直な自分でいたかった。

「タイソンは善良な子よ、わたしは心の底からそう信じてる。分別のある子に育てたのに、こんなことをしてしまって、その責任はわたしにあるような気がしてならないの。こんなことにならなければどんなによかったかと思うわ、でもわたしはあの子の母親。ずっと自問してるのよ、わたしはなにをしてたの？　なにをまちがったの？って。あなたを恨んではいない。責める気もない。いまは自己嫌悪に陥らないようにがんばってるところ」

アンバーの目がこちらに向けられたが、それはどこか遠くを見るようなまなざしだった。はるか彼方にあるものを見ているような。そのときアンバーの唇が動いているのに気づいた。なにか言っている。とても小さな声なので、なにを言っているのかわからない。

「聞こえないわ」

「こう言ってたの、あたしがあなたならよかったのにって」

デヴォンはにっこり笑い、アンバーの腕に手をかけた。

「よかったら話を聞くわよ」

「いいの？」

「ええ、ぜひ。ほんとに」

デヴォンはカセットの電話番号のことを思いだし、時刻を確認した。

「弁護士に電話をかけないと。ふたりもそろそろもどってくるし」

「シャワーする時間はある？」

「もちろん。そんなにすぐにはもどってこないでしょう」

アンバーはキッチンから水のボトルを取り、それを持ってバスルームにはいっていった。デヴォンは居間で床にすわって壁にもたれた。自分で書いたメモをかき集め、エルヴィスが説明してくれた項目が明確になっているのをたしかめて、それから電話をかけた。二十分近く話したところで、弁護士が地方検事とカセット刑事の両方と話をする準備が整った。ようやく通話を終えると、シャワーの音が聞こえた。あれからずいぶん時間がたつのに、まだ水が流れている。

「アンバー？」

水音。

バスルームのドアは閉まっていて、居間からよく見える、まっすぐ目の前に。

「アンバー？」

急いでドアの前に行き、続けて三回、強くノックした。

「アンバー！」

ドアはパイクが手を入れて鍵がかからないようにしてある。ノブをまわして、ドアを開けた。

シャワーは安っぽいビニールのカーテンに降り注いでいたが、バスルームの窓が開いている。

デヴォンは電話に走った。

47
エルヴィス・コール

この敗北のにおいの素はピクルスと体臭だ、そんなことを考えながら、わたしはタイソンとカールのそばにいた。デリク・フープの写真がパワーブックの画面でちかちか光り、まるでわたしに向かってウィンクしているようだった。

「なにも見つからなかった？」

〝カール様〟はわたしの言葉の選択にご立腹だった。

「なにも見つからないということを見つけたのであって、それはすなわち、暗号化もしくは隠されたデータは存在しないという事実を発見した、ということにほかならない」

パワーブックはカールのパソコンに接続され、そこからさらに数台の外付けハードディスクにつながれていて、さながら一本の蔓からいくつもかぼちゃの実がなっているようだった。特大のモニターに映っていたビデオゲームの戦闘部隊は複数のウィンドウに代わっていた。それぞれのウィンドウに、デジタル画像の圧縮ロスとステガノグラフィーの痕跡――どちらも隠されたファイルが存在するたしかな証拠――を探知するために使われたソフトウェアの結果が表示されている。

「写真を全部調べたのかい？」

「写真はデータだ。このデバイスの全バイナリデータを分析した」

デリク・フープの画像がスクロールされて流れていく、一枚、また一枚。そこになにも隠されていないとはどうしても思えない。

「絶対にまちがいないか？」

〝カール様〟は胸を張った。

「ぼくはカール様だぞ」

「カールが見落とすはずないよ。なんでも暗号化してるんだ」とタイソン。

〝カール様〟はうなった。

「自分の仕事を護る唯一の手段だ。過去の遺物たちがぼくのアイデアを盗んだり、ぼくのコードを不正使用したりする」

過去の遺物とは大手のゲームソフト会社のことだ。

〝カール様〟はモニターに向かって払いのけるように手をひと振り。

「本当だ。それほどむずかしい理屈ではない。小児性愛者やテロリストもこうした同じテクニックを使っている」

ＦＢＩならなにか見つけるかもしれない。

パワーブックをにらんでいると、デヴォンが電話をかけてきて、緊迫した声で、アンバーがいなくなったと告げた。

「どれぐらいたつ?」

「十分くらい。せいぜい十五分。てっきりシャワーを浴びてると思ったら」

タイソンがわたしの口調の鋭さを察知した。

「どうかしたの?　アンバーになにか?」

わたしはうなずき、手振りで黙らせた。

「いまタイソンといっしょにカールの部屋にいる。すぐにアンバーをさがしにいこう。まだそんなに遠くへは行っていないはずだ」

「わたしの車を使ったのよ。シャワーの前にキーをくすねたらしいの、車がなくなってる」

車はよくない知らせだった。デヴォンを電話口に待たせて、タイソンに向き直った。

「アンバーがきみのお母さんの車で出かけた。どこへ行ったと思う?　友だちがいるとか?」

タイソンは即答した。

「ジャジーのとこ。自分の車を取りにいったんだ。もしかしたらお金も、でも車を取りにいったのはまちがいない。ジャジーのとこに向かってるはず」

タイソンをカールの部屋に残して、わたしは自分の車へ走った。

48

ハーヴェイとステムズ

ステムズはメルセデスを駆ってビバリーグレンからヴァレーへ、そこで道を折れてジャスミンのアパートメントへと向かった。ドイツ製の硬い革の感触にうっとりしながら、ダッシュボードとシートに指先を滑らせる。最高の品質。美しい装備。夢のような乗り心地。

ハーヴェイが言った。「いっそこの車とあんたとで部屋を取ったらどうだ、ステムズ。そうやってなでまわして、この車をイかせてやれよ」

ステムズが罵(ののし)りの言葉を考えていると、ハーヴェイの電話から『ピンク・パンサー』のテーマ曲が大音量で鳴りだした。プラス・ジョンソンのサックスのオリジナル録音だ。

ハーヴェイは電話から悪臭がするみたいにめいっぱい離して持ち、中指を突き立てた。

「出ろよ、ハーヴェイ。ほら」

依頼人からだった。ハーヴェイが着信音に選んだのは『ピンク・パンサー』で、アニメ版のドジを踏んでばかりいるクルーゾー警部がつい頭に浮かぶような曲だ。みごとな選曲、これがハーヴェイの本質だ、とステムズは思った。

ステムズは駐車場に車を入れ、アデロールを一錠のんで、ボトルをハーヴェイに差しだした。ハーヴェイは手を振って退け、電話の声に熱心に耳を傾けた。

「はい、はい、わかりました。ええ、いまそこに向かってます。やつがそこにいたんで。電話をスピーカーにしますか？　はい、ステムズもいっしょに。いま車のなかです」

ハーヴェイは目をくるりとまわし、電話を切った。

「仰せのままに。はいはい」

電話をおろした。

「くそったれ」

「どうした」

「おれたちの身元がばれた。ジャスミンの部屋に男がいただろう？　私立探偵だと。エルヴィス・コール」

「待て。なんて名前だって？」

「エルヴィス・コール」

「本名か？　エルヴィスが？」

「依頼人がやつの名前はエルヴィスだと言ってるんだから、やつはエルヴィスだ。やつの名前がなんだろうが知ったこっちゃない」

「落ち着けよ。なにが問題なんだ？」

「問題はだ、クルーゾー警部がおれたちに、仕事を全部ほっぽりだしてそいつをさがせと言ってることだ。住んでるのはローレル・キャニオン。事務所はハリウッドにある。やつはそこに向かうはずだ」

ステムズは気に入らなかった。

「やつはついさっきまでジャスミンの部屋にいた。追っかけまわす前に、あそこにいた理由を突きとめるべきだろう、どう思う?」

「依頼人は自分の望むものを手に入れたがってると思う。そしておれは自分の写真を取り返したい」

またしても『ウィンディ』の陽気な明るい歌が突然はじまった。ステムズはにやりと笑い、ハーヴェイの腕にパンチを食らわせた。

「あのお調子者がもどってきたのかも」

ハーヴェイはビデオ画像を開いたが、今度はコールではなかった。アンバーが玄関からはいってきて急いで寝室へ行った。

ステムズはハーヴェイを見やった。

「五分で行ける」

「女をつかまえよう」とハーヴェイ。

大型の白いメルセデスは駐車場から猛スピードで走りだした。

49

アンバー・リード

アンバーはバスルームの窓から貧弱な薔薇(ばら)の茂みのなかへ飛び降りた。茨に両脚をひっかかれてもひるまなかった。まっすぐデヴォンの車に向かい、ドアを開けた。ロックを解除したときに大きな警告音が鳴って、アンバーはあせった。いまの音を聞きつけたデヴォンがあわてて家から飛びだしてくるはずだ。

運転席に飛び乗ったアンバーはますますあせった。アウディは自分のミニとは全然ちがっていた。おぼつかない手でキーを差しこみ、スタートボタンを必死にさがす。デヴォンはもう私道を走ってきているにちがいない。

「見ちゃだめ、見ちゃだめ、見ちゃだめ――」

アウディが目を覚まして低いエンジン音を発した。アンバーは車を発進させ、後ろは振り返らなかった。手は十時と二時の位置に。目が焼けつくようだった。息をするのも忘れた。そのブロックの端まで行くと、ウィンカーを出し、隠れ家をあとにした。刑務所に行くなんて予定にはなかった。

ヴァレーの東のほうにはなじみがなく、迷子になった気分だった。ダッシュボードの地図をよく見て現在地を把握してから、いったん車をとめてシートとミラーを調節した。フリーウェイに乗ってしまうと、気分は落ち着いた。

ジャジーのアパートメントには九万二千ドルの現金とミニのスペアキーがある。デヴォンが警察とエルヴィスに知らせ、エルヴィスはジャジーの部屋へ自分をさがしにくるだろう。時間はあまりない。現金と車を回収して、新しい電話を買って、〈アンバーランド〉のなかへ雲隠れする。その未来図に思わず笑みがこぼれた。

ジャスミンのアパートメントの半ブロック手前でアウディをとめて、ゲートへ急いだ。呼び鈴をあちこち押したが、だれも応答しない。使えないやつら。もう一度、片っ端からどんどん押してみたが、待っている時間の余裕はなかった。バーをつかんで取っ手に足をかけ、ゲートを乗り越えた。鍵を持たずに帰ってくるのはなにもこれがはじめてじゃない。

ジャジーは部屋に通じる階段の一段めの裏側につけたマグネット式の黒い箱のなかにスペアキーを隠している。その箱を見つけて上階へと走り、部屋のなかにはいった。

あと少しで逃亡できると思うと小さな笑いがこみあげたが、足はゆるめなかった。キッチンからスペアキーを取り、自分の部屋へ走った。

パンツとトップスとブラと下着と靴をかき集めて大型のビーチバッグに詰めた。服を手当たり次第につかんで、当面しのげるだけの荷物をまとめ、それでよしとした。バッグを引きずりながらクローゼットへ現金を取りにいった。

九万二千ドルは、レインブーツと靴箱ふたつ、ブレントウッドの家から盗んだピンクのブロケード張りの箱に分散してある。札束の大部分は服といっしょにビーチバッグへ、一部はすぐに使えるよう身につけた。貴金属のはいった靴箱を逆さにして、好きなものを選別していたら時間がかかりすぎると判断し、両手ですくってバッグに入れた。

ほかの箱も開けて、靴のなかを確認し、お金が残っていないかポケットも全部ひっくり返した。

ほぼ終わり。

ほぼこれで全部。

百ドル札の最後の束を服の下に突っこみ、一瞬考えて、忘れている秘密のお宝はもうないと確信し、バッグのファスナーを閉じた。

現金を残らずかき集めるのに夢中になっていたアンバーには、玄関ドアの開く音は聞こえていなかった。

50

エルヴィス・コール

デヴォンのアウディの横をゆっくりと通過しながら、黒いセダンがいないか通りに目を配った。ガレージにアンバーのミニがとまっていて、ジャスミンのアパートメントは一見したところ平和だった。ブロックの端まで行って折り返し、パイクに電話をかけた。

「もうコナー家を見張る理由はない。タイソンを迎えにいって隠れ家まで送ってくれ。アンバーを連れていくからそこで落ち合おう。あの子たちを無事に引き渡したら、ふたりでケネス・ローンを仕留める準備にはいる」

「無事に引き渡したら」

「そうだ。カセットが子供たちを引き受けてくれるから、われわれはローンと交渉する」

「やつに宝石を渡した瞬間からおまえさんは標的になった。おれが身辺を警護するべきだ」

パイクが異を唱えた。

「もうここにいるんだ。アンバーを連れていくから、隠れ家で会おう。やるべきことが先だ」

パイクは無言。

「ジョー?」

通話を切られた。あきらかに不満。

部屋にはいって、出て、一刻も早く立ち去りたかった。アンバーの鍵を使ってゲートを開け、足音を忍ばせて階段をのぼった。耳をすまし、もう一度、鍵を使った。ものがこすれたりぶつかったりする音が寝室から聞こえ、ドアからアンバーがよろめくようにして出てきたが、巨大なビーチバッグが戸枠につかえていた。ビーチバッグをどうにか引っぱりだしたあと、アンバーはわたしに気づいて悲鳴をあげた。

「驚かさないでよ!　やだもう、ちびっちゃった!」

「そのうち乾く。行くぞ」

アンバーの腕をひっかけて居間へ引っぱっていった。アンバーは抵抗し、身をよじって逃れようとした。

「行きたくない」

「往生際が悪い」

「お金を払うから。あんたを雇ってあたしを逃がしてもらう」

アンバーの肩からバッグをはずして脇へ投げ、玄関のほうへ引きずっていった。

「あたしのお金!　お金を置いてくなんてやだ!」

「ここにいたら危険だ、アンバー。早く出ないと」

「出ていくとこだったのに。あんたが離してくれたら消えるから」

身体をねじって暴れ、わたしの指を引きはがそうとした。

「きみはこれから警察に出頭するんだ、予定どおり。そのあとなら、保釈中に行方をくらましてボニー・パーカーばりに好き放題やるといい」

「ボニー・パーカーってだれ？ 冗談だよ。冗談だってば！」

玄関まで引っぱっていってどうにかドアを開けたものの、行けたのはそこまでだった。目の前に銃を持ったふたり組の男が立ちはだかった。でかいのと、ばかでかいの、どちらもわたしよりでかい。ぱりっとしたジャケットにネクタイ。ぱりっとした拳銃。

「ちょうど出かけるところなんだ。悪いけどまたの機会にしてくれないか」

小さいほうが拳銃を傾けた。

「両手を頭にのせて指を組み合わせてくれないか」

わたしは両手を頭にのせて指を組み合わせた。

「五歩さがって、とまれ」

五歩さがって、とまった。

ふたりはなかにはいるなり別行動をとった。プロだ。アレック・リッキーのルームメイトによれば、ばかでかいほうがネフ、ということは小さいほうがヘンスマン。

ネフがドアを閉めて鍵をかけた。ヘンスマンはわたしから目をそらさない。ごつごつした男たちで、肩幅は広く、手は大きく、襟元が苦しそうだ。三十代前半か、もう少し若いか。

ヘンスマンの拳銃が下を向いた。

「両手を頭から離すな。後ろを向け」

後ろを向いた。

「膝をつけ」

膝をついた。

「これからおまえの両手を持って、前に倒して腹這いにする。わかったか？」

「やり方は知っている」

ヘンスマンはわたしを倒して腹這いにし、指をほどいて両腕を頭上に伸ばせと言った。わたしが空飛ぶスーパーマンよろしく床に身体を伸ばすと、拳銃と財布を取りあげて、自分のポケットに入れ、少し離れた。

「身体に手をやったり起きあがろうとしたりすれば、殺す」

わたしは相手の顔が見える程度に頭をねじった。

「ヘンスマンは本名なのか？」

ばかでかいほうが電話を取りだした。

「〝エルヴィス〟は本名なのか？」

嫌みなやつ。

ばかでかいほうがだれかに電話をかけ、ぼそぼそしゃべりながらあとずさりした。

小さいほうがアンバーのまわりをぐるぐるまわって、真後ろで足をとめた。拳銃で自分の腿をとんとんたたく。

「やあ、アンバー・リード。音楽は好きかい？」

「はあ？　アンバー・リードってだれ？」

ばかでかいほうが通話を終え、電話に向かって中指を立てた。

小さいほうがいやな顔をした。

「言わなくていい」

「こっちに来るって。十分か、遅くとも十二分。待つとしよう」

大きいほうがしかめ面でカウチに腰をおろした。

小さいほうはアンバーの周囲をまわるのをやめ、正面でとまった。拳銃で腿をとんとんたたきながら、頭のてっぺんから爪先までじろじろ眺めた。

アンバーは気分を害し、わたしも気分を害した。

「やめて。気持ち悪いんだけど」

「おまえ、姉さんに似てるな」

わたしは男が見えるように身体をねじった。ばかでかい男ほどではないが、この男も木のようにでかい。

「わたしはどうだ？　だれに似ている？」

小さいほうの男がわたしの脇腹を蹴り、さらにもう一発蹴った。強烈な蹴りで、肋骨の折れる音がした。

「おまえは痛がってる男に似ている」

ばかでかいほうが笑い、小さいほうはアンバーのところへもどった。

アンバーがちらりとわたしを見たが、その目に同情や恐怖の色があるのかどうかよくわからなかった。

パイクは正しかった。ローンとの交渉をあとまわしにしたのはまちがいだった。アンバーに、そして自分にも、だがもっぱらアンバーに、申しわけなく思った。せめて、あんたは正しかったとパイクに伝えるまでは生きていたかった。

51

ジョー・パイク

パイクはジープまで走り、時間を確認して、デヴォンに電話をかけた。呼びだし音が七回鳴って留守番電話になった。

「パイクに電話を」

通話を切って、すぐにメールを打った。

《至急電話を》

一分とたたずに折り返しの電話があり、怯えたような声がした。

「なにかあったの?」

パイクの声は落ち着いていた。

「ようすうかがいだ。なにか変わったことは?」

「いまのところなにも。弁護士と電話で話していたの。カセット刑事とも話をした。考慮すべきことが山のようにあるけど、なんとか力になろうとしてくれてる」

「条件には満足か？」

「ええ。状況を考えたら、これくらいは受け入れなくてはね」

パイクはもう一度時間をたしかめ、デヴォンの家からジャスミンのアパートメントまでの所要時間を計算した。

「そうか。タイソンは無事か？」

「まだカールのところ。あなたかエルヴィスがあの子を連れてきてくれるのね」

「エルヴィスの話だとなにも見つからなかったらしい」

「理解できない。その人たちが意味もなくこんなことをするとは思えないわ」

「専門家がなにか見つけてくれるだろう」

「理由なんかどうでもいい。わたしはただ、タイソンが無事で、この不愉快なごたごたが終わってほしいだけ。警察がなにか見つけてくれるなら、それはそれでいいけど、とにかくタイソンに無事でいてほしいの」

「おれもだ」

パイクはジープのギアを入れ、デヴォンの家から車を出した。

「これからエルヴィスと合流しないといけないが、そのあとであんたの息子を迎えにいく。それでいいか？」

「もちろん。エルヴィスはアンバーを見つけたの？」

「ああ。あんたの車も。それもだれかが運転して帰る」

パイクはジープのアクセルを踏んだ。

「電話がはいってる。弁護士から」

「あとでまた」パイクは言った。

異様に静かだ、エルヴィスはどこかでうたた寝でもしているのか。

ジャスミンのアパートメントまでの所要時間は正確にわかっているので、ジープをさらに加速させた。爆音を響かせて通りを疾走し、ひたすら車を飛ばした。失われた時間を取りもどすために、手遅れにならないために。

52

エルヴィス・コール

ケネス・ローンが玄関からはいってきたらわたしたちは死ぬ。アンバーは自分たちが死ぬことを知らなかったが、ローンがわたしたちを生かしておいて証言させるはずがない。ばかでかいほうがローンを部屋に入れた。小さいほうがわたしを引っぱって立たせた。肋骨から火花が散ったが、悲鳴はのみこんだ。

「これが感謝のしるしか、ケニー？　フープ夫人はあの宝石が気に入らなかったのか？」

ローンはわたしを無視して小さいほうに話しかけた。不安そうな顔で、あせっているようだった。

「あったのか？」

「ここにはないです。前にも調べました」

「あんた億万長者なの？」アンバーが訊いた。

ローンはアンバーなど存在しないように一瞥(いちべつ)しただけでこちらへやってきて、わたしと向き合った。両のこぶしを腰にあてて立ち、その腰には三八口径の銃身の短い小型のリボルバーがあった。

「率直にいこう、それでこの件は丸くおさまる」

ばかでかい男は部屋の反対側にいた。その相棒はわたしの左側にいて、こっちのほうが距離は近いが、手は届かない。ケネス・ローンは目の前。肋骨のせいで動きが鈍いとはいえ、あの拳銃を奪うことはできるかもしれない。それでわたしとアンバーは撃たれて死ぬことになるかもしれないが、選択肢はかぎられている。

「この件というのは？」

「おまえの雇い主はだれだ？」

「少年の母親。母親が息子の部屋で説明のつかない腕時計を見つけた。それをどこで手に入れたのか調べるためにわたしを雇った」

アンバーが口をとがらせた。

「あの人のせいでぜーんぶ台無し」

わたしは言った。「そういうあんたはどうなんだ、ケニー？　雇い主はだれだ、自分自身か、フープ夫妻か？」

ローンの視線がばかでかい男に向けられた。

「ハーヴェイ」

ハーヴェイが背後にまわってわたしの背中を殴った。相当強く殴ったので、わたしはよろけて片膝をついた。

アンバーが叫んだ。

「あんたたち、どっかおかしいんじゃない？　ビョーキ？」

ローンが手をひと振りした。いらだたしげに。

「おい。こいつを起こせ」

ハーヴェイがわたしを起こそうとしたが、その手を押しのけて自分で起きあがった。肋骨がきしんで、痛みが激痛になった。

「フープ氏の話題はなしだ。フープ夫妻は関係ない」

「了解」

「よし、そういうことなら。おまえを信用する。おまえは少年の母親に雇われて、成り行きでこうなった」

「そうだ」

「ここへ来たのは残りの宝石のためじゃない。こっちのほしいものはわかっているな」

「ばかでもわかる、ここにいるドクター・ドゥームとレックス・ルーサー（どちらもアメリカン・コミックスに登場する悪役）が街の半分の人間にノートパソコンのことを訊いてまわっているんだ。このならず者たちがそのために何人も殺すくらいだから、相当な値打ちものだとわたしはにらんでいる」

「そのとおり。そしてそのパソコンはおまえが持っているとわたしはにらんでいる。だからうちの会社へ来た。それを売りたくて」

「宝石のためだ。盗んだノートパソコンはフリーマーケットで売り払った」

ハーヴェイが首を振った。

「それはない。ステムズとおれは確実な情報を収集した。アレックとここにいるアンバーは大量の品を売ったが、ノートパソコンは一台も売ってない」

収集。この連中はルイーズ・オーガストからなにを収集したのだろうか。

わたしはローンに焦点を合わせ、時間稼ぎをはかった。

「売れるものなら喜んで売るよ、ケニー。あんたがそこまでほしがってくれるなら、わたしもその金で引退できたんだが、あいにく手元にはないんだ。この子たちは電子機器を売ってしまった」

ローンが顔をしかめ、またよからぬことを命じる気配が見えたとき、アンバーが口をはさんだ。

「それ嘘だから。あたしたちが持ってるよ。いくらまでなら出す?」

アンバーにこっそり警告の視線を送って、わたしは必死に笑い飛ばした。

「電子機器は投げ売りしたんだ。あの少年から聞いた。この子は混乱してる」

「差別主義者のおじさん、あたし混乱してるように見える?　いま言ってるのはトラックボールのついたパソコン、デリク・フープの写真がはいってるやつ。いいから金額を言ってよ」

デリクの名前が手榴弾なみの衝撃を与えた。デリクの名前が、パソコンがこっちの手元にあることを告げてしまった。ローンがにやりと笑う。ステムズがビュイックものみこめそうなほど大きなえくぼを見せた。

「うれしいことを言ってくれるな」

「じゃああたしを喜ばせて。いくら?」

わたしはとめようとした。

「アンバー」

アンバーはわたしをじろりとにらんだ。

「自分のやってることくらいちゃーんとわかってるから。あたしに任せて」

ローンはわたしを置いてアンバーのほうへ行った。

「買わせてもらおう。ものはどこにある?」

「この人たちがハッカーのところに持ってった。なかに秘密が隠されてるはずだって、そいつは天才らしいよ、その〝カール様〟とやらは。そいつがいま調べてるとこ」

ローンの顔がみるみる真っ赤になり、笑みがこわばって険悪になった。息づかいがはっきり聞こえるほど荒くなったので、ふたり組もじっと見ている。

「どこだ」

ローンの注意をそらそうと、わたしは口をはさんだ。

「彼女は知らない。彼はわたしの知り合いで、彼女のじゃない。でもその友人ならわかる、あんたが隠そうとしてるものがなんだろうと、いまごろ見つけてるはずだ」

ステムズがバックハンドで拳銃をわたしの頭に振りおろした。その一撃の大半を腕で防いだわたしは、相手の腕をつかんでねじろうと足を踏みだしたが、どこからともなく現われたハーヴェイにまた殴られた。

アンバーがわたしたちのあいだに割りこんだ。

「〝カール様〟ってのはタイソンの友だち、わかった？　どこに住んでるのか知らないけど、タイソンはここに寝泊まりしてたの、ママに見つかるまでは。タイソンの荷物はまだここにある。保証はできないけど、その〝カール様〟の住所か電話番号かなんかがここにあるかもしれない。ちょっと調べさせてよ」

アンバーは寝室を指さして、待った。

ローンがステムズに視線を送り、ステムズがうなずく。

「ああ。ふたりはいっしょに住んでた」

ローンがハーヴェイに合図した。

「ついていけ、さっさとここから引きあげよう。時間がかかりすぎてる」

ハーヴェイはステムズの横をこれみよがしに通過しながら、満面にいやらしい笑みを浮かべた。

「ジャスミンの妹といちゃいちゃするのはだれだろうな。あんたじゃないぞ」

鼻をくんくん言わせながらアンバーのあとを追って寝室にはいっていった。

ローンはその場を離れて、電話を取りだした。ステムズはわたしのそばにとどまり、ハーヴェイはいない。勝算は五分五分といったところか。ステムズはでかく、鍛えていて、臨機応変に対処できそうな男に見えるが、いまは寝室のほうを見ている。銃は腿の横で下に向けられ、握り方も弱い。アンバーがなにかしゃべっているが、話の内容までは聞き取れなかった。

わたしはじりじりと近づき、声をひそめた。

「ステムズ」

ステムズの目は冷静で、どこか悲しげだった。

「おまえは優しかったか？」

「はあ？」

もう少し近づいた。さりげなく、ほんの少し。やるべきことはわかっている。

「ルイーズ・オーガストを殺したとき、おまえは優しかったか？」

地獄のダンスさながらの動きが頭のなかで見えたが、そのとき背後でバンッという破裂音が響き、続けて二発めが炸裂した。ケネス・ローンが後ろによろけてカウチに倒れこんだ。ステムズが横に飛びのいて拳銃を構えようとしたが、その動きは途中でとまり、銃が手から落ちた。

そこでやっと理由がわかった。

アンバーがわたしの背後で寝室の戸口に立ち、両手でアレック・リッキーの拳銃を握っていた。グリップが白いプラスティックでできた銀色の小型の拳銃。

アンバーは興奮に目を輝かせている。

「そいつの銃を取って！　銃を取って！」

そのときハーヴェイが背後にぬっと現われ、アンバーを押し倒した。

53

ジョー・パイク

パイクはジープから降りて、ぐるりと周囲を見まわした。コールとデヴォンの車はあるが、黒いセダンは見あたらない。首をめぐらせたとき、純白のメルセデスが目についた。この輝きは新車の証しだ。なにかがひっかかる。近づくと、フロントガラスの隅の仮登録証が見えた。さらに近づくとディーラーのカードがあり、パイクの手はスウェットシャツの下のパイソンに伸びた。例の黒いセダンと同じ〈エゼキアン・モーター・クラフト〉、架空の販売代理店だ。

パイクはゲートへ走った。くぐもった、だが聞きまちがえようのないバンッという銃声が、建物のなかから聞こえた。一秒後に、二発め。

パイクは全速力でゲートまで行き、ひらりと乗り越えた。

エルヴィス・コール

ハーヴェイが血みどろのシャツでアンバーの背後に現われ、力尽きた熊のように彼女に覆いかぶさった。

ステムズが叫ぶ。

「ハーヴェイ！」

わたしは横からステムズに体当たりして、拳銃と本人を引き離した。ステムズは衝撃で倒れ、ころがって逃れようとしたが、わたしはその腕をつかんで引き寄せ、ぴったり張りついて、床で格闘を続けた。わたしの拳銃はステムズのポケットのなかだ。ステムズは自由のきく手でわたしを殴り、わたしは拳銃のはいっているポケットに必死で手を伸ばした。

アンバーの拳銃がまた火を噴いた。さらに一発。拳銃はまだ握ったままだが、ハーヴェイが彼女の両手をつかんでそらしたので、弾丸は二発とも壁にあたった。

わたしたちの後ろでケネス・ローンが胸の傷をかきむしり、自分以外の全員が死闘を繰り広げていることなどおかまいなしにどなった。「撃たれた。救急車を呼んでくれ、頼む。この血を見ろ」

カウチから滑り落ち、這って玄関に向かった。

ステムズがまたわたしを殴り、今度はアンバーが叫んだ。

「助けて！　銃を取られちゃう！　なんとかしてよ！」

足を蹴ってもがいているが、ハーヴェイに両の手首をつかまれ、もう少しで銃を奪われそうになっていた。

わたしはステムズを近くに引き寄せて叫んだ。

「アンバー！」

アンバーが拳銃をわたしのほうへ押しだした。

わたしはステムズに強烈なパンチを三回立て続けに浴びせてから、身体を放して、アンバーの拳銃に手を伸ばした。

一発の大きな銃声が響き、その場を凍りつかせた。

ケネス・ローンが口から真っ赤な泡を噴きながら壁にもたれてすわり、リボルバーを手にしていた。わたしに狙いを定めようとするが、拳銃は風に吹かれる葦のように揺れている。

「おまえのせいだ。このくそ野郎」

リボルバーが床に落ち、ローンががっくり倒れた。

ステムズが自分の拳銃を拾いあげて銃口をわたしに向け、ふらつきながら立ちあがった。

「ハーヴェイ？」

「おれはだいじょうぶ」

ハーヴェイがぱりっとしたジャケットの内側に手を入れて、拳銃を取りだす。

ステムズがローンのようすを確認して、顔をしかめた。

「だめだ。くそっ」

「そんなやつほっとけ」とハーヴェイ。

ステムズはわたしに銃を向けたまま、相棒のほうへ急いだ。

「立て、ハーヴェイ。ほら。行くぞ」

わたしは床の銀色の拳銃をちらりと見て、死ぬ前にあれにたどりつけるだろうかと考えた。わたしはステムズに撃たれるだろう、でもアンバーを救える可能性はある。

顔をあげると、ステムズが銃を構えた。にんまり笑った。

「おれがおまえを撃つ。やってみろよ。うまくいくかもしれないぞ」

もう一度、拳銃をちらっと見て、やるべきだろうと考え、やった。小さな銀色の拳銃に飛びつき、銃弾を待ち構えたが、それは飛んでこなかった。

玄関ドアが機関車でもぶつかったように派手に壊れ、破片が部屋に飛び散った。

パイクがステムズの胸を二発撃った。

ハーヴェイがアンバーの頭に銃を向けたので、わたしはその顔に一発撃ちこんだ。ばかでかい男は倒れて息絶えた。

わたしは男たちの拳銃を確保し、ローンを指さした。

「拳銃を。救急車を呼べ」

パイクがリボルバーを取りあげて緊急通報しているあいだに、わたしはアンバーの上に倒れたハーヴェイをころがしてどけた。

「だいじょうぶか?　撃たれた?」

アンバーはごろりと仰向けになり、何度か深い息をついて、ようやく上体を起こした。薄手の服にハーヴェイの血がべっとりついていた。

パイクは緊急サービスのオペレーターと話をしている。

わたしはステムズの状態を確認して、ジャケットを脱がせ、それをケネス・ローンの胸に押しあてた。息はあるが、瀕死の状態だ。

「しっかりしろ。すぐに救急隊が来る」

助かりたくなかったのか、ローンはわたしの手を押しのけたが、わたしは傷口を圧迫し続けた。

「フープのためか？　自分のため？　なにがそんなに重要だった？」

唇が動いたが、聞き取れなかった。わたしは身をかがめ、口元に耳を近づけた。

「……信用……されて……なかった……」

なにが言いたいのかわたしにはわからず、おそらく本人にもわかっていないのだろう。果てしなく長い時間をかけて、わたしはどうにか立ちあがった。パイクがいた。わたしはそばに行ってパイクを抱擁した。長い長い時間、そうしていた。

パイクが静かに訊いた。

「だいじょうぶか？」

わたしはうなずき、それでもパイクをしっかりと抱きしめ、パイクもわたしを抱きしめた。しばらくしてから身を離し、わたしはダニ・カセットに電話をかけた。なるべく早く現場に行く、と彼女は言った。

わたしはアンバーのそばへ行き、床に並んですわった。

「だいじょうぶ？」

「変な感じ、ものすごく大きい缶のなかにいて、まわりじゅうで音がこだましてるみたい。明かりまで変な感じに見える」

なんと言っていいかわからなかったので、とりあえず礼を言った。

「感謝してる。きみのしてくれたことに」

「ほんとにほんとに怖かった」

「ああ。だれだってそうだよ」

アンバーは黙りこんだ。

「いちばん変なのはなにかわかる?」

わたしは首を振った。サイレンが聞こえた。どんどん近づいてくる。

「これが映画化されたら、あたしがヒーローになるってこと」

なんと言っていいかわからなかった。だからアンバーの身体に腕をまわし、警察が到着するまでふたりでそうしてすわっていた。

54

タイソン・コナー

カールの姉さんが運んできたスイスチーズとピクルスのサンドイッチは、スタジオシティにある〈アーツ・デリ〉のライ麦パンにイギリス製のイングリッシュ・マスタードを塗ったものだった。〈アーツ・デリ〉のライ麦パンでなければカールは食べない。いっしょに電話機も持ってきたのは、タイソンの母親から電話がかかってきたからだ。

「エルヴィスがあと二十分ほどで迎えにいくって」

「うん」

「なにも見つからなくて残念だったわね」

「うん」

タイソンは電話を切りたかった。カールが横で聞き耳を立てている。秘密の書類が見つからなかったことでみんなに陰口をたたかれていると思っているのだ。

タイソンは言った。「カールを手伝わないと。じゃ、またあとで」

母親がやっと会話を締めくくったので、タイソンは電話をおろした。このプールハウスに来てから四時間、そのあいだにカールと目を合わせたのはせいぜい二回ほど。ほとんどの時間は相手の背後かモニターを見ていた。

カールが言った。「おまえは手伝いなんかしてない。突っ立ってるだけじゃないか」

「電話を切りたかったんだよ」

「へっぽこ野郎が、自分も手伝ってるなんて言うんじゃない。ぼくが自力でできないみたいに思われる」

「カール」

「なんだ」

カールは一日じゅうこんな調子だった。

「ごめん。あんなこと言って。悪かった。ぼくはへっぽこ野郎だった」

カールはマザーボードを本体の枠にはめこみ、カバーをぱちんと閉めた。古いパワーブックはほぼ元どおりの姿になった。

「へっぽこランドの王様、それがおまえだった。いつか超セクシーなポルノ女優を連れてきて、ぼくをださいオタク扱いするんじゃなかったのか？」

「アンバーはポルノなんかやってなかった」

カールはあきれ返ったみたいに作業台から離れた。

「アンバーはポルノ女優なんかじゃない」

「へっぽこ野郎！」

「ぼくは嘘をついた、これでいい？」

「このへっぽこ野郎！」

カールは床をじっと見つめ、パワーブックに最後の仕上げ作業をした。

「きっと保護観察かなにかですむよ、あとはフリーウェイのごみ拾いとか」

「またふたりでゲームをしたいよ」

「おまえとじゃ勝負にならなかった」

「またふたりで――」

言葉が途切れ、タイソンは肘が痛くなるほど強く作業台にしがみついた。涙があふれてとうとう泣きだし、なんと言ったらいいかわからず、わかったところで口にはできなかった。カールはタイソンを見て、ふと目をそらし、視線をもどして、また目をそらし、それからタイソンの身体に腕をまわして、直接見ることはなくとも、しっかりと抱きしめ、タイソンはいっそう激しく泣きじゃくった。

気のすむまで泣くと、タイソンは後ろにさがって洟をかみ、カールは古いパワーブックを起動させた。

「ゲームをしにこいよ。新しいのを作ったんだ、めちゃくちゃむずかしいぞ」

「そんなこと許されるかどうか。足枷（あしかせ）みたいなやつをはめなきゃいけないかも」

カールは気まずそうな顔になった。

「ゲームをしたいなら、なんとか方法を考えよう」

パワーブックのスクリーンが息を吹き返し、ふたつしかないアイコンが現われた。カールは画面上でカーソルを移動させ、問題なく動くかどうかたしかめた。ソケットのなかで小さなトラックボールを転がしていると、ひっかかりがあった。

カールは顔を近づけて、ボールを前後に揺すった。

「買ってからいっぺんも掃除したことなかったんだな」

「どうかした？」

「ボールが動く。トラックボール自体は動かないはずだ。動くようには作られてない」

カールは枠をはずしてソケットからボールを取りだした。穴のなかをのぞきこむ。

「なんじゃこりゃ」

「なに？」

〝カール様〟はピンセットをつかみ、ソケットから金色の極小のマイクロチップを取りだした。それを明かりの下にかざし、次に拡大鏡で調べた。

にんまり笑って、そのチップをタイソンに見せた。

「やるかやらないか」

「それなんだい？」

〝カール様〟の笑みがいっそう大きくなった。ひゃっひゃっひゃっ。

「証拠」

第五部　父の日

55

エルヴィス・コール

アイヴァーとリリアンのフープ夫妻が逮捕されたのは、わたしがルイ・アームストロング・ニューオーリンズ国際空港行きの飛行機に乗っているときだった。ロサンゼルスでそのニュースが流れたときにはレンタカーを借りていたので、ようやく逮捕のことを知ったのは、バトンルージュのホテルに着いてからだった。シャワーから出てくると、全国版のケーブルテレビのニュースが流れていた。サルモネラ菌に関するニュースを伝え終えたキャスターが、すかさずフープ夫妻の衝撃的な逮捕の話題に移った。わたしは見たくなかったし、考えたくもなかった。どうでもよかった。テレビを消して、着替えを終え、ミシシッピ川の見える素敵なレストランでルーシーとベンに会った。わたしたちは楽しいひとときを過ごした。

ベンは二日後にわたしといっしょにLAにやってきた。バトンルージュまで迎えにいく必要はなかったが、ルーシーにも会いたかったし、ベンの住む街で彼と過ごしたかった。バトンルージュはこぢんまりとした美しい街だ。ベンの目を通して見ることで、そこは特別な街になった。

ジャスミン・リードのアパートメントで起こった事件の翌日から二日間、わたしはロサンゼルス市警の刑事たちと地方検事局の上席検事たちから七時間に及ぶ事情聴取を受けた。その七時間ずっとダニ・カセットが同席してくれた。ジャスミンがアンバーに付き添うために飛んで帰ってきて、わたしも彼女と会う機会があった。非常に好ましい女性だった。

フープ夫妻に対する立件の立役者はカール・リゲンズだ。カールが見つけたマイクロチップの中身は、アイヴァー・フープと、シェルドン・フィッツという弁護士と、のちに死亡したデニス・ウンという社員と、保安官事務所の若き捜査官ケネス・ローンが、アデル・シルヴァーニ殺害事件のもっともらしい容疑者を特定して罠にはめた共同謀議の詳細な記録だった。アイヴァー・フープによって詳述されたその記録は衝撃的で、読むに耐えなかった。マーカス・ネルソンは獄中で癌になり死亡した。だれにも信じてもらえぬ無実の男として。

フープ夫妻が自白するまで事件に関するニュースはいっさい遮断していたので、自白には驚かされた。自分たちの陰謀について詳細を記録しておくよう夫に言い含めたのはリリアン・フープだった。そんなことは愚かだし危険だとアイヴァーは思ったが、フィッツとウンとローンは信用できないと考えたリリアンが、強く主張したのだった。彼らが陰謀に加担した記録を残しておけば、万一のときに武器として使えると考えたのだ。ケネス・ローンは、パワーブックが盗まれるまでマイクロチップの存在を知らなかった。ローンが今際（いまわ）のきわに言おうとしたことがこれでわかった。わかってよかったし、わかったあとは、もうそのことを考えるのはやめた。

ジャスミンのアパートメントで事件が起こってから十一日、ガラスの引き戸はテラスに向かって開け放たれ、さわやかな風が大気をかきまわし、わたしはゆったりと満ち足りた気分で電話に応答した。

「どうも、ダニよ。聞いて――」

カセット刑事。

「どうした?」

「三週間前、売春婦たちがイーグルロックの入口ランプで遺体を見つけたの、若い男、絞殺、暴行の形跡――」

「性犯罪?」

「いいえ。ジェシー・グスマン、二十二歳、仮釈放中と判明した。〈翡翠館(ジェイド・ハウス)〉というクラブで給仕助手(バスボーイ)をしてた」

店の名に聞き覚えはなかった。

「なるほど」

「ある晩、勤務中に姿を消して、だれも理由がわからず、次の日には入口ランプにいた。どういうことかわかる?」

「これは引っかけ問題か?」

「彼の爪に残ってたDNAから当たりが出た。フロイド・ランソン・ハーヴェイ。あのふたり組よ、信じられる? あの連中が遺棄した遺体がこんなにあちこちにあるなんてね」

興奮を分かち合いたくて電話をかけてきたのだろうが、そのニュースを歓迎する気にはなれなかった。

それからカセットは言った。「今夜いっしょに夕食をとりながら一杯やるのはどう？　わたしのおごりで」

「いや、せっかくだけど。予定がある」

カセットがたびたび電話をくれていたことをふと思いだした。

「来週ではどうだろう」わたしは言った。

声が明るくなった。

「拒否されてるのかと思った」

「めっそうもない、カセット刑事。今夜は忙しいけど、来週なら喜んでつきあうよ」

「こっちもよ。でも、刑事と呼ぶのをやめてくれたらね」

ゲストルームのドアが開いて、ベン・シェニエが廊下に飛びだしてきた。ベンもすっかり大きくなって、いまや馬みたいな勢いで動く。わたしが電話中だとわかると、立ちどまった。わたしは指を一本立て、カセットとの通話を終えた。

「了解。もう切らないと、また連絡する」

わたしは電話をおろし、ベンのところへ行った。ベンはショートパンツにルイジアナ州立大学の色あせたTシャツ姿だった。母親と同様、深い小麦色に焼けて、背丈はもうわたしとあまり変わらない。そのうち追い越されるだろう。

ベンがにやりと笑った。

「お手やわらかに」

わたしは笑い、ふたりでテラスに出た。アカオノスリが峡谷のはるか上空を悠然と飛んでいた。

「ゆっくりはじめよう、そのあとはゆっくりでも速くでも、きみの好きなペースで」

ベンは武術を習っており、いまや熱心な生徒だった。わたしたちは、至近距離での詠春拳（ウィンチュン）の型を実践しており、これは対戦相手とほんの数センチの距離で、絶えず接触しながら行う格闘技だった。

ベンに開脚で両手を上にあげた姿勢をとらせてから、自分の両手を脇にたらしたまま至近距離に立った。

「準備はいいか？」

ベンはにんまり笑った。準備万端。

わたしは言った。「わたしの鼻にさわれ」

鼻に手が伸びてきたので、その腕を身体をほうへ優しくひねった。

「もう一度、反対の手で、そのまま続けて」

ベンの反対の手が鼻に伸びてきて、その手をひねると、また手が伸びてきて、そうしてわたしたちは徐々にスピードをあげた。ふたりの腕は、あがったりおりたり、からみあったり、ゆるやかなうねりのなかで揺れる海藻のようによどみなく動いた。

ベンがにやりと笑ってペースをあげた。わたしもにやりと笑い、うなずいた。

「習ったことを見せてくれ」

ベンとわたしの手は目にもとまらぬ速さで動き続け、どんどんスピードがあがって、そのうちベンがわたしの意表をつこうとした。姿勢を低くして、腹を突いてきたのだ。わたしはベンを床に転がして間髪いれずに離れた。

「とっくにお見通しだ」

「嘘だろ！」

「やってみせよう」

わたしは実践してみせ、ベンはちゃんと聞くときもあれば、そうでないときもある。ふたりで過ごすこうした時間はかけがえのないものだった。わたしの心は、喜びと、希望と、持続性のあるたしかななにかをやり遂げたという確信に満たされる。

訳者あとがき

ロサンゼルスの私立探偵エルヴィス・コールを主人公とする〈コール&パイク・シリーズ〉の十七作目『指名手配』をお届けする。

この本を手に取ってくださった方の多くは、前々作の『容疑者』でロバート・クレイスという作家をはじめて知り、けなげな警察犬のマギーと少々頼りない新米ハンドラーの巡査、スコットのバディ物語を楽しんでくださったことと思う。その続編である『約束』は、マギー&スコット・シリーズの二作目であると同時に〈コール&パイク・シリーズ〉の十六作目であった。

続編なのにみんなの大好きなマギーの出番が少ないではないか！というお叱りの声を少なからずいただいたので、まず著者に代わってお詫びを申しあげたい（マギーファンのみなさま、ほんとにごめんなさい）。あらかじめお断りしておくと、この最新作の主役はコールとパイクなので、マギーは登場しない（重ねてお詫びいたします）。さらに『約束』のあとがきで触れた〝次作はジョー・パイク&ジョン・ストーンが主役〟との予告は変更になった（ジョン・ファンの方、重ね重ねお詫びいたします）。

お詫びがすんだところで本題にはいろう。

クレイスのメインのシリーズであるこの〈コール&パイク〉の探偵ものは、本国アメリカでは新作が出るたびにベストセラー入りし、世界の四十二カ国で翻訳版が出ている人気シリーズである。舞台となっているロサンゼルスでの人気度はとりわけ高く、新作は発売直後にかならずベストセラーの一位に登場すると聞く。それほどに質の安定した安心して読めるシリーズなのである。

シリーズものとはいえ、今回たまたまはじめて手に取ったという読者の方もどうかご心配なく。〝頼りないこの世界で常に頼れる男〟かのオットー・ペンズラー氏の「シリーズ未読の読者でも充分に楽しめるが、これを読めば旧作に手を出したくなることまちがいなし」というお墨つきなので。

振り返れば、コール&パイクがメインのシリーズの邦訳は『サンセット大通りの疑惑』以来の十九年ぶりとなるので、まずは簡単におさらいをしておきたい。

一作目は一九八九年に邦訳の出た『モンキーズ・レインコート』(新潮文庫)。この長篇デビュー作が大評判となり、その年のMWA賞、PWA賞にノミネートされ、マカヴィティ賞とアンソニー賞を受賞。はじめて書いた長篇小説が世に認められ、輝かしい船出となった。以降シリーズは『追いつめられた天使』(新潮文庫)『ララバイ・タウン』『ぬきさしならない依頼』『死者の河を渉る』『サンセット大通りの疑惑』(いずれも扶桑社ミステリー)と順調に書き継がれる。残念ながら邦訳はここで中断してしまったが、スタンドアローン作品の『容疑者』をきっかけにふたたびこのシリーズが日本で復活したことは喜ばしいかぎりである。続く『約束』は、マルタの鷹協会日本支部の二〇一八年ファルコン賞に選出された。事務局に送られてきた写真には、協会から贈呈された大きな木彫りのファルコン像を抱いてエルヴィスばりの笑みを浮かべるクレイス氏が写っている。

本国ではよく知られた主人公ふたりだが、日本の読者にはまだなじみが薄いと思うので、それぞれの人となりを簡単に紹介しておこう。

エルヴィス・コール――自称〝世界一優秀な探偵〟。事務所の壁のピノキオ時計と、机に飾られたジミニー・クリケット（ピノキオの良心）が信念の証し。派手なアロハシャツが定番スタイル。峡谷の絶景を望むテラスのついた三角屋根の家でかわいげのない黒猫と暮らしている。ヨガや太極拳や空手やテコンドーをミックスした自己流の武道をたしなみ、料理が趣味で、無類のビール好き。ノリは軽いが、その信念は重く鋼のようにゆるぎない。顧客からの信頼は絶大。

ジョー・パイク――コールの相棒。海兵隊あがりの元警官。銃砲店を営むかたわら、探偵事務所の主にバイオレンス部門を担当。ジーンズに袖を切り落としたスウェットシャツ、いつでもどこでも黒いサングラスがトレードマーク。強面で、寡黙で、決して笑わず、ごくまれに口の端をほんの少しゆがめる。台詞が極端に少ないわりに存在感は抜群。

というように、一見すると対照的なふたりだが、どちらもベトナム帰還兵で、ともに数々の修羅場をくぐり抜け、強く熱い絆で結ばれている。共通点は、とことんタフで、どこまでも優しいこと。常に弱きを助け強きをくじく任俠(にんきょう)気質。〝タフでなければ生きていけない。優しくなければ生きている資格がない〟を地でいく私立探偵の鑑なのである(と訳者は信じている)。

そんなふたりが今回巻きこまれる事件とは――。

依頼人は法律事務所に勤めるシングル・マザーのデヴォン。ひとり息子のタイソンは周囲の人間とうまくいかず、高校を放校になり、現在は苦労して入学させた学費のばか高いオルタナティブ・スクール(代替学校)に通っている。そのタイソンが近ごろ急にロレックスや高級な服を身につけるようになり、部屋には大金を隠し持っていた。悪い仲間となにかよからぬことをしているにちがいないので真相を調べてほしいという。よくある話だった。

料金の心配をするデヴォンに、安あがりな方法からはじめましょうと提案するコール。まずはロレックスの出所を突きとめるべく調査をはじめると、それが盗品であることがわかり、しかも連続窃盗(せっとう)事件の被害者の持ち物と判明した。窃盗犯三人が写った防犯カメラの映像もあった。警察はまだ容疑者の身元を特定していなかったが、逮捕は時間の問題と思われた。コールはデヴォンに事実を伝え、罪が少しでも軽くなるようタイソンを自首させることで話をつける。これで一件落着、のはずだった。

ところが、自首するはずのタイソンが目を離した隙に姿を消し、今度はその行方を追うはめに。逮捕状が出る前に見つけて自首させようと、コールは警察の追及をかわしながら必死にタイソンをさがす。やがて、警官を名乗るふたり組の男がなぜか自分と同じ手掛かりからタイソンと共犯者の少女アンバーの行方を追っていることを知った。理由はわからないが、かなり凶暴な連中だ。見つかればタイソンとアンバーは殺される。なんとしても先に見つけなければならない。不気味な謎の大男ふたり組、窃盗団の身元の特定を急ぐ警察の特捜班、そしてコールとパイクとデヴォンのチームによる三つ巴(どもえ)の闘いがはじまった——。

クレイス作品に関してたびたび言われていることだが、今回も、女性の描き方がうまいなあと感心する。依頼人であるシングルマザーのデヴォンは、働きながらひとり息子を育て、ままならない現実と折り合いをつけながら日々を懸命に生きている。タイソンの共犯者アンバーは、一見華やかで明るくて陽気で、でもじつは毒親のせいで心に深い傷を負い、それを忘れようと必死に虚勢を張って生きている。どちらも、現実の世界を見まわせば身近にいくらでもいそうな女性たちだ。彼女たちの複雑な心情が、さりげない描写から切ないほどに伝わってくる場面が多々あり、ついつい感情移入させられてしまう。そんな彼女たちに対し、コールは常に相手の立場と気持ちを思いやり、当人の幸せのために最善の策はなにかを考え、全力で支援する。本物のフェミニストとはこういう人間なのではないか。

そして、今回のもうひと組の主役と言っても過言ではない、悪役の大男たち。ただの悪党かと思いきや、章を重ねるごとにじわじわと不思議な(ほとんど理解不能な)味わいをかもしだし、目が離せなくなる。このコンビでスピンオフが書けるのではないかと一瞬期待したくらいだ。

シリーズの一作目で颯爽（さっそう）と登場したとき三十五歳だったコールは、あれから約三十年の歳月を経たいま、いったい何歳なのか。そんな質問がよく寄せられるそうで、これに対しクレイスは「フィクションの世界の住人は現実の世界と歳のとり方がちがう」と答えている。三年で一歳くらいの感じだろうか（うらやましい）。もっとも、仮に現実どおりに歳をとっていったとしても、このふたりの場合はライフスタイルが終始一貫しているのでさほど違和感はない気がする。コールは八十歳になってもクラシックカーのコルヴェットを乗りまわしているだろうし、パイクは九十歳になっても高いゲートをひらりと乗り越えるにちがいない。

そんなわけで、うれしいことにこのシリーズはまだまだ続きそうだ。

聞くところによれば、六月に刊行が予定されている次作は、コール&パイク・シリーズの十八作目で、今度はパイクがメイン、コールが助っ人になるらしい。「ジョー・パイクに過去最悪の危機が！」との予告に期待がふくらむ。刮目（かつもく）して待ちたい（またお詫びを書くはめになりませんように）。

訳者紹介　関西外国語大学外国学部卒。英米文学翻訳家。訳書に、クレイス「容疑者」「約束」、ライリー「蘭の館」「影の歌姫」、ケラーマン「水の戒律」「聖と俗と」、キング「ビッグ・ドライバー」、クリスティ「蒼ざめた馬」など。

検印
廃止

指名手配

2019年5月10日　初版

著　者　ロバート・クレイス

訳　者　高橋恭美子（たかはしくみこ）

発行所　（株）東京創元社
代表者　長谷川晋一

162-0814／東京都新宿区新小川町1-5
電　話　03・3268・8231-営業部
　　　　03・3268・8204-編集部
URL　http://www.tsogen.co.jp
フォレスト・本間製本

乱丁・落丁本は、ご面倒ですが小社までご送付ください。送料小社負担にてお取替えいたします。

ISBN978-4-488-11507-4　C0197

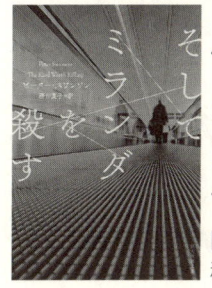

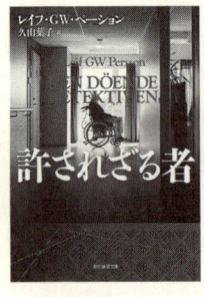

CWAゴールドダガー賞・ガラスの鍵賞受賞
北欧ミステリの精髄

〈エーレンデュル捜査官〉シリーズ

アーナルデュル・インドリダソン◎柳沢由実子 訳

創元推理文庫

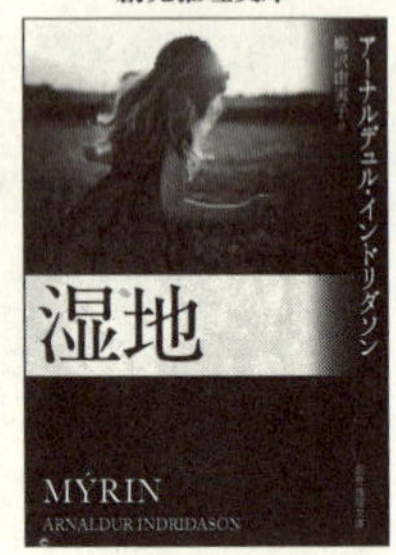

湿地

殺人現場に残された謎のメッセージが事件の様相を変えた。

緑衣の女

建設現場で見つかった古い骨。封印されていた哀しい事件。

声

一人の男の栄光、転落、そして死。家族の悲劇を描く名作。

✣

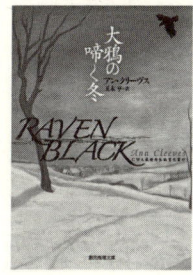

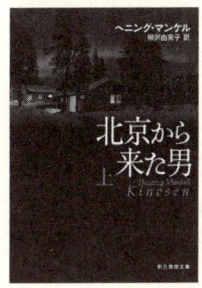

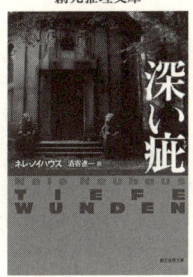

巧緻を極めたプロット、衝撃と感動の結末

JUDAS CHILD◆Carol O’Connell

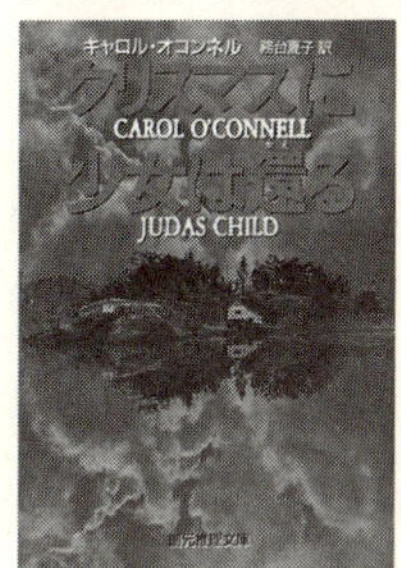

クリスマスに少女は還る

キャロル・オコンネル
務台夏子 訳　創元推理文庫

クリスマスも近いある日、二人の少女が町から姿を消した。

州副知事の娘と、その親友でホラーマニアの問題児だ。

誘拐か？

刑事ルージュにとって、これは悪夢の再開だった。

十五年前のこの季節に誘拐されたもう一人の少女——双子の妹。だが、あのときの犯人はいまも刑務所の中だ。

まさか……。

そんなとき、顔に傷痕のある女が彼の前に現れて言った。

「わたしはあなたの過去を知っている」。

一方、何者かに監禁された少女たちは、奇妙な地下室に潜み、力を合わせて脱出のチャンスをうかがっていた……。

一読するや衝撃と感動が走り、再読しては巧緻を極めたプロットに唸る。超絶の問題作。

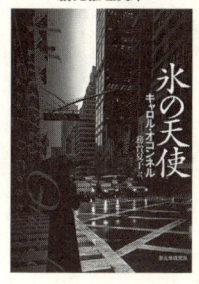